Für Mark Martin und David Brin.
Für tolle Ideen, gute Gespräche
und eine herzliche Freundschaft.

1
Die Rückkehr des Bösen

Die Frau schien tot zu sein. Der vierflügelige Vogel, der am blassen Nachmittagshimmel kreiste, hatte diesen Eindruck. In seinem trägen Flug zog er Achterschleifen mit der Frau am Kreuzungspunkt und behielt den Körper in seinem scharfen Blick. Er brauchte die Flügel nur hin und wieder einzusetzen, um den Kurs zu korrigieren, und überließ sich im übrigen der Thermik über den felsigen Steilhängen. Seine Vorderflügel leiteten den Wind in die breiten Hinterflügel, die wie dünne Gaze waren und bei geringstem Energieaufwand die optimale Nutzung der Auftriebskraft gestatteten – allerdings auf Kosten der Geschwindigkeit. Aber seine genetische Ausstattung erlaubte ihm nicht, sich untätig von den Aufwinden tragen zu lassen oder der Nahrungssuche nachzugehen: Wenn er in seinem Habitat lebende Menschen entdeckte, hatte er Meldung zu machen.

Seine beträchtliche Intelligenz sagte ihm, daß diese Frau, die sich nicht bewegt hatte, seit er sie beobachtete, tot sein müsse. Er gelangte nicht durch Verstandesarbeit zu diesem Schluß, sondern durch Beobachtungsgabe und Urteilsvermögen, die seiner Art schon eigen gewesen waren, als sie von überlegtem Denken noch weit entfernt gewesen war. Die Kieselsteine um ihren Kopf waren dunkel gefärbt, und die linke Seite ihres Brustkorbs zeigte massive Blutergüsse, die sich bläulichpurpurn verfärbt hatten.

Der Vogel hatte unter den Bäumen bereits mehr als zwanzig tote Menschen gesehen, alle zu Asche verkohlt, aber keinen Lebenden. Er entschied, diesen Körper nicht zu melden. Das würde wertvolle Zeit in Anspruch nehmen, und Angehörige dieser sonderbaren, wenig eindrucksvollen Unterart des Menschen waren wegen ihrer Empfindlichkeit nur zu bekannt.

Der Vierflügler hatte ein weites, unwegsames Gebiet als Revier, dessen Nahrungsangebot er nutzen und das er überwachen und gegen mögliche Eindringlinge verteidigen mußte. Lange schwebte er auf der Stelle, indem er abwechselnd mit den Vorder- und Hinterflügeln schlug, unschlüssig, wie es nur eine abwägende Intelligenz sein kann. Dann flog er davon. Seinem scharfen Auge entging nicht die winzigste Bewegung unter ihm.

Die Nachmittagsschatten waren lang geworden, als die Frau zu sich kam. Ihr leises Stöhnen ging im Murmeln des nahen Baches unter. Ihr Atem zischte zwischen ausgebrochenen Zähnen.

Ihre Witterung lockte ein Muttertier an, das seine beiden Jungen auf der Suche nach Beute den Bachlauf entlang führte. Die hilflose Frau hätte eine willkommene Mahlzeit abgegeben, aber das Muttertier sah, daß sie eindeutig jenen ähnelte, die wahrhaft regierten, obwohl ihre Witterung ganz anders war.

Sie instruierte ihre Jungen, Wesen von dieser jetzt wehrlosen, aber immer gefährlichen Gestalt zu respektieren. Dabei bediente sie sich einer Sprache, die einfach in den Worten, aber komplex in der Grammatik und Betonung war und verschiedene Bedeutungsebenen ausdrücken konnte. Sie begleitete und unterstrich die Belehrung mit entschiedenen Gesten einer Vorderpranke.

Die Witterung der weiterziehenden Familie zog einem neugierigeren Geschöpf in die Nase und weckte sein Interesse. Es war ein entfernter Abkömmling des Waschbären, mit nußbraunem und rötlichbraunem Pelz. Seine Intelligenz schätzte die Lage aus der Deckung von Dornsträuchern ein.

Er war vorsichtig, aber nicht furchtsam. Für ihn war die wichtigste Frage hier, in welcher Weise die schockierende Gegenwart der sterbenden Frau mit der ausgewogenen Bedeutung seines eigenen Lebens verflochten sein konnte. Von jeher hatte er jede Erfahrung mit seinem angeborenen Gefühl für Gleichgewicht und für einen angemessenen Maßstab integriert – tatsächlich war dies der einzige Zweck seines bewußten Daseins. Diese Integration war vollständig und jenseits menschlicher Fähigkeit, ergab sich aber mühelos aus den Ereignissen in der Entwicklung seiner Rasse, die sich über eine Milliarde Jahre erstreckte. Das Wiederaufleben seiner Art in Verbindung mit der seit einigen Jahrhunderten andauernden Renaturierung der Erde hatte ihm eine Lebensform gegeben, die in vieler Hinsicht der erbarmungswürdigen Gestalt überlegen war, die er nun aufmerksam beobachtete.

Endlich, mit einem angemessenen Verständnis der Ereignismuster, die von seinen Handlungen wie die Verästelungen eines Baumes ausgehen konnten, trottete das waschbärähnliche Tier näher heran. Es beschnüffelte die Frau. Unweit von ihr lag der scharfriechende Kot eines Aasfressers, der vor einigen Stunden des Weges gekommen war, eine Weile gezögert und dann beschlossen hatte, am Abend wiederzukommen, wenn sie tot sein würde. Diese Information überlagerte die übrigen Hintergrundaromen des Sonnenuntergangs: den Geruch abkühlenden Granits, den süßen Blütenduft und die erdig-moderige Ausdünstung von Pilzen, deren lange, unterirdische Rhizome Wasser vom murmelnden Bach die Hänge hinaufsogen.

Der geschwollene Schädel der Frau schien das schlimmste Problem zu sein. Beide Augen zeigten nur das Weiße. Mit den langen, spitz zulaufenden und einzeln beweglichen Fingern seiner Pfoten, an deren Enden kurze, gebogene Krallen saßen, befühlte er die unvertrauten Knochen unter der Haut und den Muskeln. Mehrere Rippen waren gebrochen, der rechte Arm unnatürlich im schiefen Winkel verdreht.

Diese spezifische, dem menschlichen Spektrum entnommene Form hatte in der Ursprungszeit des Waschbärenwesens nicht existiert, war also ein interessantes Rätsel. Der Körperbau war archaisch, ein Flickwerk zeitweiliger Lösungen vorübergehender Probleme. Doch mit diesen Mitteln hatte die Evolution der schwerfälligen Art im rauhen Überlebungskampf der Natur zum Erfolg verholfen.

Der vierbeinige Helfer machte sich daran, den Körper zu heilen. Er wußte nicht, wie die Frau hierhergekommen war oder ob sie in irgendeiner Weise etwas Besonderes darstellte. Behutsam wendete er Techniken an, die ihm vom Umgang mit Artgenossen vertraut und zur zweiten Natur geworden waren. Er massierte Punkte dieses Körpers, von denen er wußte, daß sie durch Stimulation die Ausschüttung heilender Hormone förderten. Er erzeugte mit den Pfoten heilende Vibrationen – eine umständliche, aber in der Natur bewährte Technik. Die geschwollenen Prellungen der rechten Kopfseite behandelte er mit rhythmischen Massagen des Rückgrates. Sein feiner Tastsinn fühlte, wie die Muskeln sich allmählich entkrampften, wie Druck und Spannungen nachließen und sich im Kopf der Frau zerstreuten. Ihre Drüsenfunktionen kamen langsam wieder in Gang und schlossen innere Blutungen. Die Massage von Nacken und Bauch regte ihre inneren Organe an, das mit Abfallstoffen belastete Blut zu filtrieren.

Die anbrechende Nacht brachte neue Geräusche mit sich, von denen keines seinen aufgestellten, dreieckigen Ohren entging. Aber das Rascheln und Trippeln hier und dort, die gelegentlichen hohlen Rufe aus den Bäumen waren vertraut und bedeuteten keine Gefahr. Er ließ sich neben der bewußtlosen Frau nieder und schlief. Doch der Schlaf war leicht wie ein Hauch, und dicht darunter eine Wachsamkeit, von der die Frau nichts ahnte. Als sie unruhig wurde und unzusammenhängende Worte murmelte, merkte er, daß er sie trotz der undeutlichen Aussprache verstehen konnte.

»... fliehen... Deckung... unten... nicht sehen...«

Viel von ihrer Rede waren verworrene Fieberträume. Wenigen, vereinzelten Äußerungen entnahm er, daß die Frau mit Angehörigen ihres Stammes von einem Flugzeug erbarmungslos verfolgt worden war.

Der Stamm war nicht entkommen. Eine trockene Nachtbrise, die von den heißeren Ebenen im Westen herunterwehte, trug seiner feinen Witterung den Geruch verbrannten Fleisches zu, das in der heißen Sonne schon morgen in Fäulnis übergehen würde.

Er war angenehm überrascht, daß er die Worte der Frau verstehen konnte. Die Länder hier waren voll von Lebensformen, die aus zwei Milliarden Jahren unaufhörlicher Schöpfung stammten, und die meisten von ihnen konnten die Sprachen der anderen nicht verstehen. Diese Frau mußte gelernt haben, die komplexen Sprachen fortgeschrittener Lebensformen zu verstehen.

Allerdings war er der Meinung, daß solche Kenntnisse, wenn sie durch genetische Einprägung oder ähnliche Methoden zustandegekommen waren, mehr schadeten als nützten und vielleicht eine ungesunde und arrogante Anmaßung waren. Eine frühe menschliche Lebensform wie diese konnte durch solch eine komplexe, desorientierende Kunst leicht in Verwirrung geraten. Sprache erwuchs aus einer Weltsicht. Die Fülle und das dichte Geflecht von Wahrnehmungen, das ihre gegenwärtige Sprache geformt hatten, konnte innerhalb ihres beengten geistigen Fassungsvermögens schwerlich bequem untergebracht werden.

Normalerweise stellte er die Taten der fortgeschrittenen menschlichen Lebensformen, die sich die »Supras« nannten, nicht in Frage. Aber diese schwerverletzte Frau, deren Haut geplatzt und geschürft und von tiefen Blutergüssen unterlaufen war, weckte seine Zweifel. Vielleicht rührten ihre Verletzungen unmittelbar von ihrem Wissen her.

Nach einiger Überlegung sagte ihm jedoch sein gesunder Instinkt, der das Leben wie einen staubigen Spiegel sah und nur flüchtige Abbilder der Wahrheit zeigte, daß diese Frau aus keinem gewöhnlichen Grund hier war. Also blieb er und überlegte und wachte über den schwachen, aber beharrlichen Bemühungen ihres Körpers, sich selbst zu reparieren.

In der Nacht zogen von Westen her Haufenwolken auf und über die Hügel weiter, als eilten sie einer Verabredung entgegen, die sie nicht erreichen konnten. Er roch die Zunahme der Luftfeuchtigkeit, die sie mit sich brachten, Wasserdampf, der durch Verdunstung über den Wäldern entstand. Diese großen Keile feuchtwarmer Vegetation wirkten wie unsichtbare Berge, weil sie die Luftströmungen zum Aufsteigen und Abregnen ihrer Feuchtigkeit zwangen.

Als die Wolkenfelder durchgezogen waren, erhob sich am Horizont ein mächtiges, leuchtendes Band, unregelmäßig geformt und so hell, daß es nicht aus Sternen zusammengesetzt schien, sondern aus Elfenbein oder Eis. Ausgedehnte Schleier kosmischen Staubes und Gaswolken lagen zwischen den

Schwärmen strahlender Lichtquellen. Es waren die Fetzen des galaktischen Armes, eines letzten Bollwerks, welches das galaktische Zentrum abschirmte.

Der Waschbären-Abkömmling wußte, daß die Erde mit dem Sonnensystem vor unermeßlich langer Zeit, bevor seine eigene Art sich herausgebildet hatte und als die Erde zum erstenmal grün und fruchtbar gewesen war, eine Kursänderung vom äußeren galaktischen Arm nach innen erfahren hatte. Der Umfang solch eines Unternehmens entzog sich seiner Vorstellung. Legenden wollten wissen, daß die Menschen jener Zeit das Sonnensystem in die Nachbarschaft eines anderen Sternes umgelenkt hätten, eines Sternes, der kein Licht ausstrahlte.

Danach hätte eine halbe Umkreisung dieser toten, dunklen Massen dem Sonnensystem eine Richtungsänderung und eine Beschleunigung zum galaktischen Zentrum mitgeteilt. Im weiteren Verlauf hätte das Sonnensystem die Ansammlungen von Sternen und kosmischen Staub gekreuzt, aus denen die rotierenden Spiralarme der Galaxis bestanden. Die Sternbilder am Himmel hätten sich verändert. Aber diese Vorgänge, die sich durch Äonen vollzogen, seien den Lebewesen auf Erden kaum bewußt geworden. Neue Intelligenzen entwickelten sich, das Leben folgte seinem uralten Gesetz des Werdens und Vergehens.

Über die Ziele und Absichten, die mit solchen gigantischen Manövern verfolgt worden sein sollten, wußten die Legenden nichts zu berichten. Das Sonnensystem sei nun einer langgestreckten Ellipse gefolgt, deren innere Kurve das galaktische Zentrum umschließen sollte, sei als eine abgeflachte, schimmernde Kugelgestalt aus Licht in Erscheinung getreten, und um in der Nähe dieses kreisenden Bienenschwarms aus zehn Milliarden Sternen zu bleiben, sei eine weitere Begegnung notwendig geworden. Diesmal, sagte die Legende, habe die Sonne eine riesenhafte, molekulare Wolke gestreift, und der Zug der Schwerkraft habe die Bahnen der Planeten neu geordnet. Die Präzision dieser weichen Kollisionen mit der molekularen Wolke sei von einer Art gewesen, daß die neuen Planetenbahnen den Erfordernissen weiterer Projekte von kaum erfaßbaren Größenordnungen hätten angeglichen werden können. Zu diesen Projekten habe das Auseinanderbrechen ganzer Welten gehört. So mächtig seien die Menschen einmal gewesen, behaupteten ihre Nachkommen.

Der Waschbären-Abkömmling wußte, wo die ihm bekannten Planeten zwischen den breiten, leuchtenden Streifen am Nachthimmel zu finden waren, aber sie verrieten ihm nicht, ob sie nur die Überlebenden jenes epischen Zeitalters grenzenlosen Ehrgeizes waren, oder ob sie schon immer dort oben ihre Bahnen gezogen hatten, unbekümmert um die Legenden, welche Menschen zu ihrer Selbsterhöhung in die Welt gesetzt hatten. Ungezählte Kometenschweife zeigten von der Sonne nach außen zu den feinen Schleiern leuchtender Gas- und Staubwolken. In dieser vielstimmigen Himmelssinfonie konnte der langsame Reigen der Planeten nicht mehr als ein Nebenthema sein.

In dieser Nacht aber störten kurzlebige Lichterscheinungen die feierliche Ruhe des Himmels. Rote und orangefarbene Lichter flammten auf und schienen einander zu verfolgen. Lautlos und verschlungen, mußten es die Signaturen eines raschen, entfernten Kampfgeschehens sein. Die hellen Lichtspuren verblaßten langsam.

Sie waren die ersten Zeichen von Feindseligkeit, die seit annähernd einer Milliarde Jahren in diesen weiten Himmel geschrieben worden waren. Wie schon früher, erwuchsen sie aus den Konflikten, die dem menschlichen Geist inhärent waren, jener unglücklichen Anthologie früherer Einflüsse und Bewußtseinsstufen.

Ihre alten Gehirnpartien, angeordnet um den Saum des Zentralnervensystems, stammten aus den Entwicklungsstufen der Reptilien und frühen Säugetiere und hatten ihnen einen Hang zur Gewalt, zum Affektiven, Triebhaften und Emotionalen bewahrt. Diese alten Überreste aus ihrer Tiervergangenheit gaben den Menschen ihre gefühlsmäßige Erkenntnis der Welt.

Als der pelzige Abkömmling des Waschbären das Schauspiel am Nachthimmel beobachtete, wußte er mit der schwer erworbenen Gewißheit seiner analytischen Intelligenz, daß der Kampf, der sich dort oben abspielte, das Wiederaufleben eines alten und furchtbaren Ringens zeigte. Die Großhirnrinde des Menschen umfing die alten Tiergehirne mit unsicherem Griff. In machen Zeitaltern hatte sich dieser Griff gelokkert und zu Ausbrüchen von Kreativität, kollektivem Wahn und vergeudeter Energie geführt.

Die Großhirnrinde herrschte, oberflächlich gesehen, mit ihrer Verstandesarbeit und richtete ihre Urteilskraft nach außen in die Welt. Aber immer folgten die tieferen, älteren Teile ihren eigenen Programmen und bestimmten hintergründig die Entscheidungen des vermeintlich autonomen Verstandes. Einige Formen der Gattung Mensch hatten dieses dreifaltige Gehirn nach heroischem Ringen integriert. Andere hatten die Dominanz der Großhirnrinde künstlich verstärkt, bis sie die niedrigen Teile mit vollständiger, unaufhörlicher Wachsamkeit beherrschte.

Der Abkömmling des Waschbären hatte einen davon sehr verschiedenen Verstand, Ergebnis einer Entwicklungsgeschichte, die annähernd hundert Millionen Jahre länger als die des Menschen und nicht nur von Darwinscher Auslese geprägt war, sondern auch von sorgfältiger Zuchtwahl, die der Mensch bei sich selbst vernachlässigen zu können geglaubt hatte. Böse Ahnungen regten sich jetzt in seinem Sinn. Das breite Gesicht mit der charakteristischen, weißen Streifenmaske verriet nur die stärksten seiner komplexen Gemütsbewegungen, aber es schaute bekümmert drein und ließ ein unbehaglich seufzendes Knurren vernehmen.

Sehr wenig von der Menschheitsgeschichte hatte die Jahrtausende überlebt. Und diese wirre Geschichte, eingefärbt von widerstreitenden Interpretationen, wäre ihm ohnedies wenig interessant und schwer verständlich erschienen.

Immerhin hatte er ein untrügliches Gespür dafür, daß dieses Schauspiel am Nachthimmel kein vorübergehender Zwischenfall war, sondern ein neues Zeitalter wilder Barbarei einleitete. In der Frühzeit der Menschheitsgeschichte hatten einfachere Geister die dunklen Elemente des Lebens mit den zufälligen Tragödien identifiziert, deren Opfer die Menschen geworden waren, von Unwetter und Krankheit und den ungezählten natürlichen Bedrängnissen bis hin zu den Untaten, die Menschen einander zufügten. Diese Zeit lag in ferner, kaum vorstellbarer Vergangenheit. Jetzt war der gefährlichste Feind des Menschen wieder aufgetreten – nicht das blinde, gedankenlose Universum, sondern er selbst. Und so war das Böse auf die Erde zurückgekehrt.

2
Die Ur-Menschen

Die Frau verbrachte zwei Tage abwechselnd in Bewußtlosigkeit und unruhigem Halbschlaf. In den Traumphasen warf sie sich bisweilen herum, stieß heisere, unverständliche Laute aus. Ihr pelziger Wächter hatte sie sorgsam in den Schatten einiger hoher Bäume gezogen, deren Äste ein dichtes, schützendes Laubdach trugen. Er ging auf Nahrungssuche, brachte Früchte mit und hielt sie so an den Mund der Frau, daß ihr der Saft durch die geschwollene Kehle rinnen konnte, wenn er die Frucht zerdrückte. Er selbst begnügte sich mit Kleintieren, Nüssen und herabgefallenen Baumfrüchten. Seine Jagdzeit war die Dämmerung. Tagsüber lag er die meiste Zeit still, schlief seinen leichten Schlaf und fing Mäuse und Insekten, die in seine Reichweite kamen. Das war ihm genug, denn er verstand seine Kräfte zu schonen, während er die langsame, aber anhaltende Erholung der Frau überwachte.

Der Nutzanwendungen der Phantasie sind viele, und das Heilen ist nicht die geringste von ihnen. Die Frau schlief nicht nur, weil das die beste Art und Weise war, Verletzungen auszuheilen und sich zu erholen. Unter ihren zuckenden Augenlidern durchlebte sie wieder und wieder die Ereignisse, die zu ihrer gegenwärtigen Lage geführt hatten. Ihr Unterbewußtsein integrierte emotionale und physiologische Elemente, wiederholte ihre Handlungen und suchte nach Ruhepunkten im Ablauf des Geschehens, wo sie das Unheil vielleicht hätte abwenden können.

Die Erkenntnis, daß nichts den Ausgang verändert hätte, hatte etwas Tröstliches. Als sie zu dieser Schlußfolgerung gelangte, wich eine unbewußte Anspannung von ihr, und ihr Wesen begann sich allmählich wieder zur Außenwelt hin zu orientieren. Einige Erinnerungen wurden im Laufe dieses Prozesses als allzu schmerzlich verdrängt, während andere verstärkt wurden, um eine Art Gleichgewicht des Erlebten wiederherzustellen. Diese fast ohne bewußte Willensanstrengung ablaufende Bearbeitung ersparte ihr eine Bürde von Selbstvorwürfen und Ängsten, die eine frühere Entwicklungsform des Menschen noch jahrelang geplagt hätte.

Am zweiten Tag nahm ihre Unruhe zu. Einmal schien sie Töne eines Liedes zu summen. Gegen Abend erwachte sie, blickte zur spitzen, schwarzen Schnauze ihres Bewachers auf und fragte mit schwacher Stimme, aber klarem Bewußtsein: »Wie viele haben überlebt?«

»Nur du, soviel ich weiß.« Seine Stimme war tief und doch schmelzend, wie eine Baßnote, der es irgendwie gelungen war, sich durch die enge Kehle einer Flöte zu winden.

»Niemand...?« Sie blieb eine Weile still, blickte zum grünlichen Mond auf, der über den Bergen schwamm.

Dann nahm sie einen neuen Anlauf und murmelte: »Supras...«

»Sie haben das getan?«

»Nein, nein. Ich sah ein paar Menschen wie uns, in Flugzeugen. Die Supras waren... anderswo beschäftigt. Ich dachte, sie würden uns helfen.«

»Sie werden zu tun gehabt haben.« Er machte eine Kopfbewegung zum südlichen Horizont. Dort stand eine dicke, ölige Rauchsäule wie ein Grabstein aus Obsidian vor dem verblassenden Sonnenuntergang.

»Was ist es?«

»Es ist seit gestern zu sehen.« Das ferne Unheil hatte ihn in seinem Entschluß bestärkt.

»Ah.« Sie schloß die Augen und sank wieder in ihren unruhigen, lidzuckenden Schlaf. Für sie war es ein schlüpfriger Abstieg in ein Labyrinth, wo zwei Regungen miteinander im Widerstreit lagen, Vergeltung und Überleben. Diese beiden Instinkte, schon alt, als die ersten Hominiden die jungfräuliche Erde durchstreiften, ließen sich schwerlich unter einen Hut bringen. Aber wenn sie den Widerspruch nicht gefühlt hätte, wäre sie in ihrer eigenen Einschätzung kein wahrer Mensch gewesen.

Am nächsten Morgen stand sie auf. Wankend und unsicher tappte sie zum Bach, wo sie sich am Ufer auf den Bauch legte und ausgiebig trank. An ihrer linken Hand fehlte ein Finger, aber als sie die erste Gewöhnung hinter sich hatte, bestand sie darauf, ihrem Gefährten bei der Suche nach Beeren und eßbaren Blättern und Kräutern zu helfen. Sie sprach wenig. Als silbrige Todesengel durch den Himmel schossen, nahmen sie Deckung, aber diesmal blieben die rollenden Donnerschläge entfernter Explosionen aus, die sie von früher her kannten. Sie sprach nicht davon, was geschehen war, und ihr Gefährte fragte sie nicht.

Sie stießen auf drei verkohlte Leichen, und sie weinte über ihnen. »Ich hatte solche Waffen noch nie gesehen«, sagte sie. »Wie lebende Flammen.«

»Dein Feind achtete darauf, jeden gründlich zu verbrennen.«

Sie sortierte die verstreuten Knochen, um Merkmale zu finden. »Sie hatten seltsame Flugzeuge. Schleuderten Blitze, Explosionen.«

Als sie am Abend von ihren gesammelten Nüssen und Beeren gegessen hatte, sang sie wieder die hypnotisch-langsame Melodie, von der sie im Halbschlaf Bruchstücke gesummt hatte; ihre dunkle Stimme hing an den langen Noten. Dann füllten sich ihre Augen plötzlich mit Tränen, und sie stürzte in die Büsche davon. Später kehrte sie verlegen zurück, ein schiefes Lächeln im Gesicht, denn ihr war bewußt geworden, daß das Verbergen von Gefühlen eine menschliche Eigenart war, die dem Waschbären-Abkömmling unverständlich sein mußte.

Am Morgen des dritten Tages stellte sie sich vor: »Ich bin Cley. Gebraucht ihr Namen?«

Unter seinesgleichen war es nicht üblich, Namen zu gebrauchen, aber er wußte, daß Menschen Wert darauf legten, und so sagte er: »Ich bin der Sucher nach Mustern genannt worden.«

»Also dann, Sucher, danke ich dir für alles, was –«

»Unsere Arten sind Verbündete. Nichts braucht gesagt zu werden.« Sucher nickte in einer unnatürlich anmutenden Weise mit dem Kopf, und Cley begriff mit Beschämung, daß Sucher die Menschen gründlich genug studiert hatte, um ihre

Gesten zu kennen und eine bescheidene Verbeugung nachzuahmen.

»Trotzdem, ich bin dir so viel schuldig.«

»Meine Art kam lange nach der deinigen zur Erkenntnis. Wir profitierten von eurem Ringen.«

»Ich weiß nicht, ob wir euch viel Gutes getan haben.«

»Ein Leben baut auf dem anderen auf.«

Schweigend sammelten sie Beeren. Sucher konnte frei auf den Hinterbeinen stehen und die langen Finger seiner Vorderpfoten wie Hände gebrauchen, doch ermüdete ihn diese Haltung rasch. Geschickt angelte er mit den Pfoten kleine Fische aus dem kalten Bach, der über schwärzliche Kiesel strömte. Sie aßen die Fische roh, ohne Feuer zu machen, und blieben in der Deckung von Bäumen. Cley hatte den erlittenen Verlust ihrer Stammesangehörigen in mehreren Nächten verarbeitet, und der Schmerz verebbte allmählich. Ihr Körper hatte sich erholt, und Farbe war in ihre blassen Wangen zurückgekehrt. Gemeinsam suchten sie den Wald nach weiteren Opfern ab, und diese Aufgabe verlieh ihr Kraft, obwohl sie fürchten mußte, was sie finden würden.

Sie war nicht verheiratet, aber sie kannte alle Stammesangehörigen wie ihre eigene Familie. Die anonymen, verkohlten Überreste waren in einer Weise ein Segen, weil sie keinen der Toten mit einer bestimmten Person in Verbindung bringen mußte.

Sie verbrachten den Nachmittag mit systematischer Suche, fanden aber nur weitere verkohlte Leichen. Gegen Abend standen sie auf einem Höhenzug, blickten in ein breites Tal hinab und überlegten müde, wohin sie als nächstes gehen sollten.

»Ich hoffe, du bist wohlauf«, sagte eine Stimme hinter ihnen.

Cley schrak zusammen und fuhr herum. Sucher schoß wie ein brauner Schatten ins Unterholz davon. Ein stämmiger Mann stand auf einem messingfarbenen Flugzeug, das lautlos in der Luft balancierte. Er war von rückwärts an sie herangekommen, ohne daß selbst Sucher es bemerkt hatte, und dies sagte Cley mehr als seine kräftige Gestalt und die lautlose

Schnelligkeit seiner Flugmaschine. Sie hatte keine Aussicht, ihm zu entkommen. In die Sonne blinzelnd, sah sie, daß er ein Supra war.

»Ich... ja, das bin ich.«

»Einer unserer Kundschafter war nicht ganz sicher, daß alle Körper, die er sah, tot waren. Ich bin froh, daß ich beschloß, selbst nachzusehen.«

Sein Flugzeug setzte sanft auf, und er stieg herunter, ohne den Blick von Cley zu wenden. Trotz seiner massigen Gestalt bewegte er sich mit natürlicher Leichtigkeit.

»Mein Freund rettete mich.«

»Ah. Kannst du ihn bewegen, zurückzukommen?«

»Sucher! Bitte komm!«

Sie sah eine Bewegung in den Büschen, näher, als sie erwartet hatte, und der Richtung entgegengesetzt, in die er geflohen war. Er mußte viel schneller sein, als er aussah. Kaum ein Blatt bewegte sich, aber sie wußte, daß er da war, noch immer auf der Hut. Der Mann lächelte ein wenig und zuckte mit der Schulter.

»Bist du gekommen, meine Leute zu begraben?« fragte Cley mit einiger Schärfe.

»Wenn nötig, ja. Ich würde sie lieber retten.«

»Dafür ist es zu spät.«

Ein Schatten ging über seine Zunge, als er nickte. »Der Kundschafter meldete eine Anzahl verbrannter Leichen. Du bist alles, was ich gefunden habe – entzückend lebendig.«

Seine freundliche Herablassung brachte sie auf. »Wo wart ihr Supras? Sie jagten uns, schossen uns ab wie Hasen!«

Seine Züge zeigten eine rasche Folge von Gefühlsregungen, zu flüchtig, um sie im einzelnen zu deuten. Aber er begnügte sich damit, die Lippen zusammenzupressen. Er machte eine Handbewegung zu der Rauchsäule, die am fernen Westhorizont mit der Dunkelheit zu verschmelzen begann.

»Ich dachte mir, daß ihr eure Leute verteidigen mußtet«, sagte Cley, »aber hättet ihr nicht wenigstens ein paar schicken können...«

Ein schmerzlicher Zug kam in sein Gesicht, aber rasch wurde sein Mund wieder schmal, und er nickte. »Sie griffen

Neues und Altes in gleicher Weise an. Wir konnten nicht feststellen, worauf sie es abgesehen hatten, und als wir es wußten, war es zu spät.«

Ihr Zorn, durch seine Verwundbarkeit einen Augenblick besänftigt, kehrte zurück wie ein bitteres Brennen in der Kehle. »Wir hatten nichts zu unserer Verteidigung!«

»Dachtest du, wir hätten Waffen?«

»Supras haben alles!«

Er seufzte. »Wir schützen durch unsere Arbeitsmaschinen, durch den Genius unserer Vergangenheit.«

»Auch in der Vergangenheit gab es Kämpfe. Ich habe gehört –«

»In der *fernen* Vergangenheit. Lange vor deiner Zeit. Wir –«

»Aber *sie* wußten, was sie wollten und wie sie es erreichen konnten. Warum nicht ihr?«

Sein Gesichtsausdruck veränderte sich mehrmals mit einer Schnelligkeit, die sie verwirrte. Dann verzog sich sein Mund zu einer verdrießlichen Grimasse. »Sag mir, wer *sie* waren, vielleicht kann ich dir dann antworten.«

»Sie?« Sie fühlte plötzlich Zweifel. »Ich dachte, ihr wüßtet es. Sie... nun, sie sahen mehr wie wir aus...«

»Nicht so sehr wie ich?«

Sie musterte ihn einen langen Augenblick. Er war stämmig und ziemlich groß, mit einem mächtigen Schädel. Seine Körpermasse mußte das Doppelte der ihrigen sein. Aber seine Ohren waren klein, und seine Nase kurz und knollig, als habe sein Schöpfer sie als nachträglichen Einfall an sein Gesicht geklebt. »Ja, sie waren mehr von unserer Größe. Ihre Köpfe waren menschlich und –«

»Ur-menschlich«, verbesserte er sie zerstreut.

»Was?«

»Ach, tut mir leid. Wir nennen deine Art Ur-Menschen, weil ihr die früheste existierende Form seid.«

Sie wurde weiß um den Mund. »Und wie nennt ihr euch?«

»Ah, Menschen«, sagte er mit sichtlichem Unbehagen.

»Also waren die«, erwiderte sie, »die eure Stadt verbrannten und uns töteten, auch Ur-Menschen.«

»Hatten sie Ohrläppchen?«

»Ich – ich kann mich nicht erinnern. Es ging sehr schnell und –«

»Standen ihre Zähne weit auseinander, wie deine? Das war eine frühe Modifikation der noch älteren Hominiden, wie ich im Laufe meiner Studien beim Verwahrer der Aufzeichnungen gelernt habe.«

»Hör mal, ich –«

»Große Zahnzwischenräume verhindern, daß sich Nahrungsreste ansammeln und verfaulen. Wir machen uns dieses Prinzip zunutze, wie du sehen kannst, lassen aber zugleich in Abständen von einigen Dekaden neue Zähne nachwachsen, um die Abnutzung zu kompensieren. Wenn –«

»Glaubst du, ich hätte Zeit gehabt, so etwas zu bemerken?«

Der belehrende Ausdruck verlor sich aus den Zügen des Mannes. Er zwinkerte verwirrt. »Ich hoffe auf eure Hilfe.«

»*Ihr* regiert die Welt, nicht wir.«

»Das ist vorbei«, sagte er.

Sie hielt den Strom bitterer Vorwürfe zurück und fragte in ruhigem Ton: »Wer waren sie?«

»Ich weiß es nicht. Sie sahen menschlich aus.«

»Sie waren nicht wie meine Leute.«

»Natürlich nicht. Ihr habt nur die Fähigkeiten, die zur Pflege der Wälder benötigt werden. Diese Leute beherrschten eine Kriegstechnologie, die zwar unermeßlich alt, aber darum nicht weniger wirkungsvoll ist.«

Er blickte besorgt zum Himmel auf und rieb sich dabei die Schulter, als leide er unter rheumatischen Schmerzen. Sie sah, daß sein leichter Arbeitsanzug fleckig und eingerissen war. »Ihr habt sie bekämpft?«

»So gut wir konnten. Wir waren überrascht worden und sahen nur Flammen, keine Leute.«

Da sagte Suchers Stimme neben ihnen: »Der Blitz kehrte dann hierher zurück, um die toten Menschen zu verbrennen.«

Cley und der Mann waren verblüfft. Dann nickte der Mann ihm anerkennend zu. »Du kannst sehr leise sein.«

»Das ist eine Kunst von uns«, sagte Sucher. »Ihr habt keine unverbrannten Menschen gefunden?«

»Noch nicht.«

»Ich bezweifle, daß ihr welche finden werdet«, sagte Sucher. »Sie sind gründlich.«

»Was haben sie mit euren Städten gemacht?« fragte Cley.

»Komm«, sagte der Mann, ohne den Blick vom Himmel zu wenden. Sein Mund widerspiegelte eine rasche Folge von Gefühlsregungen, und er winkte Sucher mit erhobener Hand. »Guter Verbündeter, wir versammeln uns jetzt.«

Das schien Sucher zu genügen. Die messingfarbene Flugmaschine neigte sich kurz, als er an Bord sprang. Cley folgte dem Mann durch eine Luke in eine einfache Kabine. Der Supra setzte sich an die Steuerung, und das Flugzeug hob fast ohne Geräusch ab.

»Ich bin Alvin«, sagte er, als müsse jeder wissen, wer Alvin ist. Sein lockeres Selbstbewußtsein verriet ihr mehr als der Name, und sie beantwortete seine Fragen nach den letzten paar Tagen und ihren Ereignissen mit kurzen, präzisen Angaben. Sie hatte noch nie Umgang mit einem Supra gehabt, und dieser hier sollte sie nicht für sich gewinnen.

Als sie mit gleichmäßiger Beschleunigung aufstiegen, konnte Cley ihr Staunen nicht verbergen. Innerhalb weniger Augenblicke sah sie das Land, wo sie gelebt und gearbeitet hatte, zu einer kleinen Fläche in einem weitaus größeren Panorama schrumpfen. Sie sah die Berge, die sie immer bewundert hatte, zu bloßen Runzeln und Falten in einer weiten Gebirgslandschaft werden, die sich im Dunst des Horizonts verlor. Ihr Stamm war mit der grünen Vielfalt der Wälder wohl vertraut, aber den Umfang der Arbeiten, die von den Supras zur Renaturierung der Erde geleistet worden waren, hatten sie nicht gekannt. Viele schmale, braune Flüsse strömten durch enge Täler und verliehen dem zentralen Gebirgszug das Aussehen eines knotigen Rückgrates, von dem viele Nervenstränge in die gelblichbraunen Wüsten führten. Schimmernde Schneefelder und Gletscher umgaben die höchsten Gipfel, aber es war deutlich zu sehen, daß sie nicht Ursprung der ungezählten Wasserläufe und Flüsse waren. Viele von diesen mußten ihren Ausgang von Quellgebieten nehmen, die außerhalb der schneebedeckten Hochgebirgszone lagen.

Cley zeigte hinunter, und bevor sie fragen konnte, sagte Alvin: »Wir speisen die Quellen aus unterirdischen Wasservorkommen. Tief unter der Oberfläche gibt es hier riesige, jahrtausendealte Grundwasserseen.«

Das Programm zur Renaturierung der Erde war erst ein paar Jahrhunderte alt, aber schon hatte es bedeutende Erfolge zu verzeichnen. Große Gebiete des trockenen Mittelkontinents waren durch naturnahe Bewässerungsmethoden wieder grün. Alvin lehnte sich müßig zurück, überließ die Flugmaschine dem Autopiloten und zeigte Cley die renaturierten Flächen, die sie überflogen. Weit entfernt am Horizont machte Cley ein Blinken wie von Glas oder Metall aus und fragte ihn, was es sei.

»Diaspar«, sagte Alvin.

»Die legendäre Stadt«, flüsterte sie.

»Sie ist durchaus real.« Sein Blick ging zum Radarschirm, der den Luftraum ringsum überwachte.

»Sind sie auch dort gewesen?«

»Die Angreifer? Nein. Ich habe keine Ahnung, warum nicht.«

»Und was ist dieser grüne Flecken? Nicht weit von Diaspar?«

»Das ist Lys.«

»Lues? Stammt die Krankheit von dort?«

»Nein! Ich weiß nicht, was ihr Ur-Menschen zu eurer Unterhaltung tut, aber ich finde solche Wortspiele nicht –«

»Ich erinnere mich nur an einen uralten Scherz.«

Alvin schüttelte stirnrunzelnd den Kopf. Sein Blick ging immer wieder zum Radarschirm; offenbar rechnete er mit einer Rückkehr der Angreifer. Wie diese so plötzlich auftauchen und wieder verschwinden konnten, ohne daß es den Supras gelungen war, ihnen auf die Spur zu kommen, war ihr ein Rätsel. Aber die Erde war groß, und ihre ausgedehnten Landmassen boten viele Verstecke.

3
Die Bibliothek des Lebens

Im Niedergehen folgten sie dem langgezogenen Kamm eines schneebedeckten Gebirges. Cley wunderte sich, daß die ragenden Gipfel, aus dieser Perspektive gesehen, zerknüllten Säcken glichen, die jemand achtlos auf einen gelbbraunen Tisch geworfen hatte. All die charakteristischen Eigenheiten und unverwechselbaren Formen individueller Berggestalten, den Bewohnern der Gebirgsländer vertraut und lieb, waren aus der Höhe kaum noch erkennbar, aufgegangen in der Gleichförmigkeit der gefalteten Ketten und ihrer Seitenäste. Sie wußte nicht, und Alvin sagte es ihr nicht, daß auch die Gebirge vergängliche Merkmale waren, vom langsamen Walzer der Kontinente zusammengeschobene Schlacke.

Diese stolz aufragenden Gipfel waren ursprünglich entlang der Küste eines Ozeans aufgefaltet worden, der später ausgetrocknet war. Die Entstehungsgeschichte dieser Gebirge war von Gelehrten untersucht und in vielbändigen, wissenschaftlichen Werken festgehalten worden, deren Mikrofilme noch immer in den abgeschiedenen Archiven von Diaspar gehütet wurden. Die jüngeren Faltengebirge waren erst in einer Zeit entstanden, als die größte aller menschlichen Religionen ihre Blütezeit erlebt hatte. Dieser Glaube hatte die ganze Welt erfaßt und umgewandelt, hatte die philosophischen Tiefen der menschlichen Seele angerührt und war jetzt völlig vergessen. Nur der Verwahrer der Aufzeichnungen kannte noch den Namen dieses Glaubens, und er hatte sich nicht der Mühe unterzogen, Alvin zuliebe jenes eingestaubte Zeitalter zu enthüllen. Die wütenden Ideologien und großen Illusionen der Vergangenheit waren wie die Geister der alten, von Erosion eingeebneten Gebirge, die unter den Sandmeeren der Wüsten versunken waren.

Cley blickte über die Wüstenebenen, die so lange Leichentücher der Erde gewesen waren, und nun vom Wald zurückgedrängt wurden. Sandige Ödländer umgaben noch immer das Juwel von Diaspar. Als sie südwärts flogen, bemerkte Cley, daß vom fernen Lys der lange Finger eines Flußtales in die Wüste hinausreichte, als suche er Diaspar zu erreichen. Die Wiedereroberung der Erde ging von ihrer Mitte aus, und der Anblick dieses gewundenen Flußtales in der Wüste erfüllte Cley mit plötzlicher Leichtigkeit, mit dem Auftrieb neuer, größerer Hoffnung. Der Verlust ihres Stammes trat wenigstens vorübergehend in den Hintergrund ihres Bewußtseins, und sie genoß das Schauspiel ihrer langsam wiedergenesenden Welt, die sie zum erstenmal in ihrer vielgestaltigen Ganzheit sah.

Am fernen, dunstigen Horizont bewegte sich etwas, und sie zeigte darauf. »Was ist das?«

»Keine Gefahr«, antwortete Alvin. Im Grenzbereich ihres Sehvermögens machte sie eine lange, gerade Linie aus, die abwärts zu führen schien. Es kam ihr so vor, als bewege sie sich, aber dann verlor sie die Erscheinung in entfernten Wolken. Alvin achtete nicht darauf. Er saß wie in Gedanken versunken und beschränkte sich darauf, von Zeit zu Zeit die Daten des Autopiloten und der Bordinstrumente zu kontrollieren.

»Wohin gehen wir?«

Er sah sie an, als habe ihre Frage ihn aus tiefem Nachdenken aufgestört. »Zur Hölle und zurück.«

Als sie die Stirn runzelte, lächelte er begütigend. »Eine alte Redensart. Ich werde dir zeigen, daß es die Hölle auf Erden gibt – vorläufig noch.«

Sie stießen hinab durch sturmgetriebene Wolken, die um den Äquator jagten. Schwere Wolken, dunkel von Feuchtigkeit, füllten den weiten Himmel. In den letzten Jahren hatten ihre Ausläufer immer öfter mit Wind und Regen auf die Gebiete übergegriffen, in denen Cley aufgewachsen war. Die Feuchtigkeit breitete sich allmählich durch die ausgedörrte Ökosphäre aus.

Die Maschine ging durch dünne Nebelbänke nieder und glitt über einförmige Sandflächen hin. Sucher legte die spitz zulaufenden Finger seiner Pfote in ihre Hand und murmelte: »Warte.« Sie warf ihm einen fragenden Blick zu. Die Streifenzeichnung seines Gesichts um die großen Augen, die an eine Banditenmaske erinnerte, schien schelmische Enthüllungen zu versprechen. Alvin bemerkte es nicht; seine Aufmerksamkeit galt den wechselnden Anzeigen der Instrumente, als ob die Perspektiven von Raum und Zeit, die sich vor den Fenstern entrollten, ein alltäglicher Anblick für ihn sein.

»Da.« Auf einem Bildschirm schaltete er die vergrößerte Projektion eines Wüstenabschnitts ein, den sie gerade überflogen. Dort war ein undeutliches Netzwerk roter Linien zu erkennen, und Cley fühlte sich an Adern unter blasser Haut erinnert. »Die alten U-Bahn-Tunnels, Verbindungslinien zwischen Städten, die heute keiner mehr kennt.«

»Wann waren sie bewohnt?«

»Vor mehr Jahren als du zählen könntest, wenn du dein ganzes Leben lang nichts anderes tätest.«

Sie starrte auf die Darstellung. Dort zeichneten sich die Gitternetze von Straßen unter dem angewehten Sand ab, die Skelette von Städten, deren Namen vergessen waren. »So viele...«

»Damals gab es viele Alternativen zu Diaspar. Wir machten keinen Gebrauch von ihnen.«

»Und heute?«

Alvin lachte. »Heute gibt es unzählige! Eine Unmenge!«

Sucher sagte mit seiner rauh-melodiösen Stimme: »Es gibt mehr Arten von Unendlichkeit als von Endlichkeit.«

Alvin hob erstaunt die Brauen. »Du weißt von transfiniten Zahlen?«

»Du sprichst von bloßer Mathematik. Ich beziehe mich auf deine Art.«

Sucher hatte nicht zu Alvin gesprochen, seit sie an Bord der Maschine gegangen waren. Cley sah jetzt, daß das Tier von diesem schnellen, eleganten Fortbewegungsmittel nicht übermäßig beeindruckt war. Er lag entspannt auf einem der Sitze, aber nichts entging seinen wachen dunklen Augen.

Alvin schürzte die Lippen. »Ich sehe, daß du ein Weiser bist. Wußtest du auch, daß die Entwicklung deiner Art das Ziel hatte, uns Menschen zu intellektueller Ehrlichkeit anzuhalten?«

Cley konnte Suchers Miene nicht lesen, als er mit eigentümlicher Betonung sagte: »Das glauben die Menschen.«

Damit brachte er Alvin sichtlich aus der Fassung. »Ich ... ich nehme an, daß auch wir unsere Illusionen haben.«

»Wahrheit hängt ab von Sinnesorganen«, sagte Sucher mit einer, wie Cley herauszuhören glaubte, freundlich-nachsichtigen Einfärbung der präzise ausgesprochenen Worte. Unterlegte sie ihnen, Suchers halb geschlossenen Augen und den aufgestellten Spitzen seiner außen braunen, innen weißen Ohren ungerechtfertigt menschliches Denken und Urteilen?

»Wir haben Aufzeichnungen der langen Gespräche zwischen deiner Art und meiner«, sagte Alvin. »Ich habe sie gelesen.«

»Eine menschliche Bibliothek«, sagte Sucher. »Nicht unsere.«

Cley sah in seinen Augen einen Abgrund, die Dunkelheit, die immer zwischen den Arten bleiben würde. Über Hunderte von Millionen Jahren hinweg waren Worte nicht mehr als Leuchtsignale in der andrängenden Nacht.

»Ja«, sagte Alvin, »und das ist es, was schmerzt. Wir wissen, was Menschen dachten und taten, aber ich komme zu der Einsicht, daß ein großer Teil der Geschichte sich außerhalb des menschlichen Bereiches abgespielt hat.«

»Das will ich meinen.«

»Aber wir werden alles wiedergewinnen«, sagte Alvin ernst.

»Ihr könnt Zeit nicht wiedergewinnen.«

Alvin nickte mit leiser Müdigkeit. Cley kannte Bruchstücke seiner Lebensgeschichte und sah, daß er in den Jahrhunderten, die vergangen waren, seit er als wagemutiger und abenteuerlustiger Junge dem Schicksal der Menschheit eine neue Wendung gegeben hatte, ein anderer geworden war. Ein Angehöriger ihres Stammes wäre in der Zeit, die dieser Mann durchlebt hatte, bestenfalls zu Alter und Weisheit gelangt, gestorben und dann im Laufe der Zeit sogar von seinen Nachkommen vergessen worden; ein weiteres Zeichen der unüberbrückbaren Distanz zwischen den Rassen und Arten. Alvins Stimmung verdüsterte sich, als habe der Flug ihn nur vorübergehend von einem Problem abgelenkt, das er nicht lösen konnte.

Die Flugmaschine landete neben einer schwarzen Wand, die Cley zuerst für massiv hielt. Dann sah sie aschgraue Spiralen durch düstere Wolken aufsteigen und verstand, daß es die dunkel qualmende Rauchsäule war, die sie seit Tagen beobachtet hatte.

»Die Bibliothek des Lebens«, sagte Alvin. »Sie griffen sie mit etwas wie Blitzschlägen an, die sich sogar in die Erde bohrten. Sie fanden den Schatz, den die abtragenden Kräfte der Natur in vielen tausend Jahren nicht hatten freilegen können.«

»Eine unterirdische Bibliothek?« fragte Cley. Ihr Stamm hatte einmal einen Supra ausgelacht, der von dieser Praxis erzählt hatte, dem Versuch, Bedeutung in fester Substanz einzukerkern. Menschen, die im ständigen Fluß des Lebens in den tiefen Wäldern lebten und arbeiteten, sahen Dauerhaftigkeit als die Illusion, die sie war.

»Ein Erbe, das außerhalb von Diaspar verwahrt wurde«, sagte Alvin. »Die Alten wußten, daß dieses Lagerhaus in meiner kristallenen Stadt nicht benötigt wurde. Aber der Drang, altes Wissen zu bewahren, war stark in ihnen, und so vergruben sie es tief in der Erde.«

»Ein wiederkehrendes, menschliches Merkmal«, sagte Sucher.

»Der einzige Weg, um die Vergangenheit zu verstehen«, versetzte Alvin mit einiger Schärfe.

»Bedeutung vergeht«, sagte Sucher.

»Und transfinite Geometrie?«

»Geometrie bezeichnet. Sie bedeutet nicht.«

Alvin grunzte ärgerlich und stieß die Luke auf. Der scharfe, bittere Rauch machte Cley husten, aber Alvin beachtete es nicht. Sie stiegen aus und kamen in die lärmende Geschäftigkeit fieberhafter Aktivität. Überall waren Roboter an der Arbeit. Supras befehligten Trupps, die sich, beladen mit langen Zylindern aus glasigem Material, aus halbzerstörten Tunnelöffnungen im Wüstenboden mühten.

»Wir versuchen die letzten Reste der Bibliothek zu retten, aber das meiste ist verloren«, sagte Alvin. Er führte sie mit schnellen Schritten fort vom gutturalen Grollen des unterirdischen Brandes. Schwarzer Rauch quoll aus Rissen im Wüstenboden und verschmolz mit anderem zu der gewaltigen schwarzen Rauchsäule, die sich über ihnen erhob und den halben Himmel ausfüllte.

»Was war dort drinnen?« fragte Cley.

»Gefrorenes Leben«, sagte Sucher.

Alvin nickte überrascht. »Das Material allen Lebens aus mehr als einer Milliarde Jahren. Es wurde hier für den Fall verwahrt, daß die Rasse irgendwann wieder biologische Speicher benötigt.«

»Was da brennt«, sagte Sucher, »ist also die Kodierung.«

Alvin nickte bitter. »Berge von DNS. Wertvolles Erbgut.«

»Warum war es in der Wüste?« fragte Cley.

»Weil man dachte, daß eine Zeit kommen könnte, in der sogar Diaspar verödet und verfällt. Die Menschheit und ihr Wissen sollten jedoch fortleben. Das sagte mir der Verwahrer der Aufzeichnungen.«

Die Arbeitstrupps der Roboter bewegten sich trotz des scheinbaren Durcheinanders in planvoller Ordnung, die nicht einmal der Katastropheneinsatz zur Brandbekämpfung beeinträchtigen konnte. Sie fuhren auf Rädern und Gleisketten, liefen auf Beinen und wühlten den sandigen Staub auf. Selbsttätige Planierraupen schoben mächtige Haufen Sand und Erde in die Öffnungen, aus denen noch immer Flammen und Rauch brodelten. Cley konnte sehen, wo Explosionen im Untergrund die langen Risse hatten aufplatzen lassen. Das Feuer verzehrte unterschiedslos das genetische Erbe des Planeten, und die Roboter waren wie Arbeitsameisen, die sich, vom kollektiven Instinkt geleitet, beeilten, ihre Königin zu schützen und ein Erbe zu bewahren, an dem sie nicht teilhaben konnten. Cley war außerstande, ihren Blick von den himmelhoch brodelnden Rauchwolken zu wenden, in denen das genetische Erbe ungezählter, ausgestorbener Arten von Tieren und Pflanzen aufging.

Die Roboter gingen den drei Besuchern, wenn sie ihnen in die Quere kamen, mittels ihrer kybernitischen Steuerung automatisch aus dem Weg. Die drei überwanden eine niedrige

Anhöhe und kamen hinaus auf eine offene, harte Ebene. Gemäß seiner in Diaspar erworbenen Gewohnheit, von jedem Mechanismus Perfektion zu erwarten, wich Alvin keinen Schritt zur Seite, als Bataillone von Robotern an ihnen vorbei rollten. Sucher hingegen zuckte immer wieder zusammen, wenn die brüllenden, großen Maschinen gefährlich nahe herankamen.

Cley bemerkte, daß hier bereits eine Vorhut von Vegetation, bestehend aus Steppengräsern, Tamarisken und dürreverträglichen Dornsträuchen das Land besiedelte und die Wüste nach und nach zurückdrängte. Supras eilten da und dort und leiteten die Arbeitstrupps der Maschinen mit funkgesteuerten Fernbedienungen, die sie in den Händen hielten.

»Die Brandbekämpfung hat nicht viel Erfolg gebracht«, bemerkte Alvin mit verdrießlicher Miene. »Wir versuchen das Feuer zu ersticken, aber die Angreifer haben erfinderische Brandsätze verwendet, die im Abbrennen eigenen Sauerstoff freisetzen, der unterirdisches Feuer auch unter Luftabschluß nährt.«

»Auch das ist Kriegskunst«, bemerkte eine Frauenstimme.

Cley wandte den Kopf und sah in einiger Entfernung eine große, stattlich aussehende Frau. Gleichwohl hatte ihre Stimme nahe geklungen, nicht wie ein Rufen zur Überbrükkung von Distanz.

Die Fremde kam auf sie zu und wandte sich mit schmerzlichem Ausdruck an Alvin. »Wir haben ein Phylum verloren.«

Alvins starrer Gesichtsausdruck verhärtete sich noch mehr. »Nichts Wichtiges, hoffe ich?«

»Die Myriasoma.«

»Die Vielkörperigen? Nein!« Ein Ausdruck von Verzweiflung kam in seine Züge.

»Was soll das sein?« fragte Cley.

Alvin starrte in die Ferne. »Eine Lebensform, die unsere Art vor langer Zeit kannte. Eine Kompositintelligenz, die mit Drohnen arbeitete. Sie waren imstande, elektromagnetische Anweisungen zu empfangen. Die Lebensform konnte sich selbst nach Belieben aufteilen.«

Cley betrachtete die Frau mit Unbehagen. Eine sonderbare

Spannung schien in die Wahrnehmungen ihres Bewußtseins einzudringen. »Ich habe nie solch ein Wesen gesehen.«

»Wir hatten sie noch nicht wiederbelebt«, sagte Alvin. »Jetzt sind sie verloren.«

Sucher sagte: »Sei nicht voreilig.«

Alvin wandte sich an die Frau. »Bist du sicher, daß wir alle verloren haben?«

»Ich hoffte, es würden Spuren übriggeblieben sein, aber... ja. Alle.«

Cley hörte die Frau sprechen und spürte gleichzeitig eine tiefere, hallende Stimme in ihrem Geist. Die Frau blickte sie an und sagte: »Du hast das Talent, ja. Du hörst.«

Und nun erklang die Stimme der Frau nur in Cleys Gedanken, durchzogen von seltsamen, schwirrenden Baßnoten: – Ich bin Seranis, eine Supra, die dieses Talent mit dir teilt.

»Ich – ich verstehe nicht«, sagte Cley. Sie blickte zu Sucher und Alvin, aber die beiden schienen unbeteiligt.

– Wir haben euch Ur-Menschen aus dem Material in dieser Bibliothek wiedererschaffen. Wir ergänzten euer genetisches Potential, so daß ihr uns durch dieses Talent unmittelbar verstehen könnt.

»Aber Alvin hat nicht –«

– Er ist aus Diaspar und darum ohne das Talent. Nur wir aus Lys haben die Fäden aus mikrowellenaktivem Magnetit in Schädel und Gehirn. Sie stellen die Verbindung zwischen deiner und unserer neuralen Aktivität dar. Wenn sie durch elektrische Aktivität angeregt werden, verstärken und übermitteln sie unsere Gedanken.

Seranis nahm Cley bei den Händen und hob sie mit den Handflächen nach innen, bis sie Seranis' Schläfen berührten. Cley fühlte, wie die Stimme sich verstärkte: – Ich bin Antenne und Empfänger, ebenso wie du.

»Ich konnte das nie!« sagte Cley, als habe das neue Talent in ihr Zweifel an der älteren Stimme geweckt.

– Das Talent muß zuerst angeregt werden, weil es den Ur-Menschen nicht von Natur aus gegeben ist.

Seranis lächelte ironisch. – Vielleicht hätten wir deiner Art schon in früherer Zeit helfen können. Wir Leute aus Lys haben aber isoliert gelebt. Wir entwickelten das Talent, weil wir für das Ganze lebten, für unsere Gemeinschaft. Es schließt uns zusammen.

»Und Alvin?«

– Diaspar ist das Musterbeispiel technischer Zivilisation, Lys steht für das Leben in und mit der Natur, für Wald und Wasser und die Majestät der Schöpfung. Ihre Kunst drängt über ihre Grenzen hinaus, während unsere von unserer Zeit und Gemeinschaft singt. Diaspar lehnte die Intimität des Talents ab, obwohl es eine niemals endende Freude ist. Und wir aus Lys bezahlen dafür den Preis der Sterblichkeit.

»Dieses Talent... tötet euch?«

Seranis lächelte müde. – Ja. Durch die Anspannung verliert das Gehirn unvermeidlich Struktur, Substanz. Diesen Makel der Endlichkeit teilen wir mit euch Ur-Menschen.

Cley verstand, daß sie mit einer der Personen sprach, die ihre Rasse in die Welt zurückgebracht hatten, doch konnte sie sich nicht entscheiden, ob sie zornig oder dankbar sein sollte. »Warum gebt ihr uns eine Fähigkeit, die wir vorher nicht hatten... bevor ihr uns aus eurer genetischen Bibliothek in Reagenzgläser abfülltet?«

Seranis' Lippen strafften sich. – Laß mich einstweilen einfach sagen, daß wir euch gut genug kennen, um eure Arbeit für die Natur zu bewundern, euer zupackendes und fröhliches Lebensgefühl. Das haben wir in Lys verloren. – Verloren in Lügen? dachte Cley.

Seranis stutzte, und Cley sah, daß sie verstanden hatte.

– Wir glaubten der großen Lüge von den Eindringlingen, ja. Aber solange wir für uns und ohne Verbindung mit der Außenwelt lebten, hatten wir keine Möglichkeit, das nachzuprüfen.

– Eindringlinge?

– Früher einmal glaubte man in Diaspar und Lys, daß fremde Eindringlinge aus dem Universum den Niedergang der Menschheit verursacht hätten. Als Alvin sich aus Diaspar hinauswagte, nach Lys kam und weiterzog, machte er die Entdeckung, daß die Menschheit sich vor dem Wissen größerer Geister zurückzog. Wir versuchten ihnen mit überlegenen

Kräften zu begegnen, indem wir Geister zu entwickeln suchten, die frei von Materie waren. Und es gelang uns. Aber die Erschöpfung unserer Mittel, Raubbau und Naturzerstörung zwangen uns in eine Phase allgemeinen Rückganges. Allmählich starben die Städte aus, die Hoffnungen schwanden.

Eine große Traurigkeit war mit diesen Gedanken verbunden, lange, klagende Obertöne, die in Cleys Gedanken wie eine seelenvolle Totenklage ertönten. Diese Empfindungen standen in einem sonderbaren Gegensatz zur hektischen Aktivität der Brandbekämpfung ringsum, einem Durcheinander von beißendem Rauch, brüllenden Erdbewegungsmaschinen, rasselnden Fahrzeugkolonnen, heiseren Rufen und Signalen.

Ihr Blick begegnete dem Alvins, und nach dem stummen Zwiegespräch mit Seramis war ihr, als stehe sie einem Taubstummen gegenüber. Sofort fühlte sie den Abgrund, der sich zwischen ihr und jedem aufgetan hatte, der nicht an der gedankenschnellen Geschmeidigkeit dieses Talents teilhatte, seinem Gemeinschaftsgefühl, das keine Verstellung zuließ, allenfalls verschleierte Bedeutungen.

Und weil das Talent Einblick in die innere Persönlichkeit gewährte, brachte es ganz ungebetene Wahrnehmungen und Eindrücke. Als Seranis sich an Alvin wandte, fühlte Cley ein Echo des Atemholens der Frau, winziger Muskelkontraktionen und Gewichtsverlagerungen. Noch tiefer in Seranis glomm die noch nicht ganz erloschene Glut der Libido. Das Volk von Lys hatte die Leidenschaftlichkeit der frühen Menschheit bewahrt, die fleischliche Lust und das sinnenverwirrende Verlangen.

Seranis war gereift in einer Weise, wie Alvin es niemals tun würde. Keiner von beiden hatte recht oder unrecht; jedes Volk hatte seinen eigenen, vom anderen verschiedenen Weg gewählt.

Cley riß sich los von der heißen, erregenden Befriedigung dieses neu entdeckten Talents. Sie begegnete Alvins Blick und errötete.

»Du brauchst nichts zu sagen«, sagte er lächelnd. »Ich beneide dich. Mehr noch, ich brauche dich.«

Eine Reihe schwerer Maschinen auf Gleisketten rasselte vorbei, machte jedes Gespräch unmöglich und schleuderte Sand und Steine in die Luft. Sucher trat nervös von einem Bein aufs andere, beäugte mißtrauisch die gigantischen Maschinen. Er war jetzt ganz Kind der Natur, ein Tier in fremder Umgebung, wachsam und ängstlich. Cley sorgte sich um ihn, doch was konnte sie für ihn tun? Sie war selbst nicht frei in ihren Entschlüssen.

»Du brauchst mich?« fragte sie. »Wozu?«

»Du bist jetzt eine Seltenheit«, sagte Alvin. »Darum machte ich mich auf die Suche.«

– Der Blitz suchte unsere Ur-Menschen zu vernichten, warf Seranis ein. – Alvin selbst suchte nach Überlebenden, aber...

Cley blickte von Alvin zu Seranis, die sich aus dem Lärm, Gestank und Rauch nichts zu machen schienen und – wenigstens nach außen – eine gleichmütige Gelassenheit bewahrten. Beide waren mehr als einen Kopf größer als sie und strahlten Frische und Gesundheit aus. Seranis freilich war anzumerken, daß ihre kürzere Lebensspanne sich allmählich dem Ende zuneigte: Ihr von Falten durchzogenes Gesicht glich dem Relief einer ernsten Landschaft. Beiden gemeinsam aber war ein unbewußtes Wohlbefinden, das sich in ihrer Haltung und in ihren Bewegungen ausdrückte. Cley schaute an sich selbst herab: dunkel verfärbte Blutergüsse, Kratzer von Dornsträuchern, die Haut grindig, schorfig, schmutzig. Sie wurde plötzlich verlegen.

– Tut mir leid, ließ Seranis sie wissen. – Das war eine Übertragung meiner eigenen Empfindungen. Nacktheit ist in Lys mit sexuellen und sozialen Signalen verbunden.

»Das einfache Entblößen der Haut?« fragte Cley verwundert. Ihr Volk war es gewohnt, die Welt auf der Haut zu spüren, aber mehr bedeutete es nicht. Leidenschaft ergab sich aus dem Zusammenhang, nicht aus der Bekleidung.

– Alvin und seinesgleichen sind frei davon, weil sie als Unsterbliche nicht der Fortpflanzung unterworfen sind.

»Sie paaren sich nicht?«

– Selten. Vor langer Zeit veränderten sie sich selbst – Obertöne nachsichtiger Heiterkeit begleiteten den Gedanken –, um das Ferment der Sexualität zu meiden. Sie veränderten unter anderem den Hormonhaushalt, so daß alle sexuellen Signale, alle unbewußten Zeichen und Gesten bedeutungslos wurden. Ich habe diesen Zug jedoch behalten, wie du bemerkt haben wirst. Ich –

»Das hat nichts zu sagen«, sagte Cley. In ihrer gewohnten Umgebung fühlte sie keinerlei Scham und zog ihre Nacktheit jeder Bekleidung vor. In Kleidern fühlte sie sich beengt, ihrer Freiheit und der Feinfühligkeit für ihre Umgebung beraubt.

Was sie hingegen störte, war das plötzlich starke Gefühl von Minderwertigkeit. Es hatte sich zusammen mit der irritierenden Verlegenheit eingestellt und wurde von der Einsicht gespeist, daß ihre Art so begrenzt war. Für die Supras war sie ein lebendes Fossil.

Mit einiger Befriedigung erinnerte sie sich daran, daß Alvin taub für die telepathischen Ströme ihres Talents war, und das war ihr ein – wenn auch geringer – Trost. Als sie sprach, kamen ihr die schwerfälligen Bewegungen von Kehlkopf und Zunge und Lippen bereits umständlich und lästig vor. »Warum seid ihr so besorgt um uns?«

»Ihr Ur-Menschen seid wertvoll.«

»Weil wir keine Scheu vor körperlicher Arbeit haben?« fragte sie ironisch.

»Ihr besitzt Kenntnisse und Geschicklichkeit im Umgang mit biologischen Systemen, die uns späteren Anpassungen fehlen«, sagte Seranis.

Cley blickte auf ihre Hände. Was sie mit ihnen verrichten konnte, erschien ihr selbstverständlich. Mit etwas Übung und Geschicklichkeit konnte es jeder. »Das sollen besondere Fähigkeiten sein?«

»Nun«, sagte Seranis vorsichtig, »wir haben ein paar Modifikationen vorgenommen. Aber Ur-Menschen hatten die grundlegenden Fähigkeiten.«

Cley verzog den Mund zu einem ironischen Lächeln. »Gut, daß du mich in diesem Talent unterwiesen hast. Jetzt spüre ich, daß es manches gibt, was du mir nicht sagen willst.«

»Du hast recht.« Alvin hob den Arm zu der Wand aus brodelndem Rauch, die wie eine undurchdringliche, unheilverkündende Barriere hinter ihnen stand. »Wir sind jetzt in Sorge, weil wir euch alle verlieren könnten.«

»Uns verlieren?«

Sie fing Gedanken von Seranis auf, aber sie waren eingenebelt von Begriffen und Bedeutungen, die sie bestenfalls spüren, aber nicht verstehen konnte. In dem Augenblick zwischen den Worten »euch« und »verlieren« fühlte sie ein langes, gedehntes Intervall, in welchem unheilschwangere Bedeutungen drohten. Es war beinahe, als ob immense Gegenstände durch einen hohen, überwölbten Raum schossen, den sie nur in verhangenen Schatten sehen konnte. Es war eine beängstigende Tiefe und Schnelligkeit in den Vorstellungsbildern, und sie verstand, daß ihr prächtiges Talent gleichsam rudimentär war, unentwickelt, einer winzigen Mücke gleich, die in einem abgeschiedenen Winkel des erhabenen, hochstämmigen, laubüberwölbten Waldes von Ideen und Kenntnissen tanzte, fern von den kathedralenhaften Höhen und ohne Bewußtsein der für immer verhüllten Labyrinthe. Durchblicke gähnten in weiter Ferner, reduziert durch die Perspektive, doch war ihr sofort klar, daß es Korridore waren, Gedankengänge, die sie in ihrem Leben niemals würde beschreiben können. Die hohle Stille in diesen kühlen Räumen, alle Teile von Seranis, enthielt unverständliche Geheimnisse. Diese Leute sahen menschlich aus, aber Cley spürte, daß sie ihr fremd waren wie irgendein Tier, das sie in den Wäldern gesehen hatte. Gleichwohl standen sie in der langen genetischen Tradition ihrer Art, und so schuldete sie ihnen eine gewisse Loyalität. Trotzdem, der bloße Umfang ihres Geistes –

»Wir könnten euch Ur-Menschen verlieren«, sagte Alvin in einem Ton, den sie jetzt als einen Ausdruck nachsichtiger Geduld erkannte. »Das Erbgut eurer Rasse wurde bei diesem Angriff vernichtet. Alle anderen Ur-Menschen wurden zu Asche verbrannt. Du, Cley, bist das letzte Exemplar.«

4
Eine größere Topologie

Lange Tage arbeitete sie in den verbrannten, zertrümmerten Ruinen. Die Roboter räumten den Schutt und die groben Trümmer fort, aber es gab unzählige Orte, wo nur menschliche Vorsicht und Überlegung ein Bruchstück der zerstörten Vergangenheit erkennen und retten konnten, und sie war froh, helfen zu können. Der abgetrennte Finger an ihrer linken Hand war nachgewachsen, aber noch steif und schwach, so daß die Übungen in Fingerfertigkeit ihr gerade recht kamen. Und sie benötigte Zeit, um einen klaren Kopf zu bekommen und aus dem Abgrund von Trauer und Heimweh zu finden.

Der Angriff war gründlich gewesen. Die zerstörerischen Blitzschläge hatten einem Flügel der Bibliothek besondere Aufmerksamkeit zugewandt. Hier war außer geborstenen Wänden und Decken und ausgeglühten Räumen kaum etwas übriggeblieben. Dieser Flügel hatte die Bibliothek der Menschheit beherbergt, das gesammelte menschliche Erbgut. Das Genreservoir der ältesten Rasse, nämlich der Ur-Menschen, war hier untergebracht, und nun waren sie und die zahlreichen Abwandlungen menschlicher Weiterentwicklung, die ihnen gefolgt waren, unwiederbringlich verloren – mit Cleys Ausnahme.

Es fiel ihr schwer, die wahre Bedeutung dieser ihrer Einzigartigkeit zu verstehen. Die Roboter bezeigten ihr die gleiche programmierte Ehrerbietung, die sie den Supras entgegenbrachten, und diese behandelten sie alle mit höflicher Achtung. Bei der Arbeit fühlte sie sich immer sorgsam bewacht und beschützt. Sie wiederum beobachtete verstohlen die Supras, wie sie ihre Roboter herumkommandierten, aber es gelang ihr nicht, ihre Stimmungen zu lesen.

Dann sah sie eines Tages, wie eine Suprafrau plötzlich die Arbeit einstellte und zu tanzen begann. Sie tat es mit scheinbar müheloser Energie, wirbelte im Kreis herum, daß ihre Füße den rußgeschwärzten, schmutzigen Boden kaum zu berühren schienen, und reckte die Hände empor, als wolle sie die Decke oder gar den Himmel erreichen. Andere Supras wurden von ihrem seltsamen Tun angesteckt und nahmen gleichfalls den Tanz auf, und innerhalb weniger Minuten tanzten sie alle mit verblüffender Gewandtheit und Schnelligkeit, die aber nichts von Raserei oder ekstatischer Selbstvergessenheit hatte.

Cley vermutete, daß sie Zeugin eines verfeinerten Rituals war, das den kultischen Tänzen ihres Stammes entsprach, mit denen innere Spannungen gelöst und Trauer verarbeitet wurde. Sie konnte in den Arabesken des Tanzes kein festgefügtes Muster erkennen, spürte aber, daß subtile Bedeutungselemente in jeder Bewegung lagen. Es war unheimlich, einige hundert Gestalten springen und sich drehen zu sehen, jede ganz in sich versunken, ohne den anderen auch nur einen Blick zu schenken, ohne Gesang oder gar Musik. Und trotz der konzentrierten Stille konnte ihr Talent keine Signale auffangen; es gab keine Kommunikation, jeder war still in sich verschlossen. Die Supras tanzten ohne Pause und ohne ein Zeichen von Ermüdung den Rest des Tages und die Nacht hindurch und bis in den nächsten Morgen hinein.

Je länger es dauerte, desto mehr schwand bei Cley die Hoffnung, diese unnachgiebige und kräftezehrende Manifestation zu verstehen. Ohne es zu wollen, sagten ihr die Supras, daß sie völlig allein war. Sucher war in dieser Situation auch keine Gesellschaft; er schenkte den Supras nur gelegentlich einen Blick und schlief bald ein. Sie sehnte sich nach ihrem eigenen Volk und versuchte den Lagerbereich der Supras zu verlassen, doch als sie sich der äußeren Grenze näherte, begann ihre Haut unerträglich zu brennen und zu jucken. Während die großen, durchweg stattlichen Gestalten die Nacht durchtanzten, erinnerte sie sich an die Eltern und Freunde und an das Leben mit ihnen, die nun alle im Strudel des Todes verloren waren, und sie versuchte zu schlafen und konnte es nicht.

Und dann, als Cley schon glaubte, der verrückte Tanz werde kein Ende nehmen, bevor sie alle vor Erschöpfung zusammenbrächen, hörten sie plötzlich ohne ein Zeichen oder eine Gebärde auf... sahen sich nacheinander um... und kehrten wortlos an ihre Arbeit zurück. Ihre Roboter gingen wieder ans Werk, und der Vorfall wurde mit keinem Wort erwähnt.

Am nächsten Tag nahm Seranis Proben von ihrem Haar, ihrer Haut, von Blut und Urin. – Für die Bibliothek, erläuterte sie.

»Aber es gibt niemanden mehr.«

– Komm.

Seranis führte sie und Sucher durch ein zertrümmertes Portal. Cley hatte ihr Leben in der abwechslungsreichen Schönheit der Wälder verbracht, wo ihr Volk gearbeitet hatte. So war sie nicht vorbereitet auf die weitläufigen, unterirdischen Anlagen, die Galerien und kahlen Korridore, deren Krümmungen keine Durchblicke gewährten.

– Wir bauen wieder auf.

Arbeitsroboter steuerten große, ungefüge Maschinen, die geborstene, geschwärzte Wände mit einer plastischen, glasig aussehenden Masse überzogen, die nahtlos verschmolz. Als Cley sie etwas später berührte, war die glänzende Oberfläche steinhart. »Aber wozu? Ihr habt das Erbgut verloren.« Sie zog es vor, zu sprechen, statt vom Talent Gebrauch zu machen, da sie fürchtete, ihre wahren Empfindungen preiszugeben.

– Wir können natürlich dein persönliches DNS retten, und die paar Reste, die wir hier geborgen haben. Andere Arten leben in den Wäldern. Wir werden deine Hilfe brauchen, sie zu sammeln und ihr Erbgut zu sichern.

Gedankenströme von Seranis drängten sie sanft, ausschließlich ihr Talent zu gebrauchen, aber Cley widerstand; sie wollte eine Distanz zwischen ihnen wahren. »Gut. Ihr habt mein Erbgut, nun laßt mich gehen.«

– Noch nicht. Wir müssen bestimmte Prozesse einleiten. Die Wiedererschaffung deiner Art verlangt Anleitung auch von deiner Seite.

»Ihr habt es früher auch ohne uns gemacht.«

– Mit Schwierigkeiten und Irrtümern.

»Vielleicht kann ich einzelne Angehörige meines Volkes finden. Es könnte anderswo Überlebende gegeben haben, oder ihr habt welche übersehen.«

– Alvin ist sicher, daß niemand übriggeblieben ist.

»Er kann nicht sicher sein. Der Wald bietet tausend Deckungen, und wir verstehen uns zu verstecken.«

– Alvin besitzt eine Sicherheit, die du nicht wissen kannst.

Sucher sagte in seiner melodischen Stimme, deren Obertöne wie Sonnenlicht auf Wasser tanzten: »Alvin bewegt sich in seinem eigenen Kreis.«

Seranis bedachte ihn mit einem forschenden Blick. »Du nimmst ihn als ein Segment einer größeren Topologie wahr?«

Sucher erhob sich auf die Hinterbeine und machte mit Vorderbeinen und Pfoten eine Anzahl komplexer Zeichen, die Cley nicht entziffern konnte.

»Zuerst löste er den zentralen Gegensatz zwischen dem Inneren und dem Äußeren von Diaspar auf«, sagte er. »Dies gelang ihm durch die Überwindung kultureller Engstirnigkeit, von Vorurteilen, von der Platzangst seiner Zeitgenossen und der Computer. Diesen Gegensatz von innen und außen wandelte er dann durch seinen Aufbruch in das unbekannte Land um, nur um im Gegensatz zwischen Lys und Diaspar ein Spiegelbild dessen zu finden, was er hinter sich gelassen hatte. Um den neuen Gegensatz zu überwinden, übertrug er ihn auf den Gegensatz des irdischen Provinzialismus und der Ausdehnungsfähigkeit des Universums selbst. Und indem er die Computer von Diaspar mit einem Paradox im blockierten Gedächtnis eines der Dienstleistungsroboter von Shalmirane konfrontierte. Diese Tat führte ihn wieder hinaus, in einem Raumschiff.«

Seranis starrte ihn mit offenem Mund an; es war das erste Mal, daß Cley einen Supra beeindruckt gesehen hatte. »Wie konntest du das alles wissen?«

Sucher überging ihre Frage. »Und so fand er unter den Sieben Sonnen eine weitere Barriere, den leeren Käfig von etwas, dessen Größe jenseits menschlicher Vorstellung war. Diese räumliche Barriere konfrontiert er jetzt mit seinem eigenen Verstand und sucht sie in eine zeitliche Barriere umzuwandeln.«

»Ich... ich verstehe nicht...«, sagte Cley.

»Ich verstehe schon, was du sagst.« Seranis musterte Sucher mit einer Mischung von Bewunderung und Mißtrauen. »Dieses Tier sieht unsere Bewegungen auf einer anderen Ebene. Es hat unsere Gespräche zu einem Bild zusammengesetzt und so eine Menge herausgefunden. Aber was verstehst du unter einer zeitlichen Barriere?«

Sucher leckte sich die spitze Schnauze und zog die Lefzen abwärts. Es sah wie das Gegenteil eines menschlichen Lächelns aus, und Cley vermutete, daß Sucher etwas wie ironische Erheiterung ausdrückte, denn in seinen großen, dunklen Augen war etwas wie übermütiges Vergnügen. »Ich biete zwei Erklärungen an. Er gräbt rückwärts in die Zeit, um die Ur-Menschen wiederzufinden, oder er sucht etwas außerhalb der Zeit, einen neuen Käfig.«

Cley spürte etwas wie Erschrecken in Seranis, die sich aber schnell wieder gefaßt hatte und mit steifer Ablehnung sagte: »Das ist Unsinn.«

»Natürlich«, sagte Sucher. »Aber nicht mein Unsinn.« Er machte ein trockenes, japsendes Geräusch, und Cley hätte schwören mögen, daß es ein Lachen war. Verblüffung rollte wie eine Brandungswelle durch Seranis' Bewußtsein. »Und dann?« fragte sie.

»Kein Käfig hält ewig.«

»Wirst du uns helfen?«

»Ich habe einen wichtigeren Anlaß«, sagte Sucher.

Seranis hob eine Augenbraue. »Das dachte ich mir. Wichtiger als das Schicksal intelligenten Lebens?«

»Die eurige ist eine lokale Intelligenz.«

»In früherer Zeit breiteten wir uns im Universum aus – und wir können es wieder tun.«

»Und doch könnt ihr aus eurer Haut nicht heraus.«

»So wenig wie du.«

»Du weißt, daß wir uns unterscheiden. Du mußt imstande sein, es zu fühlen.« Sucher klopfte mit den gekrümmten Fingern einer Pfote an den geräumigen Schädel über seiner spitzen Schnauze.

»Ich kann etwas fühlen, ja«, sagte Seranis.

Cley versuchte von ihrem Talent Gebrauch zu machen, konnte aber von Sucher nichts auffangen. Ihr war unbehaglich zumute. Die Atmosphäre des Gesprächs gefiel ihr nicht, und von seinem Inhalt verstand sie nur wenig.

»Ihr Menschen habt Emotionen«, sagte Sucher, »aber die Emotionen besitzen euch.«

»Und wie ist es mit deinesgleichen?«

»Wir haben Antriebe, die anderen Zwecken dienen.«

Seranis nickte, und in Cley vertiefte sich das Gefühl, daß die beiden Einsichten miteinander teilten, die anderen so wenig bemerkenswert schienen wie die Luft, die sie atmeten. Sie alle lebten wie Ameisen im Schatten von Bergen aus aufgetürmten Jahrtausenden, und die schiere Masse der Zeit überschattete jedes Wort. Aber niemand sprach klar. Konnte es daran liegen, daß der Strom der Zeitalter irgendwie alle Gewißheiten verwischt hatte und Zweifel selbst an den Kategorien der Selbsterkenntnis aufkommen ließ? Die Geschichte hielt für jede Regel Gegenbeispiele bereit. Die objektive Wahrheit war nur selten faßbar; alles wurde zu Geschichten, die Gegenstand der Veränderung und berechtigten Mißtrauens waren, also übersprangen Gespräche die düsteren Abgründe der Unwissenheit und umgingen schmerzhafte Erinnerungen, um sich in Zweideutigkeit und Täuschung zu retten.

Sucher brach das lange, angespannte Stillschweigen zwischen ihnen. »Wir sind im Augenblick Verbündete, das wissen wir beide.«

»Ich bin froh, das zu hören. Ich habe mich gefragt, warum du Cley begleitest.«

»Ich wollte sie retten.«

Seranis sah ihn mißtrauisch an. »Du warst ganz zufällig zur Stelle?«

»Ich war dort, um von neuen Gefahren zu lernen, die meinen Artgenossen Sorgen bereiten.«

Seranis verschränkte die Arme auf der Brust und verlagerte ihr Gewicht von einem Bein aufs andere. Für Cley war es eine unbewußte Geste, die wohl den Menschen aller Zeiten gemeinsam war und die gleiche Bedeutung hatte: ein reservierter Urteilsvorbehalt. »Bist du ein Nachkomme der Kopien, die wir machten?«

»Aus eurer Bibliothek des Lebens?« Sucher hustete, als

wolle er unhöfliche Erheiterung dahinter verbergen, dann zeigte er die gelben Zähne in einem breiten, undeutbaren Grinsen. »Genetisch sind einige von ihnen darunter, ja, doch beileibe nicht alle. Und meine Art hat sich längst wieder ihren alten Aufgaben zugewandt.«

Seranis runzelte die Brauen. »Ich dachte, ihr wärt ursprünglich Gefährten einer untergegangenen Menschenrasse gewesen.«

»Das mag die betreffende Rasse gedacht haben, weil sie einige der unsrigen fing und zähmte, aber wir waren immer Herren unseres Geschickes.«

»Das habe ich nicht erfunden«, sagte Seranis mit einem Anflug von Gekränktheit. »Die Bibliothek von Diaspar besitzt Material darüber.«

»Genau. Trotzdem war es eine kluge Rasse.«

»Ur-Menschen?« fragte Cley. Der Gedanke, daß es im Leben ihrer Vorfahren Freunde wie Sucher gegeben hatte, sagte ihr zu.

Seine dunklen Augen blickten sie lange an. »Nein, es war eine andere Rasse.«

»Besser?«

»Verschieden.«

»Und nun ist sie vollständig verloren?« fragte Cley. Die Menschheitsgeschichte stand vor ihrem inneren Auge wie ein geheimnisvolles, von Wolken eingehülltes Bergmassiv.

»Sie ist fort.«

»Fort – oder ausgestorben?« fragte Seranis.

»Von eurer Perspektive aus gesehen«, sagte Sucher, »gibt es keinen Unterschied.«

»Mir scheint, daß mit meinem Tod das Buch eurer Ur-Menschen geschlossen wird«, sagte Cley, um die Spannung, die sich in das Gespräch eingeschlichen hatte, durch einen Themawechsel aufzulösen. »Mein Erbgut wird daran nichts ändern; es gibt kein Genreservoir.«

»Trotzdem müssen wir alles tun, was in unseren Kräften steht«, erwiderte Seranis. »Die Stabilität dieser Biosphäre hängt von der Vielfalt der Arten ab. Je größer ihre Zahl, desto widerstandsfähiger ist das Leben, desto besser kann es sich behaupten, sollten weitere Katastrophen die Welt gefährden.«

»Und das werden sie«, sagte Sucher. Er streckte und schüttelte sich, ein Zeichen, daß er gehen und nicht weiter sprechen wollte.

– Verdammtes Tier! Seranis konnte den Gedanken nicht gegen Cley abschirmen, oder sie wollte es nicht.

In gespanntem Schweigen verließen sie die Bibliothek der Menschheit. Seranis blockierte konsequent jeden Zugang zu ihren Gedanken, so daß Cley auch nicht ein Bruchstück davon auffangen konnte.

5
Das Bankett am Ende der Zeit

Am selben Abend gab Alvin ein Festmahl für dreihundert Personen, an dem Cley als Ehrengast teilnahm. Roboter hatten den ganzen Tag über gearbeitet und einen großen, von Säulen getragenen Saal instandgesetzt, der sich nun in frischem Glanz präsentierte. Die Wände waren sandfarben, aber opalisierend. Die breit gelagerte Decke aus Kreuzgewölben ruhte auf schlanken Säulen, zwischen denen die Tische auf dem Granitboden standen. Seltsame Schmuckelemente aus spiraligen Linien überzogen Boden und Wände, blau leuchtend am Boden und entlang den Wänden aufsteigend in Grün und Rot übergehend, so daß ein Effekt wie Sonnenuntergang über azurblauem Meer entstand. Perspektivische Täuschungen spiegelten Ausgänge vor, wo keine waren, und manchmal schien es, als säßen in der Ferne Tausende von anderen Tischgästen beim Essen. Bisweilen versanken kreisförmige Platten im Boden und hinterließen gähnende Löcher, um kurz darauf wieder emporzusteigen, beladen mit selbstfahrenden Büffetwagen. Dies beunruhigte Cley so sehr, daß sie ihren Platz nicht zu verlassen wagte. Während draußen an der Wüstenoberfläche kalte Nachtluft wehte, herrschte im Saal angenehme Wärme, parfümiert mit dem Duft der Nadelwälder, die sie so gut kannte. Man hatte sie mit einem lockeren Gewand versehen, das kaum Substanz zu haben schien, obwohl es sie vom Hals bis zu den Knöcheln einhüllte und ihren Körper wie fließendes Wasser streichelte.

Sie aßen Zubereitungen aus Getreide, Hülsenfrüchten und Gemüsen, die schon in der Frühzeit der Menschheit angebaut worden waren. Diese Feldfrüchte waren bereits der Segen einer reichen Ernte, welche die wiedererstehende Biosphäre hergegeben hatte. Cley genoß die wohlschmeckenden Soßen und Zubereitungen, hielt in den Gesprächen mit ihren Gastgebern aber ihre fünf Sinne beisammen.

Oft ging die lebhafte Unterhaltung auch an ihr vorbei, vor allem, wenn Arabesken telepathischer Randbemerkungen in das Gespräch eingeschoben wurden und mehrere Stimmen gleichzeitig redeten. Dazu kam, daß manche der in dieser Form abgehandelten Themen für Cley nur schwer oder gar nicht verständlich waren. Manchmal dachten die Supras von Lys daran, Cley den einen oder den anderen Sachverhalt zu erklären, und die aus Diaspar bemühten sich, die einander überlagernden Kreuzverweiser in ihrer Rede Cley zuliebe einfach zu halten. Doch sobald sie sich für etwas begeisterten oder in Feuer gerieten, schwangen ihre Gespräche sich in Bereiche verwirrender Verflochtenheit auf.

Sie hörte aus den Gesprächen Gewissensbisse und Zorn heraus, sowie eine feste Entschlossenheit, wiederzugewinnen, was nur irgend möglich war. Dennoch bemühte Alvin sich, die Stimmung aufzulockern, machte Scherze und zitierte sogar ein altehrwürdiges Motto aus der Frühzeit der Wissenschaft. »*Nullius in verba*«, sagte er, »oder ›glaubt den Worten nicht‹. Da scheinen Bibliotheken überflüssig, meinst du nicht?«

Cley zuckte mit den Achseln. »Ich bin keine Gelehrte.«

»Genau! Es ist höchste Zeit, daß wir aufhören, unsere Geschichte zu studieren. Wir sollten sie wieder erfinden.« Er tat einen langen Zug aus seinem Becher.

»Danke, ich würde es vorziehen, einfach mein Leben zu leben«, sagte Cley.

»Ach ja, aber der wahre Sinn wird uns erst offenbar, wenn wir bewahren und schätzen, was wir waren und getan haben, ohne uns davon erdrücken zu lassen.«

Er war in sprudelnder Laune und übertraf darin alle anderen Supras. Er winkte fröhlich zu anderen Tischen hinüber, rief scherzhafte Bemerkungen, lachte viel und oft und brachte es so zuwege, daß die Stimmung zusehends lockerer und ausgelassener wurde.

Seranis war abgelenkt von einem telepathischen Meinungsaustausch, stellte aber ihre Geschicklichkeit zur Schau, indem sie gleichzeitig zu Cley sagte: »In Wirklichkeit hält er nichts von Geschichte. Er meint, daß wir hier am

Ende eines langen Korridors der Zeit die Echos ignorieren sollten.«

Cley runzelte die Brauen. Sie wünschte, Sucher wäre zu diesem verwirrenden Bankett gekommen, aber das Tier scheute die Anwesenheit vieler Menschen und hatte es vorgezogen, zu schlafen. Sie war besorgt um ihn. Warum blieb Sucher bei ihr, wenn die Supras ihn wahrscheinlich hätten gehen lassen? Seine lakonischen Antworten hatten Seranis gegen ihn aufgebracht, und das konnte gefährlich sein. Zwar hatten Supras den Leuten ihres Stammes niemals Schaden zugefügt, aber sie war nicht sicher, ob sich solche Rücksichtnahme auch auf ihre Beziehungen zu fremden Arten bezog. In jedem Fall schien ihr Vorsicht angebracht.

Um nicht wie ein vollkommener Dummkopf dazustehen, versuchte sie sich an der Konversation zu beteiligen. Alvin war im Mittelpunkt der Aufmerksamkeit, nahm sich aber sofort Zeit für sie, als sie ihn fragte: »Wie kannst du die Geschichte als überflüssigen Unsinn abtun? Verleugnest du damit nicht das Streben und die Leistungen ungezählter Generationen, aller Kultur, die eigene Herkunft?«

Er musterte sie aufmerksam, als ob er versuche, mehr in ihr zu lesen. Dann zuckte er mit der Schulter und seufzte, aber der heiter-unbekümmerte Ausdruck blieb in seinen Augen. Der Tag des Tanzes schien ihn von einer bestimmten Bürde befreit zu haben. »Geschichte, das ist solch eine Fülle von Einzelheiten! Herrscher sind wie die Dinosaurier. Ihre Namen und Taten sind mir unwichtig. Nur die Daten ihres Auftretens und Verschwindens könnten interessieren.«

»Geschichte ist mehr als ein paar Namen von Herrschern«, entgegnete Cley. »Ich hatte mir immer gewünscht, etwas über unsere Vergangenheit zu erfahren, die geistigen Strömungen und Religionen, den Aufstieg und Niedergang großer alter Kulturen, aber unser Leben bot dazu keine Gelegenheit. Ihr besitzt alles Wissen und verschmäht es.«

Jemand rief von weiter unten am Tisch: »Recht gesprochen! Alvin, der Verwahrer der Aufzeichnungen wird dich schelten!«

Alvin lachte. »Nein, wird er nicht. Er weiß, daß wir das Gewicht der Zeit nur hochhalten, wenn wir das Gleichgewicht behalten. Andernfalls würde es uns erdrücken.«

»Wir tanzen auf der Zeit!« rief eine andere Stimme. »Sie ist unter uns.«

Alvin schmunzelte. »Die alten Reiche der Vergangenheit sind Staub unter unseren Füßen... aber wir halten an unseren alten Gewohnheiten fest. Sie haben Bestand.«

»Wir Menschen brauchen Kontinuität«, sagte Cley. »Wenn wir unsere Wurzeln mißachteten und nur dem Augenblick lebten, wären wir nicht anders als Tiere. Mein Stamm –«

»Ja, das war eine einzigartige Erfindung. Als wir euch wieder ins Leben riefen, war uns klar, daß wir das Wiedererstehen eurer alten Weltreichsgewohnheiten nicht zulassen konnten.«

Cley runzelte die Brauen. »Weltreichsgewohnheiten?«

»Natürlich«, sagte Seranis. »Das weißt du nicht.« Sie inhalierte eine Duftwolke, und während sie das Parfüm genoß, sendete sie: – Wir entnahmen euren Genotyp dem Zeitalter des Weltreiches, als die Menschheit das Sonnensystem plünderte und sich beinahe selbst auslöschte.

Seranis' Telepathie enthielt sowohl den Stachel des Vorwurfs wie auch den Balsam der Vergebung. Cley ärgerte sich darüber, versuchte es aber zu verbergen.

»Mein Stamm machte keinen... Krieg.« Sie mußte innehalten und sich auf das Wort besinnen, weil sie noch nie Anlaß gehabt hatte, es zu gebrauchen. Aber die Definition war klar: Krieg war, was daheim ihren Stamm vernichtet und hier die Zerstörungen angerichtet hatte. Die Vorahnung kommenden Unheils war ihr Anlaß genug, sich das Wort für künftigen Gebrauch zu merken.

»Das war, wie wir es wollten.« Alvin lächelte, als erwähne er das Wetter. »Wir dachten uns, daß ihr höchstens einmal nach neuem Territorium als Lebensraum trachten würdet, aber nicht nach politischer und staatlicher Organisation und Macht, wie in dem imperialen Modell.«

»Wir wußten nicht, daß wir so... geplant waren.« Cley biß die Zähne zusammen und hoffte, daß ihr Talent es nicht verraten würde. Die ungeschätzte Nacktheit ihrer Gedanken erwies sich als ein Nachteil.

»Glaube mir, wir griffen nicht in eure genetische Grundausstattung ein«, sagte Seranis in freundlichem Ton. Sie bot Cley ein Obsttörtchen an, schien sich aber nichts daraus zu machen, als die andere ablehnte. »Euer Gemeinschaftsgeist ist der wichtigste Schlüssel zu einer kollektiven Identität. Er fördert Geborgenheit in der Sippe und im Stamm. Solche Verhaltensmuster müssen immer Bestand haben, vom Kindergarten bis zu einem über die Welt hinausreichenden Bündnis.«

»Und wie arbeitet *ihr* zusammen?«

Alvin sagte: »Wenigstens haben wir gelernt, nicht gegeneinander zu kämpfen. Vor allem aber haben wir ein gemeinsames höheres Ziel.«

»Welches?« fragte Cley.

»Vielleicht sollte ich lieber sagen, einen gemeinsamen Feind. Bisher war ich der Meinung, daß die Geschichte unser schlimmster Gegner sei, weil sie sich an uns hängt, wenn wir ihr zu entfliehen suchen. Aber nun sind wir einem aktiven Feind aus unserer Geschichte begegnet, und ich muß sagen, daß ich mich belebt und angefeuert fühle.«

Alvin war offensichtlich der Jüngste dieser Supras, obwohl Cley das Alter dieser glatten, vollkommenen Gesichter nicht zuverlässig ablesen konnte. »Feinde? Andere Supras?«

»Nein, nein. Du erinnerst dich an diese Leute, die deine Stammesgenossen töteten und die Bibliothek des Lebens zerstörten?«

»Ja.« Es kostete Cley einige Anstrengung, ihren Haß zu unterdrücken. Primitive Gefühle würden hier nicht gut aufgenommen.

»Sie waren Sinnestäuschungen.«

»Ich sah sie!«

»Sie erschienen auch hier. Ich überprüfte unsere Aufzeichnungen, und da waren sie.« Er schnippte mit den Fingern. »Genauso, wie du sie gesehen hast. Wir waren zu beschäftigt, um es zu bemerken, und darum schulden wir dir Dank.«

»Sie waren wirklich!«

»Die eingehende Untersuchung ihrer Spektralbilder ergab,

daß sie kunstvolle Lichtbrechungen waren, erzeugt durch erhitzte Luft.«

Cley sah ihn verständnislos an. Die Vorstellung, eines eindeutigen Feindes beraubt zu sein, wollte ihr nicht in den Kopf. Es war, als taste sie im Dunkeln nach der nächsten Stufe einer Treppe, ohne eine zu finden. »Was dann...?«

Alvin lehnte sich zurück, verschränkte die Hände im Nakken und blickte zur Decke auf. »Was erhitzt Luft? Eine Blitzentladung. Aber es so perfekt nachzuahmen?«

Seranis blickte überrascht auf, und Cley bemerkte, daß es um den Tisch still wurde und alle Gesichter sich Alvin zuwandten.

»Ein Blitz ist eine elektrische Entladung, das ist alles«, sagte Seranis. »Aber wie man daraus realistische Bilder machen kann...«

»Nur um uns zu täuschen?« fragte Cley.

»Genau!« Alvin klatschte mit kindlicher Freude in die Hände, daß seine erwartungsvoll lauschenden Tischgenossen erschraken. »Welche Fähigkeit!«

»Schon?« fragte Seranis ruhig.

Alvin nickte. »Der Verrückte Geist. Er ist zurückgekehrt.«

Ein Kreuzfeuer telepathischer Signale, Fragen und Antworten brach los und traf Cley wie ein Schlag. Alvins Vermutung ging wie ein Lauffeuer durch den Saal. Viele Supras sprangen von ihren Plätzen auf, versammelten sich in diskutierenden, spekulierenden Gruppen. Die Stoßwellen des plötzlich losbrechenden, akustischen Lärms schienen die telepathische Überladung in Cleys Kopf noch zu verstärken. Wieder fühlte sie sich in das Labyrinth ihrer Gedankengänge gestoßen, hilflos ausgesetzt den durcheinanderschießenden Ideen, Einwänden und Bildern, deren Umrisse bis zur Unverständlichkeit verzerrt waren. Mit dem, was Alvin den Verrückten Geist genannt hatte, schienen sich die verschiedensten Vorstellungen zu verbinden, eine so abenteuerlich und absurd wie die andere.

Der Wirbel einer Windhose.

Eine schwarze Sonne, die vor rubinroten Sternen toste.

Purpurrote Geysire auf einer unendlichen Ebene, die zu einer Scheibe schrumpft, mit der schwarzen Sonne in der Mitte.

Lichterscheinungen wie zerplatzende Sterne, die zu phosphoreszierenden Wandteppichen werden.

Eine Galaxis dünner Gazeschleier, zerflatternd wie ein ausfliegender Bienenschwarm, mit der schwarzen Sonne am Rand, dann in der Mitte der auseinanderfliegenden Spiralarme.

Finster dräuende Gewitterwolken.

Sie floh vor diesem Sturm, verkroch sich. Wartete.

Keuchend unter dem Ansturm der fremdartigen, krankhaft anmutenden Bilder, erschöpft vom Bombardement der Ideen und Spekulationen, fragte sie sich, wie die Leute von Lys sein mochten, wenn sie allein waren. Wenn sie es je waren.

Supras, Ur-Menschen, Sucher – alle aus verschiedenen Zeitaltern der Evolution. Diese Wüstenebene glich einem Sandkasten zur Schaustellung historischer Kuriositäten, wo durchgespielt wird, welche Strömungen wirken, wenn verschiedene Zeitalter zusammengeworfen werden. Und sie war hier festgenagelt, ausgeliefert der undurchschaubaren, allmächtigen, herablassenden Vernünftigkeit der Supras.

Cley hielt sich die Ohren zu. Der akustische und telepathische Lärm um sie her dauerte an. Einstweilen schienen die Supras sie vergessen zu haben, doch sobald sie am Ziel ihrer labyrinthischen Logik waren, würden sie wieder Notiz von ihr nehmen.

Und von oben herab zu ihr sprechen. Sie aufmuntern. Und sie wie ein unklar erinnertes, plötzlich wieder aufgetauchtes Haustier behandeln.

Kein Wunder, dachte sie bitter, daß sie sich nicht der vielen Rassen von Hunden und Katzen erinnert hatten. Die Ur-Menschen hatten diesem Zweck zufriedenstellend gedient.

Ihr Volk... Jahrhundertelang hatte es für die Supras gearbeitet, die wiedererstehende Biosphäre gepflegt und erweitert. Die Supras waren klug genug gewesen, es in einzelne Stämme aufzusplittern und jedem ein bestimmtes Gebiet zur

Bearbeitung und Pflege zuzuteilen. Es erleichterte die Kontrolle, verhinderte die Herausbildung unerwünschter, überregionaler Zusammenschlüsse und gab dem einzelnen gleichwohl das Gefühl von Geborgenheit in der Gemeinschaft. Aber herausgerissen aus diesem zerbrechlichen Zusammenhang, schnappte Cley nach Luft wie ein Fisch auf dem Trockenen.

Sie wankte hinaus, halbblind vor Zorn. Unterdrückte Gefühle, in ihr angestaut, brachen sich Bahn, und sie konnte nur hoffen, daß das telepathische Schneegestöber sie überdeckte. Aber sie konnte ihnen nicht länger aus dem Weg gehen.

Sie war hier wie ein Käfer, der zu Füßen dieser zerstreuten Übermenschen krabbelte. Sie waren nicht unfreundlich in ihrer kühlen, einseitigen Art, aber das Bemühen, sich ihrem geistigen Niveau anzupassen, war unübersehbar – und ärgerlich. Die Sehnsucht nach Menschen ihres eigenen Volkes war ein brennender Schmerz in ihr.

Die einzige Hoffnung jedoch, ihresgleichen wiederzusehen, lag bei diesen Supras. Aber eine beklemmende Bangigkeit überkam sie, als sie sich vorzustellen versuchte, wie neue Ur-Menschen sein würden.

Künstlich aus tiefgekühlten Gewebeproben gezüchtete Körper. Ihre Angehörigen, ja, geklonte Ebenbilder ihrer selbst. Dennoch Fremde. Nicht vom Leben gezeichnet, nicht in einer Familie aufgewachsen. Sie wären nur im engsten genetischen Sinne ihresgleichen.

Es sei denn, irgendwo lebten noch ein paar Ur-Menschen, Davongekommene. Sie würden die Gemeinschaft und die Bräuche des Stammes kennen, die gemeinsame Kultur, nach der sie sich sehnte.

Wenn sie existierten, mußte sie sie finden.

Doch jede Nuance dessen, was die Supras sagten, ließ erkennen, daß sie sie nicht gehen lassen würden.

Sie waren nicht allmächtig – das mußte sie sich immer wieder vor Augen halten. Sie brachten Sucher eine Art von gereiztem Respekt entgegen, waren offensichtlich unsicher, was er war und wieviel er wußte.

Schon ihre Errungenschaften machten sie verwundbar. Unsterbliche waren ungemein vorsichtig; jeder Unfall konnte sie vernichten. Bei all ihrer Vorsicht unterlagen sie Irrtümern. In den dichten Wäldern konnten einige Überlebende des Stammes ihren Nachforschungen entgangen sein.

Keine der verfeinerten, eleganten Gestalten aus Diaspar oder Lys konnte zur Spurensuche in der Wildnis taugen.

Ihr Entschluß stand fest. Sie würde entkommen.

6
Flucht

Überraschung und Ablenkung waren Taktiken, die man am besten schnell anwandte. In Cleys Fall mußte die Überraschung am äußeren Sperrkreis wirksam werden, den die Supras um die zerstörte Bibliothek errichtet hatten. Doch hatte sie keine Ahnung, wie sie das bewerkstelligen sollte.

Sie vertraute sich Sucher an, weil sie überzeugt war, daß er sie nicht verraten würde. Ihre Neuigkeit schien ihn nicht zu überraschen, jedenfalls zeigte er keine sichtbare Reaktion, außer daß er einen Augenblick das braune Rückenfell sträubte. Sie hatte auf einen lakonischen, aber praktischen Rat gehofft. Aber er nickte bloß und verschwand in der Nacht.

»Verdammt«, murmelte sie. Nun, da sie sich zum Handeln entschlossen hatte, konnte sie der Hoffnungslosigkeit ihrer Situation komische Aspekte abgewinnen. Sie war schließlich der weit und breit am wenigstens intelligente Mensch, umgeben von Technologie, die ihr so fremd wie Zauberei war.

Die Supras hatten den Speisesaal verlassen, aber im Lager wurde weiter gefeiert und diskutiert. Obwohl sie sich ein gutes Stück abseits hielt, schäumten Wellen von Telepathie in ihr Bewußtsein und machten es schwierig, klar zu denken. Sie hoffte jedoch, daß dieser Sturzbach als Tarnung dienen und ihren Plänen zustatten kommen würde.

Eine dröhnende Explosion rollte durch die Dunkelheit. Plötzlich war Sucher bei ihr. »Komm«, sagte er.

Rufe, Aufblitzen orangeroter Detonationen, eine Reihe dumpfer Schläge. Die Außenbeleuchtung erlosch.

Sie schlüpften einfach davon. Sucher hatte die Energieversorgung des äußeren Sperrkreises gesprengt und so die Abschirmung zum Zusammenbruch gebracht. Bei all ihrer Meisterschaft in Wissenschaft und Technik reagierten die Supras beinahe panisch auf den Ausfall des Sperrkreises und die plötzliche Dunkelheit. Nach Minuten kopfloser Verwirrung hoben sie die stehenden Befehle für die Roboter auf und richteten alle Anstrengungen auf die Wiederherstellung der Abschirmung.

Sucher hielt wachsam Umschau, als sie ohne Eile durch das Lager zu der Seite gingen, die der Vegetationsgrenze der Buschsteppe am nächsten war. »Der Augenblick war abzusehen«, war alles, was er dazu sagte.

»Aber die Roboter –«

»Sie haben das nicht erwartet. Sie sehen keine Zusammenhänge.«

Still und jede Deckung ausnutzend, stahlen sie sich aus dem Lager. Überall waren Roboter mit der Wiederherstellung der äußeren Abschirmung beschäftigt und nahmen keine Notiz von ihnen.

Sobald sie das Lager hinter sich hatten, beschleunigten sie ihre Schritte zu einem ausdauernden Trab. Unter einem mondlosen Sternhimmel liefen sie eine Stunde lang, bis sie die ersten Grasinseln und Dornsträucher erreichten, die bald zahlreicher wurden und allmählich in lichten Buschwald übergingen. Cleys Augen hatten sich rasch auf das schwache Licht eingestellt und sahen genug, um den Hindernissen auszuweichen. Nach einer weiteren halben Stunde stieg das Gelände an, und sie verlangsamten das Tempo. Was immer Sucher unternommen hatte, um ihnen die Freiheit zu verschaffen, es würde nicht lange wirken. Cley hatte sich unter der gönnerhaften Aufsicht der Supras beengt und unruhig gefühlt, und es war klar, daß sie ihre Gefühle nicht lange hätte verbergen können. Sie vermutete, daß Sucher ihre Unruhe und ihr Unbehagen längst bemerkt und die nötigen Vorbereitungen für ihre Flucht getroffen hatte, bevor Seranis Cleys Absichten lesen und ihre Kontrolle verschärfen konnte.

Nun fielen all diese Komplikationen von ihr ab, und sie gab sich dankbar den heilenden Kräften hin, die ihr aus der freien Natur zuströmten, und mit der gleichmäßigen körperlichen Anstrengung in ihr wirksam wurden. Von den Gesprächen der Supras wußte sie, daß ihre Art nicht jener der wahren, ursprünglichen Menschen entsprach, die sich in ferner Vorzeit natürlich entwickelt hatten, aber das machte wenig aus. Obwohl die genetische Struktur des Menschen leicht verändert werden konnte, wie die Einbeziehung des telepathischen Talents zeigte, hatten die Supras sich bei ihrer Nachschöpfung eng an das Original gehalten. Der bloße Aufenthalt in der Natur, umgeben von ihren Bäumen und Sträuchern, rührte tief an ihr innerstes Wesen.

Nach Überwindung der Höhenstufe wurde das Gelände wieder ebener, und die ersten Bäume, Vorposten des Waldes, breiteten ihre Kronen über dem lockeren Buschbestand aus. Sucher ging wieder in seinen gleitenden, raumgreifenden Trab über, und Cley hielt sich dicht hinter ihm. »Sie müssen jetzt nach uns suchen«, sagte sie nach langem Schweigen.

»Ja. Meine Wirkung wird nachlassen.«

»Welche Wirkung?«

Sucher wandte den Kopf, blickte über die Schulter zu ihr, so daß sie die halb offene Schnauze mit der heraushängenden Zunge sehen konnte, sagte aber nichts.

»Ist es etwas, was ich nicht wissen darf?«

»Etwas, was du nicht wissen kannst.«

»Oh.« Sie war es gewohnt, daß die Supras ihr das Gefühl gaben, einfältig zu sein. Sucher aber machte von seinen Fähigkeiten nichts her, und gerade das ließ sie noch einschüchternder erscheinen.

»Aber sie können uns finden«, sagte sie nach einer Weile. »Supras haben viele Mittel, kennen viele Kniffe.«

»Wir müssen rechtzeitig Deckung suchen. Es arbeitet noch etwas im Himmel.«

Sie blickte auf und sah nur eine dünne Nebeldecke. Die Anstrengung, mit Sucher Schritt zu halten, machte sich bemerkbar; Cley atmete keuchend, als sie sich durch zunehmend dichtere Vegetation arbeiteten. »Warum können sie uns jetzt noch nicht sehen?«

»Wir schwimmen im Bad des Lebens.«

Mit jedem Schritt wurde die zunächst rätselhafte Feststellung wahrnehmbarer. Sie bewegten sich tief und tiefer in die Umarmung eines Landes, das in geschäftiger Umwandlung begriffen war. Pilze und Flechten überzogen jeden zutage tretenden Felsen. Dieser dichte Überzug arbeitete mit sichtbarer

Energie, warf Blasen und dampfte, während er das Gestein zersetzte und Verdauungsgase in die Luft entließ, wo sie zu Nebel zusammenflossen. Wo diese Pioniere der Vegetation ihre Arbeit getan hatten, gediehen bereits Bartgräser und Staudengewächse.

Cley stieg vorsichtig durch ein Blockfeld, dessen Steine mit gallegrünen Flecken gesprenkelt waren, besorgt, daß sie ihre Füße mit zersetzender Säure angreifen würden. Nicht alle Dämpfe, die über der fiebernden Landschaft hingen, waren bloße biologische Zerfallsprodukte, die den Zweck hatten, die Atmosphäre mit Spurenelementen anzureichern. Aus einer Ansammlung moderig riechender Pilzkolonien stieg plötzlich ein Schwarm winziger Insekten auf und umschwirrte sie. Cley schlug in Panik um sich, bis Sucher ruhig sagte: »Steh still. Sie sind durstig.«

Die Insektenwolke war beinahe durchscheinend, die einzelnen Tiere wie winzige fliegende Eissplitter, die das blasse Sternenlicht reflektierten. Sie umkreisten Cley in bald weiteren, bald engeren Schleifen, als würden sie von einer geschickten Intelligenz gesteuert. Sie begriff, daß sie ihnen wie ein ganzes Schlaraffenland vorkommen mußte. »Was tun sie?«

»Nicht sprechen. Sonst riechen sie deine Magensäfte und fliegen dir in den Schlund.«

Sie schloß den Mund und auch die inneren Nasenklappen. Diese Knorpel waren nützlich gewesen, um in den Wüsten einer früheren Erde, die selbst dem Verwahrer der Aufzeichnungen nur noch bruchstückhaft bekannt war, Wasserverluste zu vermeiden. Nun hielten sie die winzigen, summenden Plagegeister fern, solange sie den Atem anhalten konnte. Sie fragte sich, welche Laune der Natur diese sonderbare Spezialisierung auf Magensäure hervorgebracht haben konnte, während sie mit geschlossenen Augen und zusammengebissenen Zähnen stand und wartete. Wenn sie nur schreien könnte, nur einmal Luft holen –

Die Wolke der Insekten umkreiste ihren Kopf mit hohem, zornigem Sirren, und dann ließ sie von ihr ab und flog auf der Suche nach schmackhafterer Nahrung davon.

»Sie suchen nicht nur, um zu essen«, sagte Sucher, »sondern auch, um zu verändern.«

»Woher weißt du das?«

»In meiner Zeit gab es viele Lebensformen, die durch chemische Aufspaltung lebten. Sie arbeiteten an Molekülen, wandelten rohe Mineralstoffe in nützliche Verbindungen um.

Cley erschauerte. »Sie machen mir eine Gänsehaut.«

»Diese hier haben offensichtlich den Zweck, Pilzen und Flechten bei der Zersetzung von Gestein zu helfen und den Boden für Pflanzenleben zu bereiten.«

»Ich habe immer im Wald gelebt, bin ihnen aber nie begegnet.«

»Sie gehen ihrer Arbeit in den Randzonen nach, die der Wald noch nicht besiedelt hat. Deine Art bewohnt die tiefen Wälder.«

»Ich hoffe –«

»Nicht mehr reden. Schnell jetzt.«

Sie liefen weiter. Sucher hielt des öfteren an, beschnüffelte den Boden und schien zu lauschen. Cley nutzte die Pausen zum Verschnaufen. Immer wieder blickte sie zum Himmel auf, wo das galaktische Zentrum aufging. Sein matter Lichtschein war unwillkommen; sie fühlte sich bloßgestellt.

Als sie den steilen Hang eines Hügels querten, sagte Sucher: »Sie kommen jetzt.«

»Die Supras?«

»Mehr als sie.«

»Das kannst du am Boden hören?«

Sucher hatte den Kopf zwischen die langen Gräser gesteckt, schnüffelte und hielt die Ohren gespitzt. Nachdem er einige Augenblicke absolut bewegungslos verharrt hatte, sprang er wieder weiter, noch schneller als vorher. Sie mußte laufen, so schnell sie konnte, um ihn einzuholen. »Was –«

»Voraus«, rief er zurück.

Keuchend arbeitete sie sich hinter ihm eine schmale Rinne zwischen zwei aneinanderstoßenden Hängen hinauf. Ein tiefes, brausendes Dröhnen schien von überall zu kommen, bis sie merkte, daß sie es als Vibration durch die Füße fühlte. Etwas weiter voraus und über ihnen wurden Erde, Gräser und lockeres Gestein in einem prasselnden Schwall hinausgeschleudert, gefolgt von einem schenkelstarken Wasserstrahl, der hoch in die Luft schoß und in einem Platzregen niederfiel. Obwohl sie noch ein gutes Stück entfernt waren, wurden sie mit Wassertropfen überschüttet.

»Ein frischer Quell«, rief Sucher durch das Rauschen und Prasseln des Wassers. »Die Spannung im Gestein hat seit Tagen zugenommen, und so suchte ich den Ausbruch. Er wird uns einstweilen Schutz bieten.«

Die Tropfen hämmerten auf Cley herab. Sucher winkte sie hastig weiter. Durch die Wasservorhänge der Fontäne sah sie Lichterscheinungen wie Scherben eines Regenbogens über den Himmel huschen.

»Wer ist das?« fragte sie.

»Was, nicht wer. Das, was die Bibliothek zerstört hat.«

Durch den dichten Vorhang blitzender Wassertropfen sahen sie ein filigranhaft aufgelöstes Glühen, das sich ausdehnte und wuchs. Veränderliche, bewegte Muster leuchteten wie ein funkelndes Netz, das den Himmel überspannte. Cley hatte diese schönen Lichteffekte schon einmal gesehen – hatte gesehen, wie sie heruntergekommen waren, und allen, die sie liebte, Tod und Verderben gebracht hatte. Die elegante Kälte des Schauspiels traf ihr Herz mit bleierner Schwere. Es war ihr gelungen, den Schrecken zu verdrängen, doch nun kehrte er zurück. Diese leuchtenden Fühler hatten nach ihr gegriffen, alles verbrannt, was ihnen in den Weg gekommen war, und hätten sie beinahe getötet. Sie sehnte sich nach einer Möglichkeit, zurückzuschlagen. Das alte Wort Krieg sang in ihrem pochenden Pulsschlag, den geblähten Nasenflügeln, in gespannten Lippen.

Sie stand im prasselnden Wasserguß, der ihr kaum Luft zum Atmen ließ, und hoffte, daß der Wasserdruck der Quelle lange genug anhalten würde, um ihnen bis zum Rückzug des Feindes unter der Fontäne Deckung zu gewähren.

Aber nun schossen bernsteinfarbene Lichtpunkte zwischen die tastenden Energiefühler – Flugmaschinen der Supras, die vom Lager aufgestiegen sein mußten. Sie hatte erwartet, sie als Verfolger zu sehen, aber sie suchten nicht das Gelände ab.

Statt dessen versuchten sie die leuchtenden Entladungen mit ihrer Formation einzukreisen.

Sucher sah ramponiert aus, sein Fell dunkel und triefend von Nässe. »Komm«, rief er durch das Rauschen des Wassers.

Sie kletterten ein paar Schritte hinab unter einen Überhang, wo die Wassermassen mehr vor ihnen statt unmittelbar auf sie niedergingen. Die Fontäne erzeugte einen Nebel feiner Wassertröpfchen in ihrem Umkreis, der die Beobachtung des Geschehens weiter erschwerte, doch schien es, daß die Maschinen der Supras den Ausgangspunkt der Blitzentladungen einzukreisen und zu ersticken suchten.

»Das Wasser wird uns einstweilen verbergen«, sagte Sucher.

»Haben sie es wieder auf die Bibliothek abgesehen?«

»Nein. Sie scheinen – da.«

Ein Lichtstrahl stieß durch das Netz der kreisenden, bernsteingelben Lichter abwärts und spaltete sich in grelle Lichtfinger auf. Diese rasten über Höhen und Täler, scheinbar ziellos, aber ein weißglühender Fühler kam in ihre Nähe, und sie hörten seine knisternde Wildheit durch das tosende Wasser. Er verweilte einen Augenblick auf dem Weg, den sie gekommen waren, als suche er Witterung aufzunehmen, aber dann tastete er weiter über den Hang und hinterließ nur ein allmählich sich entfernendes Knistern und Knallen.

Die Supras schienen den Ausgangspunkt der Energieentladungen eingeschlossen zu haben. Die Blitze brachen sich in farbigen Splittern, die wie unruhiger Feuerschein über den Himmel huschten, zurückgeworfen von den plötzlich aufleuchtenden Abschirmungen der Maschinen.

Dann verebbte das Lichterspiel, als habe eine Gegenwart den Himmel verlassen. Die bernsteinfarbenen Lichter der Maschinen entfernten sich in die Richtung des Lagers.

»Wir haben Glück«, sagte Sucher.

»Das war ein guter Gedanke, mit dem Wasser.«

»Ich war nicht sicher, daß es rechtzeitig kommen würde.«

»Du hast unser Leben darauf gesetzt?«

»Ja.«

»Es ist gut, daß du keine Fehler machst.«

»Ach, ich mache welche.« Sucher seufzte in einem Ton, der wie Müdigkeit oder Überdruß klang. »Leben heißt irren.«

Cley runzelte die Brauen. »Nun sag schon, Sucher! Du hast von irgendwoher Hilfe, hast Verbindungen.«

»Ich bin so sterblich wie du.«

»Womit hast du Verbindung?« drängte sie.

Er schüttelte sein Fell in einer Geste, die sie nicht lesen konnte. »Mit allem. Und mit nichts. Es ist schwierig, in dieser beschränkten Sprache darüber zu reden. Und zwecklos.«

»Nun, wie auch immer, es wird die Supras von uns ablenken. Sie haben bereits herausgefunden, wie sie den Blitz bekämpfen können.«

»Es suchte uns, wußte, daß wir entkommen sind.«

»Wie konnte es?«

»Es ist eine Intelligenz frei von Materie und hat Möglichkeiten, die wir nicht kennen.« Sucher verließ den Überhang, glitt im nassen Geröll aus, daß Steine den Hang hinunterrollten. Aber er fing sich wieder, und obwohl die Müdigkeit in seinen Augen nicht zu übersehen war, setzte er die Wanderung mit zäher Hartnäckigkeit fort.

Als sie über die Felsen des Kammes kletterten, fügte er hinzu: »Und nicht kennen sollten.«

7
Biologisch

Sobald sie die Höhe des breiten, wenig gegliederten Bergkammes erreicht hatte, kamen sie gut voran. An der natürlichen Barriere hatten sich Wolken gestaut, und es begann zu regnen. Die feuchte Luft brachte eine Fülle von Gerüchen.

Die ausgedörrte Erde brauchte jedoch mehr als das Wasser, das so lange in tiefen Grundwasserseen verborgen gewesen war. In Hunderten von Millionen Jahren der Erosion und Austrocknung war die Humusdecke verschwunden, im Wechsel von Sonnenhitze und Nachtkälte aufgebrochen und vom Wind als Staub davongetragen. Was blieb, waren unfruchtbare, steinige und sandige Wüstenböden. Zur Renaturierung dieser Trockengebiete hatten die Supras zunächst Bakterien und Flechten ausgebracht, die Gestein in seine mineralischen Bestandteile zerlegen konnten und organische Stoffwechselprodukte erzeugten. Milliarden von gentechnisch maßgeschneiderten, sich selbst reproduzierenden Mikroorganismen und winzigen Pilzen führten den Prozeß der Zersetzung, Aufspaltung und Umwandlung anorganischer Materie fort. Neue Böden bildeten sich allmählich, die Frucht unablässiger, mikroskopischer Kämpfe und Siege, die in jeder Handvoll Sand auf dem ganzen Erdenrund ausgetragen wurden. Abgestorbene Organismen reicherten den Boden mit ihren Zerfallsprodukten an.

Sucher sagte, sie sollten diese arbeitenden Randzonen der vorrückenden Vegetation hier im Bergland ausnutzen, da sie das Vorwärtskommen erleichterten und ausreichend Deckung böten. Die Zersetzung und Aufspaltung der im Gestein gebundenen Mineralstoffe durch die chemisch aktiven Mikroben erzeugte bisweilen beißende Dämpfe, die im Verein mit den braunen Wolken winziger Pilzsporen Hustenreiz auslösten, aber Cley begriff, daß die vom Wind über die Höhen getriebenen braunen Nebel ihre Bewegungen gegen Entdekkung aus der Luft abschirmten. Einstweilen aber war der Himmel frei von Flugmaschinen der Supras.

Als es Tag wurde, schlüpften sie in die Schatten der alles einhüllenden Wälder, aber Cley wußte, daß sie noch lange nicht in Sicherheit waren. Sie durchwanderten das Tal und erstiegen den Höhenzug jenseits davon. Von seinem Kamm genossen sie einen weiten Ausblick über das Netzwerk von walddurchwachsenen Tälern und erodierten, felsigen Höhenrükken, die teils noch kahl waren, teils schon von Pflanzen besiedelt. Weit besser als aus Alvins Flugzeug konnte sie hier aus der Nähe sehen, wie sich der Zugriff des Lebens auf das Land bereits gefestigt hatte.

Entlang den gewundenen Linien kleiner Bachläufe, von denen einige schon vor Jahrhunderten entstanden, andere neueren Ursprungs waren, hatte sich in den Tälern dichter, natürlicher Hochwald entwickelt. Viele Arten von Bäumen und Sträuchern waren auf uralte, natürliche Weise durch Vögel und Säugetiere verbreitet worden, die ihre Früchte verzehrten und die darin liegenden Samenkörner anderswo mit dem Kot ausschieden. Auch Insekten trugen zur Verbreitung von Samen bei und erfüllten die wichtige Aufgabe der Befruchtung von Blüten. Die zarte Schönheit der Blumen und ihr zauberischer Duft hatten von jeher den Zweck verfolgt, Insekten und andere Tiere anzulocken, daß sie als Gegenleistung für den gewonnenen Nektar die Bestäubung und Verbreitung der Art besorgten. All diese bewährten Techniken natürlicher Verbreitung waren mit Hilfe von Samenbanken und speziellen genetischen Entwicklungen wiedereingeführt worden, um ein möglichst vielfältiges und widerstandsfähiges Ökosystem ins Leben zu rufen.

Aber es waren die Gräser und die in ferner Vorzeit aus ihnen entwickelten Kulturpflanzen, die von jeher das besondere Interesse des Menschen gefunden hatten, und auch sie waren zurückgekehrt. Anbaugebiete von Weizen, Roggen, Mais, Reis und anderen Sorten lagen in Flußtälern und geeigneten fruchtbaren Ebenen. Sie wurden von Tieren bearbeitet, die seit langem für diese Aufgaben gezüchtet wurden. Die Supras hatten die Verantwortung für Bewässerung und Bodenpflege delegiert. Im Zuge der Wiederbelebung von Arten hatten sie sich die hohe, wenngleich eng begrenzte Intelligenz großer Nagetiere nutzbar gemacht. Diese hatten sich als sehr viel naturverträglichere und schonendere Bewirtschafter landwirtschaftlicher Böden erwiesen, als es die alte, schwerfällige Technologie der Traktoren und Kunstdünger gewesen war. Und wenn auch keine Spitzenerträge erwirtschaftet wurden und manches durch Witterungseinflüsse und Schädlingsbefall verloren ging, blieben die Ernten noch immer reichlich.

Wenn sie durch dichte Wälder wanderten, fühlte Cley sich wieder etwas mehr zu Hause. Sie bot ihre körperlichen Reserven auf, um Müdigkeit abzuwehren und das gleichmäßige Tempo aufrechtzuerhalten, das nötig war, um mit Sucher Schritt zu halten, der jetzt keine Zeichen von Erschöpfung mehr erkennen ließ. Der Wald ähnelte keinem seiner natürlichen Vorläufer. Zusammengesetzt aus dem Vermächtnis einer immer fruchtbaren und schöpferischen Biosphäre, konnte er mit Lebensformen aufwarten, die nicht nur verschiedenen natürlichen Vegetationszonen entstammten, sondern auch entwicklungsgeschichtlich verschiedenen Zeitaltern angehörten, zwischen denen mitunter viele hundert Millionen Jahre lagen. Die Supras hatten die ungeheuer reichen Bestände an Genotypen in der Bibliothek mit viel Geschicklichkeit und Einfühlungsvermögen reaktiviert. Wenige Raubtiere fanden leichte Beute, und selten fand eine Pflanze nicht einen geeigneten Standort und Boden, nachdem die Mikroben und Flechten und niederen Pflanzen ihren Humus bereitet hatten.

Dennoch mußten alle Arten um ihr Überleben ringen und sich anpassen. Die Leuchtkraft der Sonne war seit den Tagen der Menschheitsdämmerung um mehr als zehn Prozent gestiegen. Die Gezeitenreibung an den Ufern hatte die Rotationsgeschwindigkeit der Erde verlangsamt und den Tag um ein Viertel verlängert. Das Leben hatte sich im Laufe ungezählter Jahrmillionen mit immer längeren und heißeren Tagen abfinden müssen. In der Ära der Ozeane hatten die Zusammenstöße der kontinentalen Platten neue Gebirgsketten aufgefaltet, während die Ausbreitung des Meeresbodens die Erdkruste mit tiefen Rissen durchzog, aus denen ständig frische, magmatische Schmelze empordrang. Das Leben hatte sich all diesen Veränderungen anpassen können, weil sie sich unmerklich langsam vollzogen hatten. Arten entstanden und vergingen wegen winziger Mißverhältnisse in ihren genetischen Programmen. Und alle Sukzessionen und Gärungsstoffe, die die Evolution vorantrieben, waren ein Drama, das sich vor den Augen der Menschheit abspielte – die ihre eigene Tagesordnung hatte.

Während der letzten Milliarde von Jahren hatten die Lebenszyklen auf Erden einen Rhythmus angenommen, der von herrschenden Intelligenzen festgelegt worden war. Seit so langer Zeit war die Natur das Ergebnis einer Zusammenarbeit zwischen Menschheit und Evolution gewesen, daß die Wirkungen und Folgen untrennbar waren. Gleichwohl erschrak Cley, als sie in ein Tal stummer, sich mühsam dahinbewegender Gestalten kamen.

»Vorsicht«, flüsterte Sucher.

Sie durchquerten ein nebliges Tiefland, wo von Bibern im Unterlauf angestautes Flußwasser ein großes Sumpfgebiet hatte entstehen lassen. Aus dem durch Verdunstung aufsteigenden Nebel kamen schwankende Schattengestalten. Cley und Sucher stellten sich zur besseren Verteidigung Rücken an Rücken, denn die niedrig-breiten Gestalten waren plötzlich überall um sie. Cley bemühte sich, im blassen, alles verhüllenden Nebel Bewegungsabläufe auszumachen, und entdeckte, als sie ihre Infrarotsicht zu Hilfe nahm, daß die Gestalten zu kühl waren, um sichtbar zu sein. Geisterhaft, in langsam dahinziehender Bewegung, schienen sie überall im Nebel aus dem Boden zu wachsen.

»Roboter?« flüsterte sie und wünschte, sie hätte eine Waffe mitgehen lassen.

»Nein.« Sucher beobachtete die langsamen, schwerfälligen Gestalten mit gespannter Aufmerksamkeit, die dreieckigen Ohren steif aufgestellt. »Pflanzen.«

»Was?« Cley hörte jetzt leise raschelnde, schmatzende Geräusche der Fortbewegung.

»Siehst du – sie lösen sich von ihren Eltern.«

Im verschwimmenden Nebel beobachteten Cley und Sucher die langsame, bedächtig anmutende Loslösung der Fruchtkapseln von den tief herabhängenden Ästen großer Bäume. »Pflanzen führten einmal das Leben aus dem Meer auf das Land, so daß die Tiere folgen konnten. Pflanzen bereiteten ein Heim für Insekten – erfanden sie, in meinen Augen.«

»Aber warum?«

»Jeder Schritt war eine Verbesserung der Fortpflanzung«, sagte Sucher. »Hier ist ein weiterer.«

»Ich hörte nie –«

»Dies kam lange nach meiner Zeit, wie ich nach deiner kam.«

Pflanzen hatten lange unter dem Appetit von Nagetieren und Vögeln gelitten, die für jeden Samen, der aufgehen durfte, tausend andere verzehrten. Aber Pflanzen hatten große Macht über ihre tierischen Schmarotzer; die Verdrängung der Farne durch besser angepaßte, breitblättrige Bäume hatte der Herrschaft der Dinosaurier rasch ein Ende gemacht. Die uralte Strategie der Pflanzen lag in der Verbesserung ihrer Fortpflanzungsmethoden, und während des ganzen Zeitalters der Säugetiere bedeutete dies, Tiere in den Dienst der Samenverbreitung zu stellen. Als die schwerfällige Evolution schließlich einen Weg fand, dieser verschwenderischen Methode zu entgehen, kopierten Pflanzen das Brutpflegeverhalten der Tiere.

Cley näherte sich einer der gedrungenen, stachligen Kapseln. Sie war an der Basis dicker als oben und bewegte sich fort, indem sie mit breiten, derben Anhängseln wie rudimentären Wurzeln ruckartige Vorwärtsbewegungen machte. Sie hatten eine gewisse Ähnlichkeit mit Ananasfrüchten, die einen langsam watschelnden Spaziergang unternahmen. Jeder der mächtigen Bäume in ihrer Nähe entließ mehrere dieser Kapseln, die sich sodann aus dem Schatten ihrer Eltern auf freieren, nassen bis sumpfigen Boden zubewegten, wo sie mehr Sonnenlicht empfingen. Sobald Cley ihre instinktive Scheu verloren hatte, dachte sie daran, eine der Fruchtkapseln zu essen, denn ihre Ähnlichkeit mit Ananas war auffallend, und sie war hungrig, aber die scharfen Dornen und die lederige Haut rochen in Suchers feiner Witterung nach Gift. Weiter talaufwärts fanden sie einen großen Strauch, der kugelförmige, leichte Fruchtkapseln abwarf. Diese rollten dann vor dem Wind in alle Richtungen davon.

Sie hielten sich jetzt an die waldigen Täler, wo die dichte Vegetation und der Nebel einigen Schutz vor den Patrouillen der Supras gewährten, die inzwischen am Himmel kreuzen mußten. »Sie kennen diese üppigen Wälder nicht gut«, bemerkte Sucher und schlug befriedigt die scharfen Zähne aufeinander. »Ihre Roboter auch nicht.«

Cley sah die Wahrheit dieser Bemerkung, obgleich sie immer angenommen hatte, daß die technologischen Wunder ihrem Wesen nach von höherem Rang seien. Die Menschheit hatte den Planeten über Jahrmillionen ausgebeutet, sich der selbstregulierenden Kräfte von Klima, Boden und Luft, von Ozeanen und natürlicher Fruchtbarkeit bedient. Als sie die Erde dann durch selbstzerstörerischen Raubbau zugrunde gerichtet hatte, war sie schließlich, dezimiert, erschöpft und richtungslos, dazu übergegangen, die Bodenbewirtschaftung speziell entwickelten Robotern zu übertragen, um bald zu entdecken, daß diese ihrem Wesen nach genauer und vorsichtiger waren, sogar bis zum Übermaß. So waren weitere Millionen Jahre dahingegangen.

Die Evolution formte Intelligenzen aus Silikon und Metall genauso sicher und unaufhaltsam wie jene Intelligenzen, die aus Kohlenstoff und Enzymen entstanden waren. Die Roboter hatten sich verändert, hielten sich jedoch an das ihnen vom Menschen eingeprägte Mandat: die Arten auch gegen die Abnutzung der Welt zu erhalten. So waren es die Roboter gewesen, die sich zuletzt vor die undankbare Entscheidung gestellt sahen, daß sie die Vielfalt organischen Lebens auf einer verarmten Welt nicht länger erhalten konnten. Ein vielleicht kleinliches, pessimistisches Element in ihnen verordnete folgerichtig, daß der organische Bereich auf ein Minimum einzuschränken sei, das erhalten werden konnte. Sie hatten die Führer der bröckelnden menschlichen Städte zum Rückzug überredet und ihnen empfohlen, die schwindenden Wasservorräte der langsam austrocknenden Erde in natürliche, unterirdische Seen großer Ausdehnung und eigens angelegte riesige Basalthöhlen zu leiten, um sie vor der fortschreitenden Verdunstung zu retten.

So hatten die Diener der Supras über Hunderte von Millionen Jahren eine einfache, zunehmend wüstenhafte Welt bewirtschaftet, deren stagnierende Einwohnerzahl sich in den vereinzelten Stadtsiedlungen konzentrierte.

»Maschinen fürchteten die kleinen, beharrlichen Dinge«, erläuterte Sucher an diesem Abend, »die subtilen Wendungen des Lebens.« Sie hatten ihr Nachtlager unter einem großen, borstigen Strauch gewählt, der während der Nacht Wärme abgab und vor den kalten Nebeln schützte.

»Konnten sie diese Maschinen nicht anpassen?« fragte Cley. Sie hatte die enormen Leistungen der Roboter gesehen. Es war schwierig, sich vorzustellen, daß diese methodischen, von Gefühlen unbeeinflußten, künstlichen Intelligenzen mit ihrer gleichbleibenden Präzision nicht imstande sein sollten, diese reiche Welt zu meistern.

»Du kannst die tödlichsten Gifte über unbegrenzte Zeit einnehmen, wenn sie ausreichend verdünnt sind.«

In dem Maße, wie sie dieses Tier besser kennenlernte, fand sie es zugänglicher, weniger seltsam. Doch verbarg sich hinter seinen Augen eine kühle Intelligenz, und sie wußte nie ganz genau, wie sie aufnehmen sollte, was er sagte.

»Die Roboter müssen das wissen.«

»Richtig, aber denk an das Ozon. Ein giftiges Gas, blau, sehr explosiv – und eine dünne Schicht davon über der Luft entscheidet alles.«

Cley nickte. Während des langen Nachmittags der Erde war die Ozonschicht ungezählte Male ausgedünnt worden. Die industriellen und technologischen Exzesse der Menschheit hatten diese empfindliche Schicht wieder und wieder erschöpft. Schwankungen in der Leuchtkraft der Sonne hatten das gesamte atmosphärische Gleichgewicht durcheinandergebracht. Einmal war ein Riesenmeteor niedergegangen und hätte beinahe die Reste der Zivilisation zerstört. Dies alles lag in alten Aufzeichnungen vergraben.

Sucher gähnte. »Die Roboter sorgten sich, weil sie solch delikate Entwicklungsaufgaben wie die Renaturierung der Erde nicht bewältigen konnten. Darum vereinfachten sie ihr Problem.«

»Sie scheinen hier die Kontrolle auszuüben.«

»Sie fürchten, daß sie es nicht meistern können.«

»Aber sie haben viel gemeistert – unter der Leitung von Alvin und anderen gelang ihnen die Wiederbelebung der Biosphäre.«

»Und das biologische Chaos.«

Sucher wälzte sich mit seinem seltsamen, dünnen Grinsen auf den Rücken und kratzte sich das weiße Bauchfell. Nebelschleier umzogen den wärmespendenden Busch. Kleine Tiere hatten sich wie sie eingefunden, die nächtliche Wärmequelle zu nutzen. Wenige von ihnen fürchteten Cley oder Sucher; alle Arten waren seit langer Zeit Klienten oder Partner. Sie schienen sogar Suchers Rede zu verstehen. Cley vermutete, daß seine tiefe, doch immer wieder melodisch aufsteigende Stimme sie hypnotisierte. Alle saßen oder lagen entspannt um den Busch, putzten sich oder schliefen, als sei er ein Lagerfeuer. Ein richtiges Feuer hätte freilich die Gefahr der Entdekkung durch die Supras in sich getragen.

Cley lauschte, als Sucher ihr die Weltanschauung seiner Art beschrieb. Nach den Ur-Menschen waren im Laufe von Jahrmillionen einige Tiere zur Intelligenz aufgestiegen und hatten ihrem Erbgut Elemente rassischer Erinnerung eingeprägt. Um intelligenten Arten ein Verantwortungsgefühl für ihre empfindliche Umwelt zu vermitteln, war es seit vielen Millionen Jahren der Brauch gewesen, Selbstbescheidung und Achtung vor der natürlichen Welt und ihrer Evolution genetisch festzulegen. Diese Naturethik war zu einem sozialen Zement geworden, der genauso notwendig war, wie die Religion es für die frühesten menschlichen Formen und sogar für die Ur-Menschen gewesen sein mußte.

»Viele Organismen herrschen über die Erde«, sagte Sucher, »von schleimigen, grauen Amöben über blinde Würmer und Schnecken bis zu gigantischen Reptilien – und alle drei überdauerten länger als ihr Ur-Menschen.« Sucher schnaubte so laut, daß sie erschrak. »Wir wissen nicht, ob die Dinosaurier Religion hatten.«

»Und deine Art?«

»Ich verehre, was besteht.«

»Du weißt, daß unser Stamm im Wald lebte. Wir hatten weder Zeit noch Gelegenheit, uns mit Geschichte und Überlieferung zu beschäftigen – wir hatten unsere Arbeit zu tun.«

»Und eine gute.«

»Richtig«, sagte sie mit verwirrtem Stolz. »Die Wälder so zu pflegen, daß sie sich halten, entwickeln und ausbreiten können, trotz all dieser Gase in der Luft, die durch die chemische Zersetzung anorganischer Stoffe entstehen, die günstigsten Standorte für die verschiedenen Arten zu finden, damit die Pflanzen nicht ihre Kräfte im Kampf gegeneinander erschöpfen – dies ist ja noch keine Biosphäre, es ist ein Aufruhr!«

»Aber ein fruchtbarer.« Sucher schloß die Augen zu schmalen Schlitzen und grinste, was seiner Maske einen wilden Ausdruck gab. Es fiel ihr jetzt leichter, seine Stimmungen zu lesen, und sie teilte seine ironische Heiterkeit.

Sie sah auch sein Argument. Die Roboter hatten der Menschheit geholfen, ihre Intelligenz zu betonen und die Unsterblichkeit der Bewohner Diaspars zu sichern. Aber eine natürliche Welt im gesunden Gleichgewicht ihrer Vielfalt zu erhalten oder wiederherzustellen und der Austrocknung mit langfristigen Strategien entgegenzuwirken – damit waren sie überfordert. Sie konnten nur eine kärgliche, trockene Biosphäre erhalten, deren Höhepunkt und einziger Zweck ein geistig degenerierter, sich selbst genügender, nutzloser Mensch war.

Ein fettes, rattenähnliches Nagetier trippelte auf der Suche nach Insektenlarven oder Würmern tiefer unter die ausladenden, verzweigten Stämme des Strauches. Sofort peitschte etwas wie eine schwarze Schnur durch die Luft und wickelte sich um die quietschende Beute. Sie zog den großen Nager in einen Rachen, der sich unerwartet nahe den Wurzeln des Strauches öffnete. Noch nachdem er sich über seiner Beute geschlossen hatte, konnte Cley mehrere Augenblicke lang das erstickte Quietschen hören. Die Evolution war weiterhin am Werk und eliminierte mit geduldiger Erbarmungslosigkeit, was schwach oder fehlerhaft oder untüchtig war.

8
Wirbelrad

Am nächsten Morgen begann der Nebel sich aufzulösen. Sucher beobachtete den Himmel. Sie waren beim Aufstieg über die Flanken einer scharf gesägten Gebirgskette gut vorangekommen und in eine mittlere Höhenlage gelangt, wo das Gelände und die reiche Fauna der Gegend ähnelte, in der Cley aufgewachsen war. Sie suchte die Täler und Höhenzüge des Gebirgsvorlandes nach Anzeichen menschlicher Besiedlung ab. Ihr Stamm war nicht der einzige gewesen, und vielleicht waren Ur-Menschen in anderen Gegenden verschont geblieben, obwohl Alvin die Möglichkeit ausgeschlossen hatte. Sie bat Sucher, seine empfindliche Nase auf menschliche Witterung einzustellen, aber wie es schien, führte die aus unterschiedlichen Richtungen wehende Brise keine Spuren davon mit sich.

Zweimal suchten sie Deckung, als fliegende Füchse zwischen den Baumwipfeln segelnd in Sicht kamen. Inzwischen mußten die Supras auch ihre Vögel ausgesandt haben, aber weder ihre noch Suchers schärfere Sicht konnte die weit ausladende Silhouette eines dieser Himmelssegler ausmachen.

Sie beobachteten einen großen Schwarm der fliegenden Füchse, die im flatternden Zickzackflug ihrer Hautflügel über den Wald hinjagten, silbrig schimmernd im Sonnenlicht, um in einer Baumkrone zu landen, wo rote Früchte lockten, als Sucher ihr ein Zeichen gab. Von ferne drang dumpfes Grollen herüber, als sei hinter den Berggipfeln unvermutet ein Gewitter aufgezogen. Die fliegenden Füchse reagierten sofort und stoben wie silberne Blätter aus dem Baum.

Blaue Riffelungen beunruhigten die Luft. Die wenigen Wolken am Himmel lösten sich in einem Wirbel auf.

»Was –?« stammelte Cley.

Flächen gelben Lichts schossen über sie hin. Eine Wand von Schallwellen folgte und stieß Cley gegen Sucher. Sie fand sich bäuchlings im Laub wieder, ohne zu wissen, wie sie dorthin gekommen war. Ringsum war der Wald verwüstet und niedergedrückt, als habe ihn ein Titan zertrampelt. Tiefe Donnerschläge verhallten in der Ferne.

Eine unheimliche Stille legte sich über das Land. Cley rappelte sich auf und untersuchte die abgedrehten und geknickten Bäume, würgte über den Dämpfen eines gespaltenen Stinkbusches. Zwei fliegende Füchse mit ihren silbergrauen Pelzen lagen nebeneinander, im Tode vereint. Ihre großen, dunklen Augen waren offen und bewegten sich zuckend in den schmalen, knochigen Köpfen.

»Ihre Gehirne kämpfen noch«, sagte Sucher. »Aber vergebens.«

»Was war das?«

»Wie der frühere Angriff auf deine Leute?«

»Ja ... aber diesmal –« sie machte eine Handbewegung über den verwüsteten Waldstreifen »– zerstörte er alles!«

»Die Füchse waren der vollen Wucht ausgesetzt. Sie starben unseretwegen.«

»Ja, die armen Wesen ...« Sie verstummte, als sie sah, daß die glänzenden Augen der beiden Tiere zur Ruhe kamen, sich trübten und dann schlossen.

»Es weiß nicht genau, wo wir sind, also sendet es großzügige Mengen elektrischer Energie aus, um durch Luftdruckwellen Flächenwirkung zu erzielen.«

Sucher hob die beiden fliegenden Füchse auf und machte eine langsame, ernste Geste, als wolle er sie dem Himmel zum Opfer darbringen. Als Sucher die Pfoten sinken ließ, konnte Cley die Tiere nicht mehr sehen, und sie waren auch nicht am Boden oder irgendwo in der Nähe.

»Was –«

Sucher sagte in munterem Ton: »Ich denke, wir sollten für eine Weile Unterschlupf suchen.«

Sie stiegen rasch weiter, überwanden einen breiten Rücken und kamen zu einer Senke mit einem ausgedehnten Bestand der größten Bäume, die Cley je gesehen hatte. Lange, starke Äste reichten weit verzweigt hoch in den Himmel. Nach dem letzten Angriff fühlte Cley sich hier im höheren Gelände ausgesetzt, dem todbringenden Himmel näher. Von ihrem Standort aus konnten sie in der Ferne purpurne Wolkenbänke sehen, die, von bösartigen Lichtstrahlen durchzuckt, brodelten. Orangefarbene Fäden zogen sich in langen Bogen abwärts.

»Es folgt dem Magnetfeld der Erde«, sagte Sucher, als sie ihn auf ihre Beobachtung hinwies. »Sondiert.«

Cley verstand, warum die Supras keine Vögel zur Suche ausgesandt hatten. In weiter Ferne erschienen über dem Lager bei der Bibliothek des Lebens kurz aufblinkende, blaue und orangene Pfeile. Undeutlich nahm ihr Geist Zeichen eines heftigen Ringens wahr.

»Das Talent«, sagte sie. »Ich kann... Emotion fühlen.« Sucher blickte sie forschend an, und sie erinnerte sich seiner Bemerkung: *Ihr habt Emotionen, seid von Emotionen besessen.* Wie mußte es sein, von diesen aufbrandenden Empfindungen frei zu sein, oder fühlte Sucher etwas völlig Verschiedenes? »Die Supras kämpfen... sind besorgt... ängstlich.«

»Das Wesen oben beschäftigt sie, während es sucht.«

Sie setzten ihren Aufstieg fort. Cley wollte den hohen Gebirgskamm so schnell wie möglich hinter sich bringen und auf der anderen Seite entlang den breitschultrigen Bergen dorthin zurückkehren, wo sie gelebt hatte. Sie hatte die Bilder der Landschaften von dem Flug mit Alvin noch im Kopf und verspürte einen mächtigen Drang, in die vertraute Heimat zurückzukehren.

Als sie das sagte, antwortete Sucher: »Sie würden dich dort suchen.«

»Und? Sie werden überall suchen.«

»Richtig«, sagte Sucher, und sie fand, daß sie einen kleinen Sieg errungen hatte.

Sucher sicherte in den Wind, und seine schwarze Schnauze zuckte. »Komm hier entlang.«

»Warum?« Ihre Heimat lag in einer anderen Richtung.

»Du wünschtest Ur-Menschen zu finden.«

»Mein Volk?«

»Noch nicht.«

»Aber ich möchte zu meinesgleichen.«

»In dieser Richtung liegt deine einzige Hoffnung auf spätere Gemeinschaft.«

»Sucher, du weißt, was ich möchte«, klagte sie.

»Ich weiß, was du brauchst.«

Sie fühlte sich frustriert, verwirrt, erschöpft. »Und was soll das sein?«

»Du mußt mit mir kommen.«

Wenn das Gelände es zuließ, trabten sie, Steigungsstrecken bewältigten sie in zügigem Aufstieg. Cley war immer eine gute Läuferin gewesen, aber Sucher gewann trotz seiner viel kürzeren Beine immer wieder einen Vorsprung, ohne Zeichen von Anstrengung zu zeigen. Als sie ihn wieder einmal einholte, hatte er an einem sehr großen Baum haltgemacht und beschnüffelte den Wurzelbereich. Er ließ sich dabei Zeit, bewegte sich langsam um den Stamm, und Cley wußte inzwischen genug, um ihn ohne Fragen gewähren zu lassen.

Ein großer Strauch in der Nähe verströmte Aasgeruch. Während Cley ihn mit Unbehagen betrachtete, kam eine kleine Ratte auf Nahrungssuche des Weges. Sie war klug genug, um zu wissen, daß Cley und Sucher normalerweise keine Gefahr für sie waren. Sie näherte sich dem Strauch, angelockt vom verlockenden Geruch, und verhielt einen Augenblick sichernd. Mit trockenem Knacken sprangen Samenkapseln an den Zweigen des Strauches auf und stießen pfeilförmige, mit Widerhaken besetzte Samen aus. Mehrere bohrten sich in das Fell der Ratte, die quieckend davonstob. Ein weiterer Sieg für die Pflanzen; die Ratte würde die Samen, die ihrerseits ein narkotisierendes, ätherisches Öl absonderten, mit sich tragen und nähren, bis sie der Tod ereilte. Dann würden junge Sträucher aus ihrem Kadaver wachsen und Wurzeln schlagen.

Sie dachte daran, die Ratte zu fangen und ihres Fleisches, aber nicht beiläufig des Narkotikums wegen zu verzehren, aber Sucher sagte: »Komm.«

Irgendwie hatte er die Seite des Baumes geöffnet. Dies war keine Überraschung für Cley, deren Volk oft in den zahlreichen Bäumen Unterschlupf fand, die eigens zu diesem Zweck gentechnisch verändert worden waren. Sie schlüpfte hinein, und bald schloß sich die Borke hinter ihnen. Nur ein schwaches, phosphoreszierendes Schimmern der Wände erleichterte ihnen die Orientierung. Der Baum war hohl und bestand aus übereinander angeordneten Abteilungen, die durch Rampen und knollenförmige Auswüchse entlang den Innenwänden miteinander verbunden waren. Irgendein Lebewesen hatte die Abteilung mit großen Behältern beinahe gefüllt, körnige Packungen aus roher Zellulose.

»Speicher«, war alles, was Sucher in Antwort auf ihre Fragen sagen wollte. Sie stiegen durch zehn Abteilungen aufwärts, die fast alle mit Stapeln der länglichen, faserig-krustigen Behälter gefüllt waren, bis sie zu einer geräumigen und vollständig leeren Abteilung gelangten, die sogar eine halb transparente Wand hatte. Cley stieß dagegen, und das schwere, sich wächsern anfühlende Material gab elastisch nach. Sie beobachtete die verschwommenen Umrisse der anderen Bäume draußen, deren mächtige, zylindrische Stämme in einen von huschenden Lichterscheinungen flackernden Himmel ragten. Sucher hatte recht; hier mochten sie sicherer sein als draußen. Sie entspannte sich ein wenig, dann nahm sie ihr Messer und schnitt ein paar Späne aus der Wand. Sie ließen sich ohne allzuviel Mühe herausschneiden und schmeckten überraschend gut. Sie kaute daran und versorgte Sucher mit einigen Stücken. Einzelne Stellen an den Wänden, der Decke und dem Boden waren klebrig, ohne erkennbaren Plan. Das Abteil roch nach Harz und feuchtem Holz.

Nur weil sie beim Kauen zufällig aus dem halbtransparenten Fenster blickte, sah sie es kommen.

Etwas wie ein Stock stieß durch hohe Wolken herab, schwoll mit der Annäherung beängstigend an, und sie konnte sehen, daß es ungeheuer lang war. Seine sehnige, knotige Struktur erinnerte an die Wirbelkörper eines unendlichen Rückgrates. Dumpfes Ächzen und splitterndes Krachen dröhnte so laut herab, daß sie es im Inneren des Baumes mit erschreckender Intensität hören konnte. Der ungeheure, runde Stengel stieß wie ein anklagender Finger durch den Himmel. Und als sie ihn beobachtete, starr vor Schrecken, bog sich das Ende weiter wie ein Haken oder ein aufwärtswinkender Finger.

»Zeit, daß wir uns hinlegen«, bemerkte Sucher.

Ein Überschallknall krachte durch den Wald. Hastig warf sie sich auf den federnden, grünen Boden des Abteils und blickte durch das trübe Fenster hinauf.

»Es fällt auf uns!« rief sie voller Entsetzen.

»Seine Aufgabe ist es, immer wieder zu fallen und sich immer wieder zu fangen.«

»Es wird diese Bäume zerschlagen!«

»Lieg still.«

Nun wurde ihr klar, daß dies die undeutliche, ferne Bewegung war, die sie von Alvins Flugmaschine aus am Horizont wahrgenommen hatte. Graphitschwarze Stränge wanden sich um das riesige, rüsselartige Ding, dessen Farbe ein tiefes Mahagoni war. Diese sehnigen Stränge lösten sich von der Spitze, als sie niederstieß. Sie schlugen in die Baumwipfel und verfingen sich dort.

Ein harter Stoß ging durch ihren Raum. Sie hatte gerade noch Zeit, zu sehen, wie die dicken Stränge oder Ranken sich um die Äste benachbarter Bäume schlangen und straffgezogen wurden. Das breite Ende des Rüssels schien in der Luft zu hängen, als betrachtete es die grüne Oberfläche des Waldes und wählte aus, was ihm gefiel. Einen Augenblick schien es ostwärts abzuwandern.

Im nächsten Augenblick preßte eine ruckartige Beschleunigung sie in den nachgiebigen Boden. Sie wurden hochgerissen. Wurzelwerk zerriß mit lautem Knallen; der ganze Stamm stöhnte und ächzte.

Durch das Fenster konnte sie einen benachbarten Baum vorbeiziehen sehen. Die an den Enden abgerissenen Wurzeln waren nach innen gekrümmt und ließen braune Erdbrocken herabregnen. Von einem anderen ausgerissenen Baum brachen Äste, um die sich mehrere dicke Stränge geschlungen hatten; er fiel zurück, um unten in den Wald zu krachen.

Cley konnte nur stumm am Boden liegen und mit verzerrtem Gesicht nach Luft ringen, als eine Gruppe von Bäumen neben ihnen emporstieg, hochgerissen zu dem gigantischen, gekrümmten Finger, der sich nun mit zunehmender Geschwindigkeit in den Himmel zurückzog. Er nahm sie in östlicher Richtung mit, und die Bäume schlugen in den entstehenden Luftturbulenzen gegeneinander, als wollten sie sich von den anhaftenden Behinderungen durch Schwerkraft und Erde befreien.

Trotz der ständig wachsenden Zugspannung gelang es den glänzenden, faserigen Strängen, sich einzuziehen und ihre Last aus Bäumen an die Basis des stumpfen, gebogenen Schaftes heranzubringen.

»Was... ist hier...«

»Ein Wirbelrad«, sagte Sucher. »Die Nabe ist weit draußen im Raum und rotiert in einer Umlaufbahn. Die Enden schwingen durch die Luft abwärts und berühren die Erde.«

Suchers ruhige, melodiöse Stimme half ihr, die aufkommende Panik abzuwehren. Der Baum neigte sich im Emporsteigen. Wolkenstreifen rasten ihnen entgegen, hüllten die benachbarten Stämme in geisterhaften, weißen Nebel und zerflatterten, als sie mit atemberaubender Geschwindigkeit höherstiegen. Cley sah die Unterseite des stumpfen Schaftes, wo faserige Bündel von zähen Strängen die mitgerissenen Bäume hielten.

»Wir rotieren gegen die Erdanziehung, werden aber freikommen.«

Suchers Worte gaben ihr eine Vorstellung von den wahren Ausmaßen des Gebildes, das eine Radspeiche durch die Atmosphäre zog, die mit der Spitze die Erdoberfläche berührte, während die gegenüberliegende Speiche gleichzeitig weit draußen im Raum war. Seine Gesamtausdehnung mußte größer sein als der Erddurchmesser, eine kleine Welt für sich.

Dumpfe Geräusche – ein Bersten und Dröhnen – durchliefen Wände und Boden. Cleys Herzschlag setzte aus, als Luftzug um ihre Ohren pfiff.

Die Zugspannung, welche durch die stetig wachsende Beschleunigung entstand, dehnte die einzelnen Stränge bis zum Zerreißen. Sie verdrehten sich, daß schwächere Äste und Zweige brachen, hielten aber die langen, zylindrischen Baumstämme fest an der Unterseite, die mit ausgerissenem Buschwerk und Ranken behängt war. Der lange Arm der Radspeiche erstreckte sich in die blauschwarze Leere des Raumes, so weit das Auge reichte. Die Luft wurde dünner, in ihrem Abteil pfiff der Wind, und sie schnappte ängstlich nach Luft, besorgt, daß irgendwo ein Leck entstanden sein könnte.

Aber Sucher tätschelte ihr beruhigend die Hand, und sie sah, daß er die Augen geschlossen hatte, als ob er schlafe. Das erschreckte sie, und ein langer Augenblick verging, ehe sie auf den Gedanken kam, daß Sucher dies früher schon getan haben könnte, daß dies nicht irgendein kolossaler Unfall gewesen sei, in den sie nichtsahnend verwickelt worden waren. Wie in stummer Antwort leckte Sucher sich die Schnauze und zeigte schwarzes Zahnfleisch und spitze, gelbe Zähne.

In ihren Ohren knackte es. Sie blickte wieder hinaus, durch die träge gegeneinanderstoßenden Baumstämme. »Oben« war jetzt nicht die dunkelnde Himmelswölbung, sondern die Spitze des braunen Schaftes, mit dem sie rotierten. Geschwärzte Sträucher hatten sich zwischen dem Schaft und den zähen Strängen verfangen und sprenkelten die braune Oberfläche. Querlaufende Stränge von zedernroter Farbe verbanden die langen Stränge zu einem verflochtenen Netzwerk, das vom heulenden Sturm der dünnen Luft hin und her gezerrt wurde.

Einmal schlugen sie gegen den nächsten Baum, und beinahe hätte ein Ast das Fenster durchstoßen, doch ihr Baum wurde noch rechtzeitig seitwärts gedreht, so daß der Aufprall von der Wand aufgefangen wurde.

Wieder knackte es in ihren Ohren, und sie atmete angestrengter. Entlang den Baumstämmen bildeten sich walnußfarbene, kantige Wülste, und zuerst glaubte Cley an eine optische Täuschung, einen Verzerrungseffekt des nur halb durchsichtigen Fensters, aber bald ließ das Pfeifen und Heulen des Sturmes ebenso nach wie die Drehbewegungen und das Gegeneinanderschlagen der Bäume, und sie begriff, daß die Wülste den Luftwiderstand verringerten und ableiteten. Noch immer knarrte und ächzte der Baum, aber sie fühlte eine gewisse Auflockerung, ein Nachlassen der Spannungen.

Schließlich verloren sich die letzten dünnen Schleier der Atmosphäre im sternübersäten Schwarz. Cley war, als sitze ein unsichtbarer, unerbittlicher Feind auf ihrer Brust und verfluche sie in einer Sprache knarrender, tiefer Baßtöne. Kalte, dünne Luft stach ihr in die Nase, aber es gab genug davon, wenn sie sich bemühte, tief durchzuatmen.

Das weite Rund der Erde hob sich draußen vor dem Fenster aufwärts, als sie keuchend hinausblickte. Die glatten, elfenbeinweißen Wolkenfelder schienen greifbar nahe... aber sie konnte nicht einmal die Arme heben.

Lange, träge Wellenbewegungen wanderten durch die Länge des Schaftes. Sie kamen näher und nahmen gleichzeitig in ihrer Höhe zu. Als die erste Welle das Ende der Speiche erreichte, gab es einen harten Stoß, und die Bäume gerieten in heftige Bewegung. Die Turbulenzen, die das gesamte Wirbelrad beim Durchgang der Speichen durch die Erdatmosphäre aufgenommen hatte, entluden sich in diesen Wellenbewegungen, die an den Enden wie Peitschenschläge wirkten. Die Baumstämme schlugen hin und her und gegeneinander, aber die Stränge, die sie hielten, lockerten sich nicht.

Wieder leckte Sucher sich die Schnauze, ohne die Augen zu öffnen.

Sie wurden höher hinausgehoben, und Cley konnte die nachfolgende Speiche des Wirbelrades beinahe in ihrer gesamten Länge sehen. Sie war leicht gekrümmt und verlor sich zur weit entfernten Nabe hin in der Schwärze. Aus der Entfernung nahm sie sich dünn wie das Bein eines Weberknechts aus. Während sie hinausspähte, tauchte die Spitze in die Atmosphäre ein. Der Stoß löste Wellenbewegungen aus, die sich durch die Länge der Speiche fortsetzten. Bis sie durch die Nabe auf alle anderen Speichen übertragen wurden, mußten sie in ihrer Wirkung sehr nachlassen.

Tiefe, feierliche Töne dröhnten durch die Wände. Das ganze Wirbelrad schien wie ein gewaltiges Instrument zu sein, das vom Wind und der Schwerkraft zu einem seltsamen Gesang angeregt wurde, der ihr durch Mark und Bein ging.

Bald war die Erde in ihrem ganzen Umfang zu überblikken. Cley fühlte noch immer eine starke Beschleunigung im Boden des Abteils, aber sie ließ in dem Maße nach, wie die

Gravitation der Zentrifugalkraft entgegenwirkte. Auch die Luft wurde dichter, weil die Wände des Baumes einen süß duftenden, feuchten Dampf absonderten.

Das Schauspiel ihrer Welt, in stiller Majestät vor ihr ausgebreitet, bewegte sie tief. Wie es schien, näherten sie sich dem Kulminationspunkt ihres Aufstiegs, denn die Speiche zeigte jetzt beinahe vertikal auf den Erdball, als wolle sie sich in sein Herz bohren.

Das Wirbelrad pulsierte. Sie hatte die vielen Spannungen in seinem Gefüge, erzeugt von Luft und Vakuum, als Vibrationen und schwingende Stöße verspürt. Vor kurzem noch hatte sie gedacht, das langsam gegen die Wüste vordringende Grün der Renaturierung der Erde führe einen epischen Kampf, der nicht seinesgleichen habe. Nun war sie Zeugin eines nichtendenwollenden Wirbels, der, wenn auch kein Sinn darin zu erkennen war, von ungleich größeren Schwierigkeiten gekennzeichnet war.

Und in einem Augenblick von Erleuchtung erkannte sie, daß die Erde und das Wirbelrad zwei ähnliche Systeme waren, Brüder von verschiedenem Maßstab.

Das Wirbelrad war wie ein Baum, zweifellos lebendig und doch zu 99 Prozent tot. Bäume waren Türme aus abgestorbenem Kernholz, umgeben von einer dünnen, lebenden Außenhaut unter der schützenden Rinde.

Auch die Erde war eine dünne Haut grünenden Lebens über einer gewaltigen Masse von totem Gestein und magmatischer Schmelze. Die gleitenden Bewegungen ganzer Kontinente, aber auch der tektonischen Platten des Meeresbodens wurden von Konvektionsströmen dieser zähflüssigen Schmelze im Erdinneren angetrieben, nicht anders als treibende Eisschollen im Stauwasser eines Flusses. Alle lebenden Systeme waren eine dünne Haut über toter Materie.

»Es wird Zeit«, sagte Sucher. Er erhob sich unbeholfen. Selbst die Stärke seines stämmigen Körpers kam der Zentrifugalkraft nur mühsam gleich.

»Was? Du willst doch nicht gehen?«

»Wir gehen beide.«

Ein lauter Schlag. Cley fiel, bevor sie wußte, wie ihr geschah. In ihrer Angst stieß sie um sich, erreichte damit aber nur, daß sie gegen die Decke geworfen wurde. Sie stieß sich den Kopf und prallte schmerzhaft zurück. Ihr Verstand sagte ihr, daß sie falle, trotz der Wahrnehmung ihrer Augen – und dann schaltete sich ein alter Instinkt ein, und sie kam von selbst zur Ruhe.

Sie fiel nicht wirklich, außer in einem von Physikern gebrauchten Sinne. Sie war bloß schwerelos, prallte zwischen den Wänden, der Decke und dem Boden des Abteils hin und her, während Sucher gähnend zusah.

»Wir sind frei!«

»Einstweilen.«

»Was?«

»Schau hinaus.«

Ihre Stränge hatten sich gelöst, der Baum war freigekommen und schoß vom Ende der Radspeiche fort. Sie flogen in einer Tangente zu seinem großen Umdrehungskreis hinaus. Schon war das Ende der Speiche nur noch ein schrumpfender Punkt an dem langen, gekrümmten Arm, der in den Raum hinausreichte. Plötzlich kam ihr die Vorstellung in den Sinn, daß das Wirbelrad seine Speichen wie Organe zur Nahrungsaufnahme in die nährstoffreiche Erdatmosphäre tauche und sich durch die wechselnden Strohhalme seiner Speichen sättige.

Aber was hielt es gegen die ständig abbremsende Wirkung der Atmosphäre in Bewegung? Sie war überzeugt, daß es eine besondere Technik haben mußte, um dieses Problem zu lösen, doch von welcher Art sie war, blieb verborgen.

Sie blickte zur Krümmung der Erdoberfläche hinaus. Voraus war ein dunkelbrauner Fleck in der sternübersäten Schwärze.

»Ein Freund«, sagte Sucher. »Dort.«

9
Jonas

Sie stiegen mit überraschender Geschwindigkeit aufwärts. Das Wirbelrad entfernte sich ebenso rasch, und bald zogen sich seine gekrümmten Speichen nur noch wie schimmernde Sommerfäden durch das schwarze All.

Das äußere Ende, von dem sie sich getrennt hatten, rotierte nun abwärts zur Grenze von Tag und Nacht. Nun war auch die Nabe zu sehen, angestrahlt von der Sonne, ein ovaler, rundlicher Körper, der ungefähr einen halben Erdradius über der Oberfläche einer kreisförmigen Umlaufbahn folgte.

Sie waren mit einer Geschwindigkeit von mehr als dreizehn Kilometern pro Sekunde hinausgeschleudert worden. Dies war genug, um den Baum aus dem Anziehungsbereich der Erde hinaus in den Raum zu tragen, obwohl das nicht ihr Ziel sein konnte. Sie schossen dem Rad voraus, sahen seine Speichen in gemessener Bewegung abwärts schwenken, als beugten sie sich ernst der Notwendigkeit, zu dem Planeten zurückzukehren, der sie gefangenhielt.

Ihr Los war es, Mittler zwischen zwei großen Ozeanen zu sein, die andere in heiterer Ruhe durchkreuzen konnten, während sie nur den unaufhörlichen Tumult der Luft und die beißende Kälte des Vakuums kannten.

Cley blickte schweigend hinaus. Sie hatte an einem der klebrigen Flecken an den Wänden des Abteils endlich Halt gefunden. Dem Wirbelrad war eine feierliche Majestät eigen, eine gefühllose Ergebung in sein Schicksal. Sie sah das Speichenende, wo sie festgemacht hatten, in weißem Lichtschein aufleuchten – Plasma, das durch die Reibungshitze des Wiedereintritts in die Atmosphäre aufglühte. Aber der lange Arm tauchte weiter und tiefer in die Lufthülle ein, Gefangener seiner Schwungkraft, der nächsten Bodenberührung entgegen.

Sie sah, warum es einen Augenblick den Anschein gehabt hatte, daß er stationär über dem Wald hing; am unteren

Durchgangspunkt hob die Umdrehungsgeschwindigkeit der Erdoberfläche die Orbitalgeschwindigkeit annähernd auf. Geschicklichkeit in diesem Maßstab ließ enorme Beherrschung physikalischer Gesetze vermuten, und sie fragte im Flüsterton: »Ist es intelligent?«

»Natürlich«, sagte Sucher. »Und sehr alt.«

»So etwas zu tun...«

»Immer in Bewegung, ohne von der Stelle zu kommen.«

»Welche Gedanken, welche Träume muß es haben!«

»Es ist eine andere Form von Intelligenz als deine – weder größer noch geringer.«

»Wer machte es?«

»Es machte sich selbst, zum Teil.«

»Wie kann etwas so Großes...?«

Sucher stieß sich vom Boden ab und drehte sich spielerisch um seine Achse. Dabei klappte er das Maul auf und zu, daß die Zähne hell aufeinanderschlugen. Er schien an einer Antwort nicht interessiert.

»Alvin und die anderen machten es, nicht wahr?«

Sucher japste vor Heiterkeit. »Zeit ist verläßlicher als Intelligenz.«

»Jemand plante dieses Ding.«

»Jemand? Nun ja, der Körper plant – nicht der Geist.«

»Wie? Nein, ich meine –«

»In ferner Vergangenheit gab es Tiere, die entwickelt worden waren, um Eis-Asteroiden aus den kalten Räumen jenseits der Planeten zu suchen. Sie verstanden genug von Gentechnik, um sich selbst anzupassen und weiterzuentwickeln. Vielleicht begegneten sie anderen Lebensformen, die von anderen Sternen kamen – ich weiß es nicht. Ich glaube auch nicht, daß es wichtig ist; die Hand der Zeit hat solche Geschöpfe zu dem gemacht, was wir jetzt sehen.« Sucher sprach selten so lang, und diesmal hatte er jeden Satz mit einem Sprung von einer Wand zur anderen begleitet.

»Geschöpfe, die Eis fraßen?«

Sucher kam an einem klebrigen Flecken zum Stillstand, hielt sich mit einer Pfote fest und fächelte sich mit der anderen Luft zu. »Sie wurden ausgesandt, solche Eiskörper zu suchen, um sie dann in Bewegung zu setzen, damit sie die inneren Welten erreichten.«

»Wasser für die Erde?«

»Zu der Zeit hatten die Roboter alle Lösungen, die nichts mit der Anpassung an die Trockenheit zu tun hatten, verworfen. Die Eis-Asteroiden wurden anderswo verwendet.«

»Warum gebrauchte man keine Raumschiffe?«

»Aus Metall? Sie vermehren sich nicht.«

»Und diese Dinger bekommen Junge, dort draußen in der Kälte?«

»Langsam, ja.«

»Aber wie hat man sie gemacht? Dieses Wirbelrad ist kein Eisfresser, das kann ich sehen.«

»Die Zeit ist tief. Umstände haben daran gearbeitet. Noch mehr als an deiner Art.«

»Ist es klüger?«

»Immer müßt ihr Menschen zu diesem Thema zurückkehren. Verschieden, nicht größer.«

»Ich dachte«, sagte Cley verlegen, »es müsse klüger sein als ich, um all das zu tun.«

»Es fliegt wie ein Vogel, ohne Mühe, und denkt lang, wie es sich für ein Ding aus den großen, langsamen Räumen geziemt.«

»*Wie* fliegt es? Der Wind allein –« Kaum hatte sie die Frage ausgesprochen, da sah sie auch schon die Antwort. Als der andere Arm des Wirbelrades sich zum Gipfelpunkt seines Kreisbogens erhob, konnte sie dünne, weiße Kondensstreifen dahinter erkennen. Sie hatte das gleiche bei Flugzeugen der Supras gesehen, die einen weißen Wolkenstreifen hinter sich gelassen hatten.

»Betrachte es als einen Baum, der fliegt«, sagte Sucher.

»Aber wieso? Bäume haben Wurzeln.«

»Bäume gehen, warum sollen sie nicht fliegen? Wir sind Gäste in einem fliegenden Baum?«

»Hm. Wovon lebt er?«

»Etwas von Luft, etwas –« Sucher machte eine Kopfbewegung voraus, entlang ihrer Flugbahn. Sie schossen über das kreisende Wirbelrad hinaus, und Cley sah einen dünnen Nebel vor dem Schwarz des Raumes schweben, trüber als Sternenlicht, aber reicher. Die Erde war von einem Lichthof umgeben, der jenseits der Nachtgrenze wie Rauch über dem Erdschatten hing. Winzige Lichtpunkte wie Leuchtkäfer kreuzten hier und dort im Umkreis des immensen schimmernden Planeten.

Als sie weiterflogen, wuchs eines dieser Lichtstäubchen zu einem komplexen Gebilde aus Streben und halb geschwollenen Ballons, die wie Walnüsse geädert waren. Fleischig aussehende Ranken vernetzten ihre Schnittlinien. Cley versuchte sich vorzustellen, wie das Wirbelrad diese Seltsamkeit verspeiste, und fand, daß sie es würde sehen müssen, um daran zu glauben.

Aber diese Überlegung war vergessen, als sie nach vorn spähte. Andere Bäume wie der ihrige trieben dahin, und auch achtern waren welche zu sehen. Einige drehten sich langsam um ihre Achse, andere überschlugen sich. Aber alle schienen einem Ding zuzustreben, das sie an eine Ananas gemahnte, stachelig mit Spitzen und einem schimmelartigen Überzug. Um dieses langsam um seine Achse rotierende Ding schwärmte ein Dunstkreis von winzigen, blassen Staubteilchen.

»Alles das... lebendig?«

»In einer Weise. Sind Roboter lebendig?«

»Nein, natürlich nicht – sind das Roboter?«

»Nicht aus Metall, nein. Aber sogar Roboter können Kopien ihrer selbst machen.«

Cley seufzte ungeduldig. »Du weißt, was ich meine, wenn ich frage, ob etwas lebendig ist.«

»Dieses Wissen geht mir ab.«

»Nun, wenn du es nicht weißt, kann ich es dir nicht sagen«, sagte sie gereizt.

»Gut.«

»Was?«

»Die Sprache ist ein Mittel, um das Geheimnis aus der Welt zu nehmen.«

Cley wußte nicht, was sie darauf erwidern sollte, und beschloß, die Sache auf sich beruhen zu lassen. Ihr Geleitzug aus

Bäumen näherte sich dem Dunstkreis, der die Ananas einhüllte.

Die Schwerkraft verlangt nach ebenen Böden, lotrechten Wänden, rechteckiger Strenge. Schwerelosigkeit gestattet die weiträumigen Symmetrien der Kugel und des Zylinders. In dem Schwarm der großen und kleinen Objekte sah Cley eine ausdrucksvolle Freiheit müheloser, neuer Geometrien. Notwendigkeit diktiert die Form, und die Myriaden von Speichen, von Armen, die den zahlreichen Schalen und derben Außenhäuten entwuchsen, waren den Forderungen der Triebkraft angemessen.

Sie beobachtete eine orangefarbene Kugel, die einen dünnen Stengel in eine benachbarte Anordnung von Zylindern streckte. Sie begann sich um den Stengel zu drehen. Dies gab ihm die Stabilität, die dünnen Wände seiner Beute zu durchstoßen. Cley fragte sich, wie die Kugel sich aufzog, um das nötige Drehmoment zu erzeugen, und vermutete, daß innere Flüssigkeit in der Gegenrichtung rotieren mußte. Aber war das überhaupt ein Angriff? Die seltsame Anordnung gummiartiger Zylinder verhielt sich nicht wie ein Opfer. Statt dessen versammelte sie sich um die Kugel. Langsam schoben sich krustige, braune Arme ineinander, die von pulsierenden Strömen bewegt wurden. Cley gewann den Eindruck, daß sie einen Austausch beobachtete, daß die energisch pulsierenden Zylinder eine biochemische Transaktion bewerkstelligten.

Die Flotille der Bäume durchschnitt den Dunstkreis belebter Materie und passierte eine Unzahl von Formen, die bisweilen auswichen, während einige sie anzugreifen schienen. Diese zeichneten sich durch nadelspitze Nasen und überraschende Schnelligkeit aus. Aber die Bäume zogen unbeirrbar ihre Bahn, ließen Verfolger hinter sich und hielten direkt auf die Ananas zu.

Aber jetzt sah Cley, daß nur Teile der riesigen Struktur von fester Materie zu sein schienen. An den Enden gab es große Kappen, die relativ fest aussahen, aber der eigentliche Körper zeigte erst Einzelheiten, als sie sich näherten. Sonnenlicht glänzte auf facettierten Flecken, bis Cley sah, daß diese Flekken eine Vielzahl dünner Gewächse waren, die von einer zentralen Achse nach außen strebten. Diese Achse war tief vergraben in einer Fülle von Stengeln und verflochtenen, braunen Wurzeln.

Sie hörte auf, das Ding als eine Ananas zu sehen, und ersetzte den Vergleich durch »Feigendistel«. Als sie über die lindgrüne, mit langen, weißlichen Fasern besetzte Kappe an einem Ende der »Feigendistel« kamen, ging eine Lichterscheinung wie eine Welle darüber hin. Das jähe Aufleuchten blendete Cley, und sie beschirmte unwillkürlich die Augen. Aber ihre Netzhaut stellte sich rasch auf das blendende Licht um, und sie sah, daß die Welle nur halb über die Kappe gegangen und dann zum Stillstand gekommen war; eine Seite hatte ihre grüne Färbung behalten, die andere war von einem glänzenden Chromgelb. Der blendende Glanz erinnerte sie daran, wie hart Sonnenlicht war, wenn es nicht von Luft gefiltert wurde.

»Es schwimmt«, sagte Sucher.

»Wo?«

»Oder besser gesagt, es geht in seinem Käfig hin und her.«

»Ich...«, fing sie an, dann kam ihr Suchers Bemerkung in den Sinn, daß Worte das Geheimnis aus der Welt nähmen. Sie sah, daß die glänzende Hälfte das Sonnenlicht reflektieren und der Feigendistel eine kleine Triebkraft von dieser Seite geben würde. Mit der Rotation ging die Welle der Farbveränderung um die Kappe und ließ die Triebkraft immer in einer Richtung wirken.

»Halt dich fest«, sagte Sucher.

»Was ist – oh!«

Das Schauspiel hatte sie von ihrer Annäherung abgelenkt. Unbewußt hatte sie erwartet, daß die Bäume verlangsamen würden, aber nun wuchs die Masse der faserigen, verflochteten Äste, die der Mittelachse entragten, mit erschreckender Schnelligkeit. Sie hielten direkt auf eine verdichtete Region dieses unregelmäßigen Flechtwerks zu.

In der vollkommenen Klarheit des Raumes sah sie immer kleinere Merkmale, von denen viele überhaupt nicht mit der Feigendistel in Verbindung standen, sondern wie saugende Insekten daran schwebten. Jetzt erst wurden ihr die wahren Ausmaße des Gebildes deutlich, auf das sie zu rasten. Die Feigendistel war groß wie ein Berg. Ihr Baum war ein Zündholz, das kopfüber hineinstürzte.

Der vorausfliegende Baum prallte in ein gelbbraunes Geflecht. Er dehnte es und schnellte zurück, prallte aber nicht ab, denn das Geflecht löste den Effekt in Wellen auf, die sich wie in Wasser ausbreiteten. Dann prallte ein zweiter Baum nahe dem Rand des Geflechts auf und sandte erneut kreisförmige Wellen in alle Richtungen aus. Ein dritter, ein vierter – und dann waren sie an der Reihe.

Sucher sagte nichts. Ein jäher, übelkeiterregender Druck riß sie von der Wand und warf sie gegen die Decke, daß ihr Hören und Sehen verging. Dann setzte die Gegenwirkung ein und ließ sie zurückfallen. Das Gefühl von Schwindel und Desorientierung dauerte einen langen Augenblick, dann kamen sie zur Ruhe. Durch das Fenster konnte sie andere Bäume im Geflecht stecken sehen, fühlte ihren Aufprall als federnde Stöße im Geflecht.

Als die Stöße und das Nachzittern aufgehört hatten, sagte sie mit unsicher bebender Stimme: »Harte Landung...«

»Der Preis der Überfahrt. Das Wirbelrad bezahlt auf diese Weise seine Schuld an Schwungkraft«, sagte Sucher, der sich von einem klebrigen Flecken losmachte.

»Schuld?«

»Für die Schwungkraft, die es als Gegenleistung erhält, wenn es Passagiere aufnimmt.«

Cley sah ihn groß an. »Es gibt auch welche, die mit dem Wirbelrad hinuntergehen?«

»Es bedient beide Richtungen.«

»Ja, gewiß, aber –« Sie hatte sich einfach nicht vorgestellt, daß jemand den Mut haben würde, den Abstieg durch die Atmosphäre zu wagen und schließlich am Ende einer der riesigen Speichen oder Arme zu hängen, wenn er scheinbar über dem Erdboden verhielt. Wie sprangen sie ab? Cley fühlte sich von den komplizierten Zusammenhängen überwältigt. Sie konzentrierte sich auf die Gegenwart. »Kannst du mir verraten, wem diese Schuld an Schwungkraft bezahlt wird?«

»Unserem Gastgeber.«

»Wer oder was ist er?«

»Ein Jonas.«

»Was bedeutet das?«

»Es ist ein wirklich uralter Begriff. Dein Freund Alvin hätte dir ohne Zweifel seinen Ursprung erklären können.«

»Er ist nicht mein Freund – wir sind bestenfalls Vettern, eine Milliarde Jahre voneinander entfernt.« Cley lächelte bei dem Gedanken, dann runzelte sie die Stirn, als sie lange, langsame Pulsschläge durch die Wände ihres Baumes gehen fühlte. »Was tut ein Jonas?«

»Er möchte uns verschlucken.«

10
Leviathan

In den Abteilungen waren bereits Lebewesen am Werk. Vielbeinig, kaum mehr als Sammlungen von ebenholzschwarzen Gliedmaßen und Muskelfasern, zusammengehalten durch graue Sehnen, schoben und stießen sie die einzelnen Stücke der Ladung geschickt in lange Reihen für den Abtransport.

Obwohl sie schnell und tüchtig waren, spürte Cley, daß sie im eigentlichen Sinne keine einzelnen Individuen waren; sie hatten ebensowenig ein Eigenleben wie die Arbeiterin eines Ameisenstaates.

Sie und Sucher folgten dem Strom der Ladung zu der Öffnung hinaus, durch die sie vor nur zwei Stunden im Wald hereingekommen waren. Sie schwebten in ein verwirrendes Durcheinander von spinnenhaften Arbeitern, länglichen Paketen und sich gabelnden, runden Gängen, die in ein grünes Labyrinth führten.

Cley war überrascht, wie schnell sie sich an die Schwerelosigkeit angepaßt hatte. Wie viele Fähigkeiten, die natürlich schienen, sobald man sie gelernt hatte, wie die Technik des Gehens, waren ihr die im schwerelosen Zustand benötigten Reflexe schon nach wenigen Versuchen und kurzer Zeit vertraut. Sie wußte nicht, daß diese Reflexe in den Menschen ihrer Art genetisch verankert worden waren. Hätte sie es gewußt und darüber nachgedacht, wäre es ein weiterer Beweis gewesen, daß sie nicht den Typus des eigentlichen, erdgebundenen Urmenschen verkörperte.

Aber sie hatte keine Ursache, darüber nachzudenken. Sie katapultierte sich durch die feuchte Luft der Gänge, stieß sich mit müheloser und ungehemmter Bewegungsfreude von den elastischen Wänden ab. Die Spinnen ignorierten sie. Mehrere stießen sie in ihrer mechanischen Eile, davonzutragen, was Stücke von Bäumen zu sein schienen. Die Außenseite ihrer Traglasten war harte Rinde und festes Holz, die einen hohlen, dickwandigen Behälter bildeten, der oben und unten offen war. Im Innern dieser hohlen Baumsegmente sprossen feine, graue Verzweigungen wie Rhizome von Pilzen, die sich in der Mitte in einer großen, baumelnden blauen Frucht vereinigten.

Sie war so unvorsichtig, nach einer dieser Früchte zu greifen, aber eine Spinne schlug ihr die Hand mit einem bösartigen Fußstoß zur Seite. Sucher jedoch nahm in aller Gemächlichkeit zwei dieser Früchte an sich, und die Spinnen wichen zurück, um ihm nicht zu nahe zu kommen. Sie fragte sich, welche Duftstoffe oder Gesten Sucher gebraucht hatte; er schien gänzlich unbesorgt, beinahe schläfrig.

Sie aßen, und der Saft hing in kugeligen, kleinen Tropfen in der feuchten Luft. Röhrenförmige Gänge, von hellem Licht erfüllt, lockten in alle Richtungen. Cley hielt sich an einen nahezu transparenten Gang, in dem sie aufrecht stehen konnte und durch den eine honigfarbene Flüssigkeit gurgelte. Hier konnte sie sich mit Armen und Beinen verankern und im verwirrenden Durcheinander brauner Speichen, grünen Laubwerks, grauer Stengel und knolliger Vorsprünge zurechtfinden. Ihre Bäume hingen in der Umarmung des zähen, gelbbraunen Geflechts. Der Baum, der ihnen während der Überfahrt Obdach gegeben hatte, war anscheinend durch einen der Gänge gefahren und hatte ihn zertrennt. Das sichtbare Ende zog sich bereits in das Geflecht zurück, das den Baum aufgehalten hatte. Kleine Tiere kletterten an knotigen Kabeln und schuppigen Ranken umher, zirpten, quietschten und entließen sichtbare, gelbe Körpergase. Überall war Bewegung und vermittelte den Eindruck, daß dies nicht der Ort für Ruhe und Verweilen sei.

»Komm«, sagte Sucher. Er stieß sich ab, und Cley folgte ihm durch einen weiten, olivgrünen Gang, der rund wie ein Schlauch war. Zu ihrer Überraschung entdeckte sie, daß sie durch die Wände sehen konnte.

Sonnenschein fiel durch ein bezauberndes Blätterdach. Kondensation bildete sich an den Wänden und tropfte auf die Blätter, die sie begierig einsaugten. Gern hätte sie den langsamen, aber immerwährenden inneren Rhythmus dieser kleinen Welt eingehender studiert, aber Sucher führte sie aus dem

Röhrengang in einen großen Raum, der von einer hohlen Halbkugel aus grünem Moos beherrscht wurde. Die andere Halbkugel war transparent. Sie ließ einen breiten Strahl gelben Sonnenlichts ein, der, vielfach reflektiert und gebrochen, tief in das lebende Labyrinth ringsum drang.

Sucher hatte es auf die moosige Halbkugel abgesehen und machte sich dort an einer niedrigen Pflanze fest. Cley prallte unbeholfen vom elastischen Moos ab, bekam einen dünnen Baum zu fassen und erreichte endlich Sucher. Er aß rote, knollige Beeren, die hier im Überfluß gediehen. Cley kostete davon und fand Gefallen an dem süßen, fruchtigen Geschmack. Doch in dem Maße, wie ihr Hunger gestillt wurde, wuchs ihre Irritation. Sucher schien im Begriff, einzuschlafen, als sie sagte: »Du hast uns absichtlich hierher geführt, nicht wahr?«

»Gewiß.«

Zornig über diese Schaustellung von Gleichgültigkeit, rief sie: »Ich wollte mein Volk finden!«

»Es ist fort.«

»Das sagst du, das sagte der allmächtige Alvin, aber ich will meine Leute suchen.«

»Alvin und seinesgleichen sind in einigen Dingen gut. Dazu gehört das Sammeln von Information. Ich glaube, ihre Suche war gründlich.«

»Sie übersahen mich!«

»Nur für eine Weile.«

»Du sagtest, ich könnte Leute meiner Art finden, wenn ich dir folgte.«

»Das glaube ich.«

»Hier werde ich sie nicht finden, und ich möchte sie sehen!«

»Der Preis des Sehens wird Tod sein«, sagte Sucher.

»Bisher sind wir gut durchgekommen.«

»Eine numerische Serie kann eine lange Dauer haben, ist aber endlich.«

»Aber – aber –« Cley wollte ihrem Ärger darüber Luft machen, daß sie von allem, was sie kannte, fortgerissen war, aber der Stolz zwang sie, zu sagen: »Aber etwas am Himmel will mich töten, nicht wahr? Also gehen wir in den Himmel, um ihm zu entkommen. Ist das nicht Unsinn?«

»Ich sehe, daß du aufgeregt bist.« Sucher faltete die Vorderpfoten in einer Gebärde über dem weißen Bauchfell, die irgendwie Zerknirschung signalisierte. »Trotzdem müssen wir so weit und so schnell fliehen, wie wir können.«

»Warum *wir*?«

»Du würdest ohne mich hilflos sein.«

Cleys Mund zuckte unter widerstreitenden Empfindungen von Gereiztheit und Selbstverachtung. »Das mag sein, hier oben. In den Wäldern würden wir einander gleich sein.«

Sucher sagte nichts dazu, und Cley merkte, daß er diplomatisch war. Tatsächlich hatte Sucher alle Arten von Gelände mit einer Sicherheit und Umsicht überwunden, die sie trotz all ihrer Erfahrung und Geschicklichkeit beneidete. »Wohin gehen wir dann?«

»Einstweilen zum Mond.«

»Zum Mond...« Sie hatte angenommen, daß sie die Erde umkreisten und an irgendeinem entfernten Punkt zu ihr zurückkehren würden. Sie wußte, daß die Supras auch andere Welten besuchten, hatte aber nie gehört, daß jemand ihres Stammes es getan hätte. »Wozu?«

»Wir müssen uns auswärts bewegen und vorsichtig sein.«

»Um unsere Haut zu retten?«

»Deine Haut.«

»Weil du keine Haut hast, bloß Pelz.«

»Es ist nicht hinter meinem Pelz her.«

»Und wer ist *es*?«

Sucher machte es sich bequem und begann leise und klangvoll von fernen Zeiten zu sprechen, so fern, daß sogar die Namen ihrer Abschnitte in Vergessenheit geraten waren. Der pelztragende Nachfahre des Waschbären erzählte ihr, wie die Menschheit in der Weite des Sternengewölbes größere Intelligenzen getroffen hatte und zurückgefallen war, zutiefst in ihrem Stolz getroffen. Sie hatte versucht, eine höhere Geistigkeit zu schaffen, und ihr Versagen war so groß gewesen wie ihr Ehrgeiz. Ihre Fehler hatten den Verrückten Geist geschaffen, ein Wesen, das keiner materiellen Verkörperung bedurfte. Und es hatte sich als über die Maßen bösartig erwiesen. Nur durch heroisches Ringen war es gelungen, den Verrückten Geist zu fangen und in Schach zu halten. Ihn sicher einzusperren, war das Werk von Millionen gewesen, die ihr Leben lang bis zur Erschöpfung daran gearbeitet hatten.

Und dennoch hatte die Menschheit ihr altes Ziel nicht aufgegeben und ein Gegenstück zum Verrückten Geist geschaffen, das Vanamonde genannt wurde. Beide hausten in den Tiefen des Weltraumes. Aber mit dieser letzten und höchsten Anstrengung war der schöpferische Genius der Menschheit erloschen. Sie hatte ihre materiellen und intellektuellen Ressourcen überanstrengt. Spätere Menschenrassen hatten sich zurückgezogen. Sie ließen es zu, daß ihre Maschinen die Vielfalt und Schönheit ihrer Welt verschlangen, bis nur noch die Lichter von Diaspar in den Sandwüsten gebrannt hatten. Jene Sandwüsten, die eines Tages alles Leben überwältigen würden.

»Feige und verächtlich«, sagte Cley.

»Eitelkeit und Stolz«, sagte Sucher.

»Wieso? Das verstehe ich nicht.«

»Zu glauben, daß die Menschen der Höhepunkt der Schöpfung seien.«

»Ach. Ich verstehe.«

Während der Reise zum Mond war Cley still und in sich gekehrt. Sie hatte einiges von Suchers Geschichte gewußt, denn es war eine Stammeslegende. Aber der Verrückte Geist war jetzt älter als die Berge, die sie durchstreift hatte, ein nebelhafter Mythos, den die Supras sich erzählten. Sie sprachen auch von Vanamonde, aber diese ebenso nebelhafte Wesenheit hatte sich angeblich dort ausgebreitet, wo die Sterne am dichtesten standen und die kosmischen Staubwolken durch ihr Licht zum Strahlen brachten.

Der Mond schwamm grün und opulent am Himmel, als Jonas in einer weiten Schleife auswärts zog. Die leichte Rotation verlieh den äußeren Segmenten des riesigen Vehikels ein wenig Schwerkraft, und Cley wanderte mit Sucher durch grüne Labyrinthe, um ihre Annäherung zu beobachten. Die Mondlandschaft war eine Schöpfung zerklüfteter Berge und kolossaler Wasserfälle. Diese starken Kontraste waren allmählich durch das Eindringen und die Integration leichter Elemente von umgelenkten Kometen geschaffen worden. Ein wenige Moleküle dicker Film lag auf der Lufthülle des Mondes und verhinderte ihr Entweichen in den Raum. Der Film hatte permanente Löcher, die Raumfahrzeugen und raumgeborenem Leben Zugang erlaubten, aber durch diese Lecks entstandene Verluste wurden wettgemacht von der natürlichen Erzeugung organischer Gase und vulkanischer Tätigkeit. Dieser Film glich die geringere Anziehungskraft des Mondes so gut aus, daß sein Atmosphäreverlust geringer war als jener der Erde.

Nah und einladend hing der Mond unmittelbar zwischen ihnen und der Sonne und lag daher fast ganz im Schatten der Mondnacht, bis Jonas in einer Kurve die entfernte Seite anzusteuern begann. In diesem vorübergehenden Augenblick waren Sonne, Mond und Erde in vollkommener Geometrie ausgerichtet, bevor sie wieder in ihren komplizierten Bahnen weiterzogen. Cley beobachtete diesen Augenblick scheinbaren Gleichgewichts und empfand die Wahrheit des Paradoxons, daß Gleichgewicht und Stillstand das Herz aller Veränderung waren.

»Siehst du?« sagte Sucher. »Stürme.«

Cley blickte hinab in die Düsternis der Mondnacht und sah die Wirbel der eingeschlossenen, lunaren Lufthülle, aber die Störung lag anderswo. In der Schwärze über beiden Polen zuckten fadenartige Entladungen in rötlichen und orangefarbenen Tönen.

»Verdammt«, flüsterte Cley, als könnten die fernen, spiraligen Lichtfasern hören. »Der Verrückte Geist?«

»Er sondiert nach uns. Ich habe gedacht, er würde zuerst anderswo umher stöbern.« Er blickte mit gespitzten Ohren zur Erde zurück und erklärte ihr, wie das Magnetfeld der Erde vom Sonnenwind geformt und nach außen gelenkt wird. Erst als sie ihre Augen für den Ultraviolettbereich geöffnet hatte, sah sie den zarten Schimmer eines gewaltigen Raumvolumens um die Erde und erblickte so ein Provinz, von deren Vorhandensein sie nie geahnt hatte, dem Bereich, der vom Magnetfeld des Planeten beherrscht wurde. Er glich einem lang wallenden Schleier, zusammengedrückt und gerundet auf der Sonnenseite, weit hinausgezogen und allmählich auslaufend auf der ihr abgewandten Seite. Arkaden vergänglicher Filigranarbeit entstanden und vergingen in der unbeständigen Architektur der Magnetosphäre, und sie verstand, daß auch dies Fußabdrücke des Verrückten Geistes waren. »Er sucht dort.«

»Er genießt die Spender des Magnetfeldes«, sagte Sucher. »Ich hoffte, er würde uns nur in diesem Bereich suchen.«

»Aber er hat sich auch hier ausgebreitet.«

»Er muß.«

Cley überlief es kalt. Immense Kräfte wirkten in diesem Räumen, und sie war eine einfache Frau, geboren, um die stillen Pfade geschützter Wälder zu durchwandern, zu pflanzen und zu pflegen und den Duft der Brise einzufangen. Dies war nicht ihr Ort.

»Kann er die Lufthülle durchstoßen?« fragte sie.

Sucher zeigte mit einem Ohr zum lunaren Südpol. Dort waren unter der scharf begrenzten Krümmung der Atmosphäre Wolkengebilde zu sehen. Zwischen ihnen blitzten orangefarbene Funken auf.

»Er ist bereits in die Lufthülle eingebrochen.« Sie biß sich auf die Unterlippe.

»Und kann nach Belieben jagen und lauern, ist er einmal drinnen. Er folgt dem lunaren Magnetfeld, wohin er will.« Sucher stieß sich ohne Ankündigung weiter, streifte eine riesige Orchidee und sauste durch einen Verbindungsgang davon.

»He, warte!«

Sie holte ihn in einem ellipsoiden Raum ein, wo eine Armee der schwarzen Spinnen Reihen von länglichen Behältern zusammensetzte. Inmitten der schwindelerregenden Aktivität konnte sie kaum mit Sucher Schritt halten. Größere Tiere glitten vorüber, manche davon groß genug, um sie mit einem Flossenschlag zu erledigen oder mit einem Schnabel entzweizuschneiden, aber keines beachtete sie. Ein schriller Ton durchschnitt das geschäftige Treiben. Sucher hatte angehalten und sonnte sich unter der Kuppel des Raumes.

»Was können wir tun? Zur Erde zurückgehen?«

»Ich hatte daran gedacht, das Fahrzeug zu nehmen, das sich jetzt nähert.«

Sie sah durch die Kuppe eine kleinere Version ihres Jonas aus einer der Öffnungen in der Luftschicht steigen. Sucher hatte gesagt, der Jonas sei einer der vertraglich Verpflichteten seiner Art, gefangen in einem endlosen Zyklus zwischen Erde und Mond. Der kleinere Jonas tauchte in die lunare Lufthülle zurück; anscheinend erfreute er sich einer gewissen Freiheit. Cley empfand Mitleid für diese lebenden Schiffe, aber dann sah sie etwas, was sie alle momentanen Sorgen vergessen machte. Eine gewaltige Masse kam in Sicht, senkte sich aus einer höheren Umlaufbahn auf sie herab.

»Was ist...«

»Wir nähern uns einer momentanen Paarung.«

»Paarung? Das tun sie wirklich... im Flug?«

»Sie sind immer im Flug.«

»Aber dieses Ding... es ist so riesig!«

»Es ist ein Leviathan. Jonas und seinesgleichen sind sein Laich. Wenn er sich der Sonne nähert, erwacht das Verlangen in ihm. So war es schon immer. Wir werden uns die Verschmelzung zunutze machen.«

Als die gigantische Masse mühelos auf sie zu glitt, hatte Cley Gelegenheit, ihre fleckige, blaugrüne Haut zu sehen, das Gewirr der Dschungel, die er in den nährenden Sonnenwind hielt.

Sie konnte nicht umhin, zu lächeln. »Ich glaube, ich ziehe meine Lust in kleineren Dosen vor.«

11
Sonne und Leben

Große Wesen kommunizieren durch Abgesandte. Langsame, schwerfällige Oszillationen durchliefen den Jonas. Cley sah eine wässerige Blase aus der lederigen Haut des Jonas in den Raum quellen. Sie zitterte, suchte die geeignete Form zu bestimmen und machte sich zu einem Ellipsoid.

»Schnell«, sagte Sucher. »Abflug.«

Gewandt schlängelte er sich vor ihr durch grüne Labyrinthe. Als sie zu einer trompetenartigen Öffnung kamen, die eine gigantische, hohle Wurzel zu sein schien, stieß er sie vor sich her. Sie stolperte und schlug Hals über Kopf in eine weiche, elastische Masse. Samtfeine Haare, aus denen weißer Saft sickerte, hafteten an ihr, ein scharfer, fleischiger Geruch drang ihr in die Nase. Ihr schwindelte, und sie merkte, daß die Luft voller Dämpfe war, die durchscheinende Streifen bildeten, sich zu dichten Schwaden vermischten und wieder aufzulösen schienen. Sucher schlug eine gummiartige Blase von der Größe eines Mannes beiseite, schien aber sonst unbesorgt. Ein Zischen setzte ein. Sie wurden durch die Öffnung eines sich verengenden Schlauches gesogen. Die Wände leuchteten perligweiß und weich, und der Saft überzog Cleys Füße und Rükken. Der klebrige Saft von den Wandungen hüllte sie bald ganz ein, und Sucher erging es nicht anders. In einem Wirbel von gebrochenem Licht wurden sie mit zunehmender Geschwindigkeit durch den Schlauch gesogen. Cley hielt den Atem an, verängstigt durch das hektische Zischen ringsum.

»Was –«, fing sie an, aber ein weicher, kühler Ball wie von klebriger Watte flog ihr an den Mund, als sie einatmete. Sie blies ihn fort und fühlte Sucher neben sich. Das diffuse Licht aus den Wandungen verblaßte. Vor ihnen bog sich die Röhre, weitete sich, und sie flogen hinaus in das harte Licht des Raumes. Der Jonas hatte eine gummiartige Blase ausgestoßen, die sie in einer Kugel umgab.

»Der Jonas begattet den Leviathan«, sagte Sucher.

»Wir sind Samen?«

»So haben wir es vorgetäuscht, ja.«

»Was geschieht, wenn jemand uns ausbrüten will?«

»Wir mißachten die Einladung.«

Solche Höflichkeit schien zweifelhaft; sie näherten sich dem breiten, gefleckten Bauch des Leviathan, während der Jonas schon weit zurückgefallen war. Die Flecken waren Ansammlungen eines rötlich-dunklen Schaumes. Der Leviathan mußte wenigstens zehnmal so groß sein wie der Jonas, und die schiere Größe erneuerte ihr Erschrecken; dieses Lebewesen hatte die Größe eines kleinen Gebirges.

Diesmal wurde ihre Schwungkraft von einer Masse großer Blasen abgebremst, die beim Durchstoßen zu platzen und sich neu zu bilden schienen; jedesmal gab es einen kleinen Stoß, der Cley und Sucher zwischen den elastischen Wänden ihrer Samenkugel hin und her prallen ließ.

Als sie zur Ruhe kamen, durchstach eine große Nadel ihre Samenblase. Das rötliche Licht übergoß alles mit einem höllischen, bedrohlichen Schein. Die Nadel drang ein, schien herumzuschnüffeln, und Cley sah, daß ihre Spitze sich kraftvoll bewegte und durchaus imstande war, sie beide aufzuspießen – und Sucher hob ein Hinterbein und urinierte die Spitze an. Darauf zog sie sich zurück und floh.

»Nein danke«, sagte Sucher. Ihre Blase platzte auf und gab sie frei.

Wieder führte Sucher sie durch ein schwindelerregendes Labyrinth grüner Gewächse; dabei folgte er Hinweisen, die sie nicht sehen konnte. »Wohin gehen wir?«

»Den Kapitän suchen.«

»Jemand lenkt dieses Ungeheuer?«

»Wird dein Körper nicht von dir gelenkt?«

»Nun gut. Wohin geht dieser Leviathan?«

»Zu den äußeren Welten.«

»Du meinst, wir sind hier einstweilen sicher?«

»Wir sind nirgendwo sicher. Aber hier verstecken wir uns in Zahlen.«

»Du meinst, der Verrückte Geist kann keine Gewißheit erhalten, wo ich bin? Bisher ist er mir ziemlich sicher auf der Fährte geblieben.«

»Hier gibt es viele komplexere Formen als dich. Sie werden deine Spuren verwischen.«

»Und wie ist es mit meinem telepathischen Talent? Kann dieser Geist meine, nun, meine ›Witterung‹ aufnehmen?«

»Das ist möglich.«

»Du liebe Zeit! Ich wünschte, Seranis hätte das Talent nicht wachgerufen.«

»Sie mußte es tun.«

Cley hatte wieder Mühe, mit Sucher Schritt zu halten, als sie von elastischen Wänden abprallten und durch gebogene Gänge glitten, immer tiefer in den Rumpf des Leviathan hinein. Suchers letzte Bemerkung ließ sie innehalten. Sie keuchte in der süßlichen, stickigen Luft. »*Mußte* sie?«

»Du wirst es brauchen. Und das Talent wächst, aber es läßt sich Zeit.«

Es drängte sie, ihrer Frustration über die verwirrende Schnelligkeit Luft zu machen, in der alle Ereignisse abliefen, ohne daß sie eine Möglichkeit hatte, Einfluß darauf zu nehmen, aber sie wußte mittlerweile, daß Sucher ihr nur mit seinem zähnebleckenden, schwarzlippigen Lächeln antworten würde. Endlich verlangsamte er und bog ab in ein dichtes Gewirr großer, breiter Blätter. Diese schienen an Ästen zu hängen, doch war der Maßstab so groß, daß Cley nicht sehen konnte, wo das allmählich an Stärke zunehmende, dunkelbraune Holz endete. Zwischen den Blättern trippelten und sprangen viele kleine Lebewesen.

Sie fand, daß diese Zone irgendwie und fast unbemerkt eine gewisse Schwerkraft angenommen hatte. Sie fiel von einem Blatt zum nächsten, glitt auf ein drittes hinab und landete auf einem katzenartigen Tier. Es starb in ihren Händen, und Cley vergoß Tränen des Mitleids und Schuldgefühls. Das kleine Tier hatte Hautflügel und ein glattes, orangebraunes Fell. Sucher kam auf einem dünnen Zweig heran, sah die Fledermaus-Katze, zog ihr mit ein paar geschickten Bewegungen das Fell ab und machte sich über das Fleisch her.

Das Ziel, den Kapitän zu suchen, trat in den Hintergrund,

als beide hungrig wurden. Langsam dämmerte es Cley, daß dieses immense innere Territorium kein bequemer grüner Gesellschaftsraum für Passagiere war. Es war eine Welt für sich, intakt und mit ihren eigenen Gesetzen und Zwecken.

Passagiere waren in keiner Weise bevorzugt. Im Gegenteil, sie mußten als gleichsam parasitäre Existenzen selbst zusehen, wie sie sich Vorteile und Nahrung verschafften. Dies wurde deutlich, als sie zufällig auf ein großes Tier stießen, das teilweise zergliedert auf einem Ast lag. Sucher blieb stehen und betrachtete nachdenklich den angefressenen Kadaver. Cley sah, daß die Fellzeichnung, die Schnauze und die Zähne eine gewisse Ähnlichkeit mit Suchers hatten.

»Einer von, ah, deiner Art?«

»Wir hatten gemeinsame Ursprünge.«

Cley konnte in der Fellmaske seines Gesichts nichts erkennen, was sie als Trauer gedeutet hätte. »Wie viele von euch gibt es?«

»Nicht genug, obwohl die Zahlen allein nichts bedeuten.«

»Du kanntest diesen?«

»Ich tauschte genetische Information mit ihm.«

»Oh! Es tut mir leid, ich...«

Sucher stieß an den Kadaver mit einer Vorderpfote. Das Aas zog bereits eine Wolke von kleinen Insekten an. »Es war ein Feind.«

»Nachdem ihr euch ›vermischtet‹?«

»Vorher und nachher.«

»Aber warum habt ihr dann – ich meine, gewöhnlich tun wir nicht...«

Sucher warf Cley einen Blick zu und grinste. »Wir denken niemals an ein Ding zur Zeit.«

Cley lachte. »Nicht einmal während der Paarung? Hast du Kinder?«

»Zwei Würfe.«

»Sucher! Du bist weiblichen Geschlechts? Das hätte ich nie gedacht!«

»Nicht weiblich wie du bist.«

»Also, du bist gewiß nicht männlich, wenn du Würfe zur Welt bringst.«

»Einfache Paarung wie bei euch war eine vorübergehende Anpassung.«

»Ich glaube, Sucher, daß dir viel entgangen ist.«

»Die Menschen sind bekannt dafür, daß sie vergrößerte Organe und das ganze Jahr hindurch Ranzzeit haben.«

»Hmm. Nun, ich will das als Kompliment aufnehmen.«

Eine Bewegung am Rand ihres Gesichtskreises lenkte Cley ab. Sie schob einen großen Farnwedel beiseite und sah eine menschliche Gestalt, die sich von ihnen entfernte. »He!«

Die Gestalt blickte zurück, wandte sich dann ab.

»He, warte! Ich bin freundlich gesinnt!«

Aber die Gestalt verschwand in den grünen und braunen Kulissen der Vegetation und war verschwunden. Cley lief ihr nach. Nachdem sie auf Ästen entlanggelaufen und Stämme hinuntergeklettert war, hielt sie lauschend inne und hörte nichts als das Seufzen einer Brise und die hohlen Rufe unbekannter Vögel.

Sucher war ihr gefolgt. »Du wünschtest dich zu paaren?«

»Wie? Nein, wir denken nicht immer daran. Ist es das, was du von uns denkst? Ich wollte bloß mit ihm sprechen.«

»Du wirst niemanden finden.«

»Wer war das? Das war keine Sinnestäuschung, oder doch? Wie jene, die meinen Stamm auslöschte und von der Alvin sagte, es seien bloße Bilder gewesen?«

»Nein, das war der Kapitän.«

Cley fühlte eine Aufwallung von Stolz. Menschen leiteten dieses gigantische Ding. »Alvin sagte, meine Rasse sei ganz verschwunden, außer mir.«

»So ist es.«

»Dann ist dieser Kapitän von einer anderen Rasse? Ein Supra?«

»Nein. Ich glaube nicht, daß du wirklich wünschst, diesen Dingen auf den Grund zu gehen. Sie sind unkörperlich.«

»Sieh mal, ich bin *allein.* Wenn ich irgendeinen Menschen gleich welcher Art, finden kann, werde ich es versuchen.«

Sucher legte den breiten Kopf zurück und blickte mit einem Ausdruck zu ihr auf, den Cley vorwurfsvoll und irgendwie beunruhigend fand. »Wir haben anderes zu tun.«

»Wenn du mir nicht helfen willst, werde ich mich allein auf die Suche nach dem Kapitän machen.«

»Gut.«

Cley verstand diese Antwort nicht, aber im Umgang mit Sucher hatte sie sich daran gewöhnt. Sie schnitt ein Gesicht, wußte sie doch nur zu gut, wie schwierig es sein würde, in diesem unübersichtlichen und weitläufigen Gebiet irgend etwas zu finden.

Sucher sagte nichts weiter; er schien seinen eigenen Gedanken nachzuhängen. Sie arbeiteten sich gegen die geringe Schwere aufwärts und standen schließlich auf einem breiten Hang, der nur aus großen Blättern bestand. Sonnenlicht strahlte von einem offenen Himmel, der den in der Ferne schrumpfenden Mond einrahmte. Cley wußte, daß die Erde, als sie vor mehr als fünf Milliarden Jahren zum leben erwacht war, angefangen hatte, sich in eine Atmosphäre aus Wasserdampf und vulkanischen Gasen zu hüllen, um die zerstörerische Kraft der Sonneneinstrahlung zu mildern. Tief vergraben in den Wäldern der Erde, war ihr nie in den Sinn gekommen, an deren Welten zu denken, aber nun sah sie, daß man auf dem Mond die gleiche Methode angewandt hatte. Es war etwas Frisches und Vibrierendes an dem lebendig gewordenen Mond, als hätte er nie Milliarden von Jahren in toter, luftloser Erstarrung zugebracht. Wo man einst die dunklen, öden Ebenen als *Mare* bezeichnet hatte, rollte heute die Brandung wirklicher Meere an die Steilküsten zerklüfteter Berge mit schneebedeckten Gipfeln. Das sich langsam ausbreitende, gefräßige Grün neuen Lebens auf der Erde schien ihren kleineren Gefährten nur nachzuahmen.

Sucher legte ein Ohr an einen purpurnen Stengel. Er knabberte an den jungen Schößlingen, die durch die glatte Rinde brachen, schien aber auch zu lauschen. Dann hob er den Kopf und sagte: »Wir sind unterwegs zur Venus.«

»Was ist das?«

»Der Nachbarplanet der Erde, der zweite, von der Sonne aus gesehen.«

»Können wir dort leben?«

»Ich nehme an, die Frage wird sein, ob wir dort den Tod vermeiden können.«

Damit legte er sich nieder und schloß die Augen, und Cley, die das Gewirr des Dschungels fürchtete, wagte sich nicht fort. Sie sah die Erde und den Mond allmählich zurückweichen. Zwillingswelten vor dem zeitlosen Gefunkel der Galaxis.

Sie wußte instinktiv, daß der Mond nicht bloß ein abgeschirmtes Gewächshaus war, erhalten nur durch ständige Pflege von außen. Wer würde es schließlich pflegen? Seit langen Zeitaltern war die Menschheit in ihren Wüstensiedlungen eingesperrt gewesen. Nein, die Entwicklung und Erhaltung des Lebens war Organismen zu verdanken, die sich einer Umgebung angepaßt hatten, welche ursprünglich von anderen Organismen angelegt worden war. Man durfte die Welt nicht als ein Spiel mit festen Regeln sehen, wie die Sportarten der Menschen, strikt und immer gleichbleibend. Gleichwohl mußten selbst Planeten dem Druck von Sonnen nachgeben.

Die Sonne hatte annähernd fünf Milliarden Jahre lang Wasserstoff verbrannt, bevor sich auf Erden eine Art entwickelt hatte, welche diese einfache Tatsache und die Folgerungen daraus verstehen konnte. Aus der Kernverschmelzung von Wasserstoff entstand Helium, ein schwereres Gas, das sich im Sonnenkern sammelte. Helium hält Strahlung besser zurück als Wasserstoff und trieb die Kerntemperatur höher. Dies wiederum bewirkte eine verstärkte Verbrennung von Wasserstoff. Die Sonne wurde heißer. Anders als Lagerfeuer brennen Sonnenöfen heller und heißer, je mehr Verbrennungsrückstände sich ansammeln.

Das Leben auf Erden war diesem physikalischen Verhängnis einstweilen entgangen. Lange bevor die Menschen als beherrschende Spezies aufgetreten waren, hatte eine Atmosphäre mit hohem Kohlendioxidanteil die Erdoberfläche warmgehalten und eine Abstrahlung der Wärme in den Raum verhindert. Als die Sonne jedoch heißer wurde, dünnte das Leben diese Schutzhülle aus, um ein angenehmes Klima aufrechtzuerhalten.

Aber Kohlendioxid war auch der Stoff, durch den die Energie der Sonnenstrahlung in Leben umgewandelt wurde. Es war darüber hinaus die Grundnahrung für Fotosynthese. Die Ausdünnung des Kohlendioxidanteils der Atmosphäre bedrohte diese lebenswichtige Reaktion. So war der Kohlendioxidanteil kurze Zeit nach der Evolution des Menschen – bloße hundert Millionen Jahre – so weit zurückgegangen, daß das ganze Pflanzenreich in Gefahr geriet.

An diesem Punkt hätte das Leben auf Erden seinen biochemischen Rhythmus anpassen können. Andere Welten waren vor der Erde durch diese Phase gegangen und hatten überlebt. Aber die Intelligenzen, die jenes Zeitalter beherrscht hatten, darunter auch die Vorläufer Suchers, hatten eingegriffen.

Die Verminderung der Sonneneinstrahlung durch eine Verlagerung der Erdumlaufbahn nach außen war eine Lösung, die zu den großen Manövern der Neuordnung der Planetenbahnen führten.

Dies alles lag vergraben in den staubigen Archiven von Diaspar und berührte Cleys Gedanken nur als ein Mythos. Die stark ausgeschmückten Geschichten, die über diese Dinge zu ihrem Stamm gedrungen waren, hatten dort nicht viel Anklang gefunden. Für naturverbundene Waldbewohner waren solche entlegenenen und kaum vorstellbaren Themen nicht der Stoff, den man sich abends am Lagerfeuer erzählte. Für Gelehrsamkeit fehlten ihrem Volk alle materiellen Voraussetzungen, aber ihr naturnahes Leben hatte einer Sinngebung und Untermauerung durch Glaubensinhalte, Sagen und Mythen bedurft. Diese hatte sich das Volk selbst geschaffen, und sie waren alle eng verbunden mit ihrer Biosphäre, dem »Gefühl«, warum und wie Lebenszusammenhänge entstanden und sich entwickelten. Von außen hereingetragene Geschichten, die keinen Zusammenhang mit ihrer Lebenswirklichkeit hatten, waren allenfalls als Skurilitäten und Aufschneidereien belächelt worden.

So war ihr die wolkenumzogene Schönheit der Zwillingswelt ein neuer und nie gesehener Anblick von atemberaubender Majestät, der ihr Herz schneller schlagen ließ und ein so übermächtiges Gefühl von Heimatliebe in ihr weckte, wie sie es bis dahin nur für die Wälder empfunden hatte, in denen sie aufgewachsen war. Ein weiterer Jonas näherte sich von der Erde. Winzige, schimmernde Staubteilchen hielten aus exzentrischen Umlaufbahnen um den Mond darauf zu. Ströme von Leben gingen zwischen Erde und Mond hin und her, endlose Transaktionen von Spezies verschiedenster Art. Sie beschrieben eine große Acht, die beide Welten umschloß, obwohl dünnere Rinnsale immer wieder von diesen Umlaufbahnen abzweigten, welche die Zwillinge verbanden.

Cley verspürte sowohl Ehrfurcht als auch die Furcht vor der Unermeßlichkeit, und Einsamkeit. Sie hätte gern ihre Sippe um sich gehabt, damit sie dies sehen und ihr die Geborgenheit des gewohnten Umgangs geben könnte.

Ihre Aufmerksamkeit war so gebannt von dem sich entfaltenden Himmelspanorama, daß sie die verstohlene Annäherung scharrender Krallen nicht hörte. Aber sie vernahm das raschelnde Abstoßen und Losschnellen, als etwas in der schwachen Schwerkraft sich auf sie stürzte.

Der schattenhafte Umriß kam von hinten auf sie zu. Sie sah ihn nur als eine Bewegung aus den Augenwinkeln, ein längliches, schwarzes Ding mit auffallenden, roten Zeichnungen irgendwo und segelartigen Hautflügeln.

Krallen schlossen sich in der Luft, wo Cley gewesen war.

Sie hatte sich instinktiv geduckt und mit einem Sprung seitwärts in Sicherheit gebracht, war dann aber von einem Ast abgeprallt. Statt in unbekanntes Blätterdickicht zu fliehen, wo ein ganzes Rudel der Angreifer auf der Lauer liegen mochte, stieß sie sich wieder ab und auf das Tier zu.

Dies hatte es nicht erwartet. Es hatte gerade Sucher gesehen und schien zu überlegen, ob diese neue Entwicklung eine Gefahr oder eine unerwartete Beute sei.

Cley traf es voll von der Seite. Eines der dünnen Beine brach; Schwerelosigkeit begünstigt leichte Bauweise. Mit den Händen schlug sie gleichzeitig von beiden Seiten auf die ausgestellten Ohren des Angreifers, die sein wichtigstes Sinnesorgan zu sein schienen. Es flatterte mit gellendem Schmerzgeschrei und Krächzen davon.

Cley landete auf einem breiten Ast, die Hände bereit zur Abwehr eines neuerlichen Angriffs. Sie zitterte in einer Mischung von Jagdfieber und Angst, die nach einer Milliarde Jahren Selektion als grundlegend für die menschliche Verfassung erhalten geblieben waren. Das Laubwerk beantwortete ihre angespannte Aufmerksamkeit mit schweigendem Gleichmut.

Sucher erwachte, streckte sich und gähnte. »Gibt es mehr zu essen?«

12
Der Kapitän der Wolken

Am dritten Tag ihrer Reise sichteten sie das Schiff der Supras. Cley und Sucher verbrachten viel von ihrer Zeit in den achteren Schichten des Leviathan, erfreuten sich des Anblicks der stetig schrumpfenden Erde und ihres Begleiters und ruhten in einem Gewirr enormer, blumenähnlicher Gewächse. So kam es, daß sie die Annäherung beobachteten. Unweit vom Mond erschien ein gelber Stern, der rasch wuchs und zu einem schlanken, silbrigen Schiff wurde, das eine dünne Flamme ausstieß.

Soviel war Cley gerade klar geworden, als Sucher sie hinter ein überhängendes Staubgefäß zog und flüsterte: »Keine Bewegung!«

Das schlanke Schiff umkreiste den Leviathan, als wolle er es beschnüffeln. Der Feuerstrahl an seinem Ende erlosch, und feine Düsen bewegten es die mächtige Masse des Leviathan entlang. Cley fühlte eine schattenhafte Gegenwart, wie ein Geräusch am Rande der Hörbarkeit. Bald kehrte das Schiff zurück und kam so nahe heran, daß Cley glaubte, es riskiere eine Kollision mit der zähen Außenhaut.

Sucher legte beide Pfoten auf Cleys Gesicht. Er hatte dies früher schon getan, um sie zu beruhigen, wenn ihre Ängste sie nicht schlafen ließen. Auch jetzt sandte der Druck dieser rauhen Ballen, die mit feinem, schwarzem Fell bedeckt waren, eine willkommene Ruhe in ihr Bewußtsein. Sie verstand, was die Berührung sagen wollte: daß sie ihren Geist ruhen lassen solle. Auf diese Weise würde ihr telepathisches Talent sich so wenig wie möglich bemerkbar machen. Jeder Supra an Bord des Schiffes, der aus Lys stammte, konnte ihre Gedanken auffangen, aber nur wenn sie klar in verständlichen Botschaften konzentriert waren. Das hoffte Cley jedenfalls.

Das Schiff schwebte lange an Ort und Stelle, als seien seine Insassen mit der Überlegung beschäftigt, ob sie sich in den Leviathan wagen sollten oder nicht. Die Wolke raumgeborenen Lebens, die den Leviathan umgab, hatte sich von dem Schiff zurückgezogen, vielleicht, weil es die Raketen fürchtete. Seine präzise zylindrische Symmetrie und sein kalter Glanz wirkten zwischen den treibenden Schwärmen fremdartig und unheilvoll, hart und abgeschlossen. Man konnte nicht erraten, was darin vorging. Plötzlich zündete die gelbe Flamme wieder, und innerhalb von Augenblicken war das Schiff aus ihrer Sicht verschwunden.

»Sie müssen erraten haben, daß wir in diese Richtung fliehen«, meinte Cley.

»Sie lassen keine Möglichkeit aus, sei sie noch so wenig wahrscheinlich.«

Sucher schien besorgt, obwohl sie selten sicher sein konnte, welche Bedeutungen mit seiner Körpersprache verbunden waren.

»Ich fühlte etwas...«

»Sie suchten deine Gedankenwitterung.«

»Ich wußte nicht, daß ich eine habe.«

»Sie ist deutlich.«

»Kannst du sie auffangen?«

»In deiner Art sind viele Erinnerungen in der Nähe der Geruchsrezeptoren des Gehirns untergebracht. Darum können Gerüche Erinnerungen wachrufen. Ich teile diese Eigenschaft nicht.«

Manchmal irritierte sie Suchers umständliche Ausdrucksweise. Sie war nicht sicher, ob er viel andeuten wollte, indem er wenig sprach, oder sich einfach amüsierte.

»Ein Supra kann die Witterung deines Denkens erinnern. Dieser Akt der Erinnerung ruft dein Talent wach und stärkt es.«

»Nur indem sie sich erinnern, erreichen sie, daß *ich* besser sende?«

»Ungefähr so.«

Cley konnte dies nicht mit der seltsamen, kratzigen Gegenwart in Einklang bringen, die sie gefühlt hatte. »Nun, jedenfalls sind sie fort.«

»Sie können zurückkehren.«

»Du hast auch das telepathische Talent, nicht wahr?«

»Wenn du es nicht fühlen kannst, dann werde ich es wohl nicht haben.«

»Ja, gut, ich kann wirklich nichts von dir auffangen. Aber –«

»Laß uns von hier verschwinden. Das Schiff könnte einen neuen Versuch machen.«

Sie verließen die Blumenzone, wo sie einen Tag lang Nahrung gesucht und dicken, klebrigen Nektar verzehrt hatten. Cley bemerkte keinen Übergang, aber irgendwie gelangten sie in eine Region mit leicht zentrifugaler Schwerkraft. Dies war nicht einfach eine innere Geometrie wie beim Jonas. Innere Teile des Leviathan rotierten an ungesehenen Achsen, und Wasserläufe flossen geneigte Hänge hinab. Die örtliche Schwerkraft war niemals mehr als eine leichte Berührung, aber sie gab der überschäumenden Vegetation Form und Ordnung.

Sie kamen in einen großen, höhlenartigen Raum mit überwucherten Plattformen, Gängen, Balustraden und Nebenräumen, alles durchwimmelt von kleinen Tieren, die geschäftig ihren Tätigkeiten nachgingen. Der Raum war anscheinend eine Zentrale für ein System von Röhren, die überall zu sehen waren, sogar hoch an den Wänden. Breite Bahnen gefilterten Sonnenscheins stießen in der Höhe durch die feuchte Luft und ließen eine entfernte, gewölbte Decke erkennen, die erstaunlicherweise – als sei dieser Höhlenraum der Angelpunkt des Ganzen – mit einer Projektion des Sternhimmels draußen geschmückt war. Das galaktische Zentrum strahlte von dort herab.

Aber weder die Geschäftigkeit noch die Größe und seltsame Pracht dieses Ortes schüchterten sie ein; er war sogar einladend. Die umhereilenden Tiere waren in ihrer Weise intelligent und ließen sich durch ihre Anwesenheit nicht stören, schenkten ihr nicht mehr als einen Blick. Menschen waren offenbar uninteressant, vielleicht nicht einmal ungewöhnlich – obwohl sie bezweifelte, daß viele Supras sich auf ihren Reisen der Leviathan bedienten, hatten sie doch ihre schnellen Schiffe.

Die Verfolgung durch Supras beschäftigte sie nicht lange.

Die eigengesetzliche Schwungkraft der Ereignisse trug sie weiter und weiter von ihrer Heimat fort, und sie hatte sich damit abgefunden, Suchers Ratschlägen zu folgen und weiter ins Unbekannte zu reisen, statt in endloser Sorge zu leben. Vielleicht konnte sie irgendwo hier draußen Ur-Menschen finden, wie Sucher angedeutet hatte. Ihr Jagdinstinkt erwachte wieder, als sie Sucher auf seiner uneiligen, aber schnellen Nahrungssuche begleitete. Er aß eine Menge und schien die Verfolgung kleiner Beutetiere als Sport zu genießen, denn er begnügte sich meistens mit pflanzlicher Kost. Besonderen Genuß bereiteten ihm Dolden roter Beeren, die versteckt im Laubwerk bestimmter Sträucher gediehen.

Der von Leben erfüllte Dschungel, der sich in allen drei Dimensionen durch den Leviathan erstreckte, nahm Cley gefangen. Er war den nüchternen, sorgfältig geplanten Projekten der Supras so unähnlich. Als sie sich in diese komplexe Fülle einlebte und darin aufging, verstand sie, was ihr an den Supras mißfallen und sie eingeschüchtert hatte. Ihre zur Schau getragene Überlegenheit war noch erträglich gewesen, aber in ihrer ernsten, feierlich wirkenden Art fühlte sie eine Kälte, die ihr den Zugang verschloß.

Alvin war bisweilen sogar lustig und erheiternd gewesen, aber die meisten anderen waren bleiern und ernst. Seranis hatte Cley ihre Kunst gezeigt, doch war sie von Bildern des Verfalls begleitet gewesen. Cley spürte, daß dies eine Mode war, vielleicht herausgebildet unter der Last verschlafener Jahrhunderte, und kein Naturgesetz. Sicherlich nahm die Entropie zu; sie würde schließlich sogar den leuchtenden Sternen zum Verhängnis werden. Doch ohne die Freigebigkeit der Sonne hätte kein Licht dem Leben zur Entstehung verholfen. Das Leben war wie ein geschickter Buchhalter, der vom Fluß der Energie lebte, alle erforderlichen Steuern bezahlte, aber jedes Schlupfloch ausnutzte. Wenn Cley in ihrem Körper Fett verbrannte, erzeugte sie Entropie, aber es gelang ihr, die Entropie noch schneller in abgegebener Wärme und Abfallprodukten auszuscheiden – eine wunderbare, unwahrscheinliche, aber vollkommen legale Umgehung des zweiten Gesetzes der Thermodynamik.

Wie alles Leben, schied auch sie Verunreinigung aus. Aber die Verunreinigung des einen war die Nahrung eines anderen, und sie begann zu sehen, daß diese Wahrheit auch im interplanetarischen Maßstab Gültigkeit besaß. Jedenfalls war ihre Wirkungsweise im Leviathan unübersehbar, und sie würde es in nicht zu ferner Zukunft auch auf Erden sein. Die Supras hatten sie beunruhigt, weil sie noch immer nach dem lebensfernen, starren Kompaß von Diaspar ausgerichtet waren. Alvin kannte das Leben nicht, diesen Funken, der zwischen zwei Ewigkeiten hängt. In einem tieferen Sinne waren die Supras unsterblich, aber nicht lebendig.

Mit einem Erschauern schob sie diese Gedanken von sich. Die hier herrschende Schwerkraft erleichterte ihnen das langsame Durchwandern des Höhlenraumes, und sie aßen Beeren, die von fleischfressenden, palmenähnlichen Bäumen hingen. Die scharfen, spitzen Blätter der Palmwedel konnten einen Arm abschneiden, aber Sucher zeigte ihr, wie man die Reflexe des Baumes lange genug verwirren konnte, um Beeren zu ernten. Zwei Tage hielten sie sich am Ufer eines Sees auf, und Sucher fing die gelben Fische, von denen es im Wasser wimmelte. Durch Nebelwolken konnte Cley die aufwärtsgekrümmte Wasserfläche des Sees bis über ihre Köpfe verfolgen, wie er, Kilometer entfernt, der mächtigen Biegung eines rotierenden Zylinders folgte.

»Warum ziehen wir ständig umher?« fragte Cley, als Sucher trotz der zunehmenden Dunkelheit entschlossen weitermarschierte. Sonnenstrahlen fluteten und verebbten wie Gezeiten aus Licht in dem weiten zylindrischen Raum.

»Wir verstecken uns unter dem Leben.«

»Du meinst, die Supras sind noch auf der Suche nach mir?«

»Sie sind fortgegangen.«

»Sagt dir das deine eigene geheimnisvolle Weisheit?«

Sucher zeigte seine blitzenden Zähne, frisch gereinigt durch Fischfilets und Kernobst. »Die Supras fliegen weiter hinaus.«

»Fein. Dann laß uns zurückgehen. Die Aussicht dort gefiel mir.«

In Wahrheit wollte sie den Kapitän suchen. In der Nähe der

transparenten Blasen hatte sie menschliche Gestalten gesehen, und jedesmal waren sie im feuchten Dschungel verschwunden, bevor sie die Verfolgung hatte aufnehmen können.

Sucher machte keine Bemerkungen zu ihrem Wunsch, Menschen zu finden, wollte ihr auch nicht helfen, sie zu verfolgen, obwohl Cley vermutete, daß er die kleinsten Tiere, die sich durch die Schichtungen der üppigen Flora bewegten, wittern oder hören konnte. Drei Tage lang arbeiteten sie sich durch das Dickicht am Ufer der Seen und hielten nur an, um Fische zu fangen und zu schwimmen. Diese Zone Leviathans rotierte und erzeugte eigentümliche, spiralige Wellen im See, die diagonal auf die Ufer trafen.

Zwei weitere Tage – nach Cleys innerer Uhr – brachten sie zur äußeren Haut. Wieder konnte Cley nicht feststellen, wann sie die Region der Zentrifugal-Schwerkraft verließen. Nebel hatte ihr Vordringen zusätzlich behindert und die breiten Bahnen reflektierten Sonnenlichts milchig eingefärbt.

Sucher lehrte sie eines seiner Lieblingsspiele. Sie kauerten in einer der durchsichtigen Blasen im äußeren Bereich des Leviathan und warteten. Durch das Vakuum draußen glitten seltsame Formen. Schalentragende Lebewesen wie Ohrschnecken machten sich an der Haut des Leviathan fest. Bisweilen lösten sie dadurch einen Reflex aus, der zu einer Einwärtsfaltung der Haut führte. Wenn eine der Schnecken auf diesem Weg ins Innere gelangte, schlug Sucher die dünne Schale auf und schluckte ihren Bewohner mit schmatzendem Genuß.

Lange, schwarze Geschöpfe krochen über den Leviathan und weideten die flechtenartigen Matten ab, die sich auf der Haut angesiedelt hatten. Cley konnte deutlich sehen, wie diese Flechten, welche die warzige Haut fleckten, von Zeit zu Zeit Sporen ausstießen. Die wurmartigen Lebensformen weideten die bräunlichen Flechten ab und krochen weiter.

Sucher bemühte sich, einen dieser Würmer näher zur durchsichtigen Blase zu locken, indem er herumsprang und Grimassen machte, um seine Aufmerksamkeit auf sich zu lenken. Der Vakuumwurm richtete tatsächlich den Blick seiner dunklen Schlitzaugen auf diese Schaustellung, und Neugierde ließ ihn näherkriechen. Sucher packte zu und dehnte die zähe, wächserne Wand dabei mit Händen und Füßen. So gelang es ihm, das Tier durch die dünne Haut der Blase festzuhalten. Grunzend und knurrend zog er die zappelnde Beute gegen den atmosphärischen Druck, der die Blase nach außen drückte, einwärts zu sich.

Einen Augenblick sah es so aus, als könne es Sucher gelingen, den Wurm weit genug hereinzuziehen, um die Faltungsinstabilität auszulösen und ihn durchzuziehen. Sucher japste vor Anstrengung und freudiger Erwartung. Aber dann stieß der Wurm Dampf aus, entwand sich dem Griff und schoß davon.

Sucher knirschte mit den Zähnen. »Teuflische Dinger.«

»Ja, sah appetitlich aus.«

»Sie sind eine große Delikatesse«, sagte Sucher.

»Aber ziemlich widerstandsfähig.«

Als Cley aufhörte, über den Ausdruck in Suchers Augen zu lachen, sah sie plötzlich eine menschliche Gestalt neben sich stehen. Aber nur eine Gestalt, denn sie glich keinem Menschen, den sie je gesehen hatte.

Das Gesicht war in unaufhörlicher Bewegung krasser Ausdrucksveränderungen, lächelte, zog finster die Brauen zusammen und ließ die Augen wild aufflammen, alles begleitet von ziellosem Zucken und Zappeln der Gliedmaßen, die ständig im Begriff schienen, sich aufzulösen. Das Ding schien verrückt. Dann sah sie, daß sich in der sonderbaren Aufführung ihr eigenes Bedürfnis, Ausdruck zu finden und Ordnung herzustellen, in grotesker Form widerspiegelte. Es war, als gehe ein Sturm durch den Körper und mache ihn zappeln wie einen Hampelmann. Farben und Umrisse waren nur vorübergehende Annäherungen.

Die Gestalt tat einen Schritt auf Cley zu. Sie biß sich auf die Unterlippe. Der Körper tanzte und bog sich wie ein schlechter Stummfilm, auf eine wellige Leinwand projiziert. Aber es war keine Illusion, wie sie zuerst vermutet hatte. Der klumpige Fuß stieß einen Zweig beiseite, als er einen zweiten Schritt tat. Die zuckende Haut war wie braun eingefärbt und abgewaschen, so daß die Tönungen streifig ineinanderflossen.

Auf einmal wurde ihr bewußt, daß sie durch die Erscheinung hindurchsehen konnte. Pflanzen, die hinter ihr wuchsen, erschienen als schemenhafte Bilder. Sie hörte ein leises Trommeln, als die Gestalt mit glatter, unnatürlicher Bewegung einen Arm hob, einer Bewegung, die nichts vom Zug der Muskeln auf die Gelenke von Schulter und Ellbogen hatte.

»Aurruuugh«, sagte sie. Es klang wie Steine, die in einem Tonkrug geschüttelt werden.

»Er imitiert dich, wie schon zuvor«, sagte Sucher.

»Wer – was ist es?«

»Der Kapitän.«

»Aber – es ist –«

»Natürlich nicht alles vom Kapitän.«

»Was – will er?«

»Ich weiß es nicht. Oft manifestiert er sich als eine Art Höflichkeitsgeste in der Gestalt eines neuen Passagiers. Um etwas zu lernen, was er anders nicht wissen kann.«

Die Gestalt sagte: »Duuu gesuuucht von viiielen.«

Cley schürzte die Lippen. »Ja, viele sind hinter mir her.«

»Duuu mussst geeehn.«

»Ich – ich kann nicht gehen. Und warum sollte ich?«

»Gefaaahr. Für miiich.«

»Für dich? Was bist du?«

Die Gestalt breitete die Arme aus und hob sie, um alle umgebenden Gewächse miteinzuschließen. Die Arme endeten in Stümpfen, obwohl den Enden wiederholt ein oder auch zwei Finger entsprossen, wedelten und dann wieder mit dem ständigen Fluß des Körpers verschmolzen.

»Alles? Du bist alles?« fragte Cley.

»Weeelt.«

Sucher sagte: »Es ist der Leviathan. Diese Komposit-Intelligenz leitet ihre vielen Teile und geringeren Geister.«

Cley sperrte die Augen auf. »Jeder Teil des Ganzen ist in dieser Intelligenz vertreten?«

»Alvin dachte, das Phylum Myriasoma sei ausgestorben«,

sagte Sucher. »Er würde sich freuen, zu sehen, daß er sich wieder geirrt hat.«

Cley lächelte trotz ihrer ängstlichen Beklemmung. »Supras schätzen solche Neuigkeiten nicht.«

Während sie zusah, lösten sich die Beine des Kapitäns in einen Schwarm von kleinen Stückchen auf. Jedes hatte die Größe eines Daumens und schwamm mit Stummelflügeln in der Luft. Der Kapitän war eine Zusammensetzung, die in unaufhörlicher Bewegung war, wie ein Bienenschwarm mit vervollkommneter Koordination. Jedes fliegende Teilchen war mit den anderen in Berührung, aber imstande, jeden Augenblick davonzuschießen. Die einzelnen Mitglieder des Schwarmes ähnelten einer bizarren Mischung von Vogel und Insekt. Jedes besaß vier Augen, zwei an den entgegengesetzten Enden ihrer zylindrischen Körper, und jeweils eines oben und unten. Cley hörte den Kapitän jetzt in ihrem Kopf. Das leise, trommelnde Geräusch der unzähligen Flügel wurde von einem leisen Raunen in ihren Gedanken begleitet.

– Du bist eine Gefahr für mich.

»Wer bist du? Der Leviathan?«

– Ich bin die Welt.

Und so mußte es diesem Wesen vorkommen, dachte sie. Irgendwie beherrschte es die unglaubliche Vielfalt des Leviathan und mußte auf irgendeiner Ebene der Leviathan *sein*, sein Geist und nicht bloß sein Gehirn. Fast jede Sekunde schoß ein fliegender Daumen in irgendeiner Mission davon, und andere kamen, sich dem stehenden, wimmelnden Schwarm einzugliedern. Unter der klaren Botschaft fühlte sie das Summen quecksilbriger Gedanken, die unendliche Zahl von Transaktionen und Entscheidungen, die der Leviathan treffen mußte, um ein so unübersehbares Unternehmen in Gang zu halten. Es war, als könne sie den individuellen Verhandlungen zwischen ihren eigenen Blutzellen und den Wänden ihrer Adern hören, ihrer Magensäure, den bitteren Säften ihrer Galle.

Cley dachte langsam und präzise: – Wie kannst du deiner selbst bewußt sein? Du veränderst dich die ganze Zeit.

Die Gestalt ließ den rechten Arm abfallen, der sich in einzelne Gruppen zerstreute und dann auseinanderstob, neuen

Aufgaben entgegen. – Ich brauche mich nicht intakt zu fühlen, wie du.

– Wie kann ich dann wissen, wer spricht? konterte Cley.

Der Kapitän antwortete: – Ich spreche für den Augenblick. Ein wenig später werde ich für den Zeitpunkt sprechen.

Cley blickte zu Sucher, aber der beobachtete die Begegnung mit nur mäßigem Interesse. Sie dachte: Wird es dasselbe Du sein?

– Wie könntest du es erkennen? Oder ich? Ich finde immer, daß deine Art von Intelligenz besessen ist von dem Bedürfnis, zu wissen, was du bist.

Cley lächelte. – Es scheint mir eine vernünftige Frage zu sein.

– Nicht vernünftig. Vernunft kann dir tiefe Erkenntnisse nicht bringen.

Cley sah zu, wie die Gestalt sich allmählich in eine längliche Wolke der Daumenflügler auflöste. Sie hatte ihre höfliche Geste gemacht und entspannte sich nun in einer unregelmäßig sich verändernden Wolke, vielleicht, um ihre individuellen Elemente näher zusammenzubringen und gleichzeitig aufzulockern.

– Fürchtest du mich? fragte sie keck.

– Meine Teile kennen Furcht. Auch Hunger und Verlangen. Sie sind eine Spezies, wie du. Aber ich bin eine Art von Wesen, und ich kann jedem Angriff durch Auflösung und Zerstreuung entgehen. Ich kenne keine Furcht um mich selbst, aber ich kenne Vorsicht. Ich kann nicht sterben, aber ich kann verletzt werden.

Cley dachte an die Honigbienen, deren Völker sie im Wald gepflegt hatte – befriedigende, nutzbringende Arbeit, die nun so weit zurückzuliegen schien. Bienen hatten weniger als zehntausend Nervenzellen, doch konnten sie komplexe Aufgaben erfüllen. Um wieviel intelligenter mußte ein einziger Arm dieses Wolken-Kapitäns sein, wenn seine Daumenflügler sich vereinigten, um ihre Intelligenzen zu verschmelzen!

– Jemand wie ich kann dich sicherlich nicht verletzen?

Der Schwarm wogte durcheinander. – Ich bin nicht verwundbar für die Zerstörung bestimmter Teile, wie du es bist.

Indem ich nur deinen Kopf wegnehme, könnte ich zum Beispiel dein Leben beenden und dich deines ganzen Wissens berauben. Aber jeder Teil von mir enthält etwas von meiner Intelligenz und fühlt, was ein Teil der Welt fühlt.

Die Fremdartigkeit dieses Wesens, das als ein Schwarm vor ihr in der Luft schwebte, kam Cley plötzlich mit aller Schärfe zu Bewußtsein. Ein weiteres Phylum? Nein, es war mehr – ein anderes Königreich des Lebens, eine Entwicklung jenseits von Wesen, die immer in unausweichlicher Einsamkeit voneinander getrennt waren. In einer Weise beneidete sie es. Jeder Daumenflügler kannte den Druck von Wettbewerb, von Hunger und Sehnsucht, aber in der Gemeinsamkeit konnte er sich über diese niedrigen Turbulenzen in Bereiche erheben, die sie nicht einmal zu erraten vermochte. Wieder ging ihr Blick zu Sucher und sah, daß sein Ausdruck nicht Gleichgültigkeit, sondern Ehrerbietung zeigte. Sucher hatte nicht gewollt, daß sie den Kapitän suche, weil er selbst für Sucher ein heiliges Wesen war.

– Ich spreche jetzt zu dir, weil die Welt dich nicht dulden kann, sendete der Kapitän.

– Wie kommt es, daß du vorher davongelaufen bist? fragte Cley.

– Ich brauchte Zeit, um zu meinen Brüdern zu sprechen.

Anderen Leviathanen? Noch als sie den Gedanken bildete, kam die Antwort des Kapitäns: – Anderen Welten.

Gab es etwas jenseits von Leviathanen? Cley wollte die Frage stellen, aber der Kapitän sagte: – Ich verstehe jetzt viele Ereignisse in letzter Zeit und deine Verbindung mit ihnen. Es gibt eine Einheit, der Verrückte Geist genannt, und sie sucht dich.

– Ich weiß.

– Dann wisse dies –

In einem einzigen Augenblick wurde sie von einem Sturzbach von Empfindungen, Ideen und Schlußfolgerungen überflutet. In diesem Augenblick konnte sie ermessen, was die Intelligenz vor ihr wirklich war. Die Schichten ihrer Logik waren durchsichtig, so daß jede Tatsache durchschien und die Verknüpfungen von Begriffen und Vorstellungen auf einer anderen Ebene erschienen. Und dieses Licht wiederum wurde wie durch Brechung in das Gitterwerk des Geistes gelenkt und warf seinen veränderlichen Schein auf unterliegende Postulate.

Dies war Denken ohne die Beschränkungen des stufenweise aufgebauten, menschlichen Gehirns. Daß sich in der Milliarde von Jahren seit der Ära der Ur-Menschen und der Gegenwart eine neue Eigenart herausgebildet hatte, zeigte die Grenzen der blinden Methoden der Evolution. Starker Selektionsdruck wirkte auf das, was bereits existierte, und fügte dem Geist Fähigkeiten hinzu, statt Teile wegzunehmen, die unvollkommen arbeiteten.

Das menschliche Gehirn war immer rückwärts gewandt und verriet in seiner schwerfälligen Arbeitsweise seine Ursprünge. Der Kapitän war aus einem anderen Mechanismus emporgestiegen.

Aber diese Erkenntnis war nur eine Faser, die von dem Sturzbach, der sie überschwemmte, mitgerissen wurde. Sie sackte zusammen unter dem Gewicht dessen, was der Kapitän ihr gegeben hatte, betäubt wie von einem Schlag. Undeutlich war ihr bewußt, daß Sucher herbeisprang, sie zu halten. Dann drang Schwärze von allen Seiten in ihr Gesichtsfeld ein, und sie fühlte sich momentan wie am Ende eines langen Tunnels, bis sie ganz unter einem gewaltigen, dunklen Gewicht verging.

13
Himmelshaie

»Kannst du es aussprechen?« fragte Sucher und blickte ihr mit seinen großen, dunklen Augen besorgt ins Gesicht.

»Ich – ich denke schon.« Sie hatte viele Stunden geschlafen. Als sie zu sich gekommen war, hatte Sucher ihr eine Mahlzeit von Beeren und Früchten und dicken, fleischigen Blättern gebracht. Nun versuchte sie zu erklären, was sie in der kurzen Begegnung der Geister gefühlt und wahrgenommen hatte. Wie Seranis, aber in einem Umfang, der weit darüber hinausging, sendete der Kapitän Informationen, schneller und von größerer Tiefe, als sie verarbeiten konnte.

»Aber fühltest du es nicht auch?« fragte sie.

»Ich habe dein Talent nicht.«

»Was tat der Kapitän, nachdem ich in Ohnmacht fiel?«

»Er zerstreute sich wie ein Vogelschwarm, in den ein Jäger einen Schuß gefeuert hat.«

»Hm. Vielleicht wußte er nicht, wie er es mir sagen sollte, ohne meine Kapazität zu überladen.«

»Vielleicht. Ich habe früher schon Kapitäne gesehen. Dies war anders. Ah!«

Sucher erwischte ein rattenähnliches Tier, das in der Nähe vorbeitrippelte, und biß ihm den fetten Schwanz ab. Die Ratte quietschte und zischte, und Sucher setzte sie behutsam wieder zurück. Die Ratte rannte davon, und Sucher kaute auf ihrem Schwanz. »Eine Delikatesse«, erläuterte er. »Sie lassen schmackhafte Schwänze wachsen, damit der Rest von ihnen ungeschoren bleibt.«

»Sie wird es überleben?«

»In ein paar Tagen wird ihr ein neuer leckerer Schwanz wachsen.« Sucher schmatzte, dann hielt er Cley die Schwanzspitze hin.

»Ich mag keinen Rattenschwanz, danke. Du wolltest etwas über den Kapitän sagen?«

»Es war eigenartig.«

»Wieso?«

»Ich hatte noch nie einen besorgt gesehen.«

Cley nagte an ihrer Unterlippe und versuchte sich auf Einzelheiten zu besinnen. Sie hatte die Besorgnis des Kapitäns gefühlt, aber Genaueres war nicht zu rekonstruieren. Schon lösten sich die scharfen, lebendigen Bilder auf. Sie vermutete, daß ihre Art von Intelligenz einfach unfähig war, die massive Informationsflut zu speichern und zu ordnen, und sie darum einfach abschüttelte.

»Mit den Supras konnte er fertig werden«, sagte sie, »aber er fürchtet den Verrückten Geist.«

Sucher nickte. »Dann ist der Geist ganz eingetroffen.«

»Ganz?«

»Alle Komponenten zusammengefaßt.«

»Es kann sein, daß der Kapitän so etwas meinte.« Sie runzelte die Stirn, versuchte sich zu besinnen. »Rollen von feinem Kupferdraht, die um blaue Flammen gewickelt waren...«

»Wo?«

»Irgendwo weiter draußen von hier. Wo es kalt und dunkel ist. Es war ein Gefühl, wie wenn der Verrückte Geist sich über ganze Sterne ausbreitete. Sonnen... wie Lagerfeuer.«

»Er expandiert.« Sucher breitete die zusammengelegten Pfoten in einer Geste aus, die ihm irgendwie einen Ausdruck von Gelehrsamkeit verlieh.

Sie erzählte Sucher, was sie gesehen hatte. Vieles davon war ein Mosaik wiederentdeckter Geschichte.

Der Verrückte Geist war in der verformten Raumzeit in der Nähe eines riesigen Schwarzen Loches gefangen gewesen. Nur die dort wirksamen, unvorstellbaren Anziehungskräfte konnten ihn festhalten. In dieses Gefängnis war er vor Äonen gesteckt worden, eine Leistung, die von der Menschheit in Zusammenarbeit mit Elementen und Wesen vollbracht worden war, die sich ihrer Fähigkeit zur Beschreibung entzogen. Um das Schwarze Loch kreiste in größerem Abstand eine Scheibe angezogener und einfallender Materie, abgeflacht zu einem dünnen, endlos rotierenden Ring, dessen innerer Rand von den gewaltigen Gezeitengradienten des Schwarzen Loches zu weißglühendem Feuer komprimiert wurde. Dort war der Verrückte Geist von den Wirbeln und Knoten verformter Raumzeit festgehalten worden. Ständig wurde dem äußeren Rand des Ringes Materie hinzugefügt, als kosmische Staubwolken und sogar Sterne in den Anziehungsbereich des Schwarzen Loches gerieten, durch Reibung einwärts gezogen und zerrissen wurden.

Der Verrückte Geist war gezwungen gewesen, ständig gegen diesen Materiestrom im Ring zu schwimmen. Wenn er in seinen Anstrengungen nachließ, würde die Strömung ihn zum inneren Rand des Ringes tragen, wo er weiter einwärts gezogen worden wäre, um schließlich in einer Spirale hinab in die unvorstellbar verdichtete Materie des Schwarzen Loches zu stürzen.

Das war die Gefangenschaft und Folter des Verrückten Geistes gewesen. In seinem Überlebenskampf hatte er nichts erübrigen können. Und das war alles, was den Rest der Galaxis vor seinem Zorn bewahrt hatte.

»Aber er entkam«, sagte Sucher.

»Er... breitete sich aus.« Die Vorstellung erschien plötzlich in ihrem Sinn, abgerufen von den verblassenden Bildern des Kapitäns. »Er besteht aus Magnetfeldern, und diese breiteten sich über den Ring aus. Das erforderte eine lange Zeit, aber es gelang ihm.«

»Wo war das Schwarze Loch?« fragte Sucher.

»Es war das größte, das die Menschheit finden konnte – das Loch im Mittelpunkt der Galaxis.«

Beide blickten hinaus durch die transparente Membrane. Der strahlende Lichtschein von einer Million Sonnen hüllte den Mittelpunkt der Galaxis in ein einziges Leuchten. Doch im Mittelpunkt all dieser Glut herrschte völlige Dunkelheit, das wußten sie. Zehn Milliarden Jahre galaktischen Lebens hatten das Schwarze Loch genährt. Sterne, die ihm in ihrer Bahnbewegung zu nahe kamen, wurden eingesaugt. Jede sterbende Sonne fügte der kompakten Dunkelheit Materie hinzu, dem dynamischen Mittelpunkt, um den hundert Milliarden Sterne kreisten.

Cley flüsterte: »Dann war die Verlagerung des Sonnensystems hierher in die Nähe des galaktischen Zentrums Teil des Planes, den Verrückten Geist zu fangen?«

»So kann es gewesen sein«, sagte Sucher.

»Wäre es nicht sicherer gewesen, so weit wie möglich hinauszugehen?«

»Ja. Aber vielleicht nicht verantwortlich.«

»Also brachte die Menschheit das Sonnensystem als eine Art Wache hierher?«

»Das ist eine Möglichkeit. Unser Stern mag hierher verlagert worden sein, um den Verrückten Geist herauszufordern, sollte er ausbrechen.«

»Wie können wir ihn herausfordern?«

»Mit Schwierigkeit.«

»Du sagtest, das sei eine Möglichkeit. Weißt du eine andere?«

»Daß wir als Wachtposten hierher gestellt wurden, um andere zu warnen.«

»Wen?«

»Ich weiß es nicht.«

»Es muß schwer sein, jemanden zu warnen, wenn man nicht weiß, wer derjenige ist.«

»Es gibt noch eine weitere Möglichkeit.«

»Welche?«

»Daß wir als eine Opfergabe hier sind.«

Darauf wußte Cley nichts zu sagen.

»Vielleicht«, fuhr Sucher fort, »wird der Verrückte Geist zufrieden sein, wenn er seine Kerkermeister findet und vernichtet.«

Die beiläufige Art, wie Sucher dies sagte, machte Cley frösteln. »Was hat es mit alledem auf sich?«

»Vielleicht wissen es die Supras.«

»Nun, dann sollen *sie* den Geist bekämpfen. Ich will nichts damit zu schaffen haben.«

»Es gibt keinen Ausweg.«

»Nun, daß wir uns weiter von der Sonne entfernen, scheint mir nicht allzu klug zu sein. Das ist die Gegend, wo der Verrückte Geist sich sammelt.«

Sucher betrachtete die Sterne, leuchtende Löcher, in die alles einhüllende Nacht gebohrt. »Dein telepathisches Talent machte dich auf Erden allzu leicht auffindbar. Hier verschmilzt du in den vielen Gedankenstimmen.«

Cley öffnete den Mund zum Widerspruch und hielt inne, als eine helle, schrille Note durch ihre Gedanken tönte. Sie schloß einen Augenblick die Augen. Es war ein Jagdruf, etwas, das Äonen nicht ausgelöscht hatten, ein Ruf wie der Schrei eines Raubvogels, dessen scharfes Auge aus der Höhe noch die unscheinbare Maus im dürren Laub erspäht.

Sie blickte zurück zum Glutschein des Galaktischen Zentrums. Vor ihm lagen schwarze Umrisse, schmal und schnell anwachsend. Nicht metallisch wie die Schiffe der Supras, sondern grünlich und braun und grau.

»Ruf den Kapitän!« sagte sie.

»Schon geschehen«, sagte Sucher.

Cley beobachtete die herannahenden schlanken Formen und sah, daß sie größer waren als das übliche raumgeborene Leben, das sie bisher gesehen hatte, und daß es viel zu spät war, ihnen auszuweichen, selbst wenn der Leviathan seine gewaltige Masse rascher hätte manövrieren können.

Himmelshaie, dachte sie. Das Wort tauchte plötzlich aus ihrem vergrabenen Vokabular auf und paßte, obwohl sie den Ursprung des Begriffes nicht kannte. Sie waren elegant geformt, um hohe Geschwindigkeiten zu erreichen, und stießen Körpergase durch schmale Öffnungen aus. Sonnensegel verliehen ihnen zusätzliche Schubkraft, aber der vorderste Himmelshai hatte seine Segel bei der Annäherung eingeholt und in Beutel zu beiden Seiten seines Rumpfes gezogen. Parabolschüsseln vorn und achtern zeigten, daß er Sinnesorgane entwickelt hatte, die dem Radar glichen. Auch diese wurden Augenblicke vor dem Kontakt zusammengefaltet, um eine Rauferei unbeschädigt zu überstehen.

Der erste stieß wie eine Lanze in den Leviathan, ohne ein Bremsmanöver zu versuchen. Er bohrte sich ein Stück hinter der Blase, die Sucher und Cley enthielt, in die Haut, und sie konnten sehen, wie ein großes Loch entstand.

Die Himmelshaie waren groß, muskulös und kräftig. Cley sah die nächsten in die gefleckte Haut des Leviathan stoßen und fragte sich, warum sie solchen Schaden riskierten, nur um Nahrung zu erbeuten. Aber dann knackte es in ihren Ohren.

»Sie durchbrechen die Versiegelung!«

»Ja«, sagte Sucher mit ruhiger Stimme. »Das ist ihre Taktik.«

»Aber sie werden alles töten, was an Bord ist!«

»Sie durchdringen ein paar Schichten. Die ausströmende Luft führt ihnen dann die kleineren Tiere zu.«

Cley sah einen Himmelshai von der unregelmäßigen Öffnung zurückweichen, die er gemacht hatte. Fetzen und Stücke kamen mit der sofort zu winzigen Eiskristallen gefrierenden Luft aus dem Loch, ein Sturzbach hilfloser, rasch erstarrender Beute. Der Himmelshai fing sie mit seinem weit aufgesperrten Maul ein, schien sie zu inhalieren.

Cley mußte sich vergegenwärtigen, daß diese elegant gleitenden Formen und ihre kühlen, geräuschlosen, kunstvollen Bewegungen tatsächlich ein wilder Angriff waren, erbarmungslos und wirkungsvoll. Das Vakuum gab selbst dem Tod eine Qualität lautloser Anmut. Es war die Schönheit des Raubtieres, eine Eigenschaft, die sie mit dem Tiger, dem Falken und der Klapperschlange teilten.

Wieder knackte es ihr in den Ohren. »Wenn wir all unsere Luft verlieren…«

»Das sollte nicht sein«, sagte Sucher, doch war auch er offensichtlich besorgt, denn sein Rückenfell war gesträubt, und er blickte wachsam und witternd umher. »Membrane schließen sich, den Verlust zu begrenzen.«

»Gut«, sagte Cley. Aber noch als sie sprach, kam ein Wind auf und sog trockene Blätter in einem Wirbel um sie.

»Das sollte nicht geschehen«, sagte Sucher.

»Da!«

Draußen arbeiteten sich zwei Himmelshaie in zuvor gerissene Öffnungen. Die Luft hatte aufgehört, aus ihnen zu entweichen, also konnten die Tiere leicht eindringen.

Andere zogen sich nach nur ein paar Bissen von den Öffnungen zurück, die sie gerissen hatten; auf der Suche nach anderen Schwachstellen jagten sie die breite Fläche der gefleckten Haut entlang. In ihren Schwänzen befanden sich Kammern mit beweglichen, schnauzenähnlichen Öffnungen.

Cley sah eine helle Flamme, als Wasserstoffperoxid und Katalase sich darin verbanden. So schwammen sie mit Hilfe des Rückstoßeffekts geschickt über die runzlige, braunfleckige Haut hin.

Aus den gähnenden Öffnungen, wo Himmelshaie eingedrungen waren, kamen neue Wolken silbrig gefrierender Luft. In ihnen wurden Tiere und Pflanzenteile mit hinausgetragen, die von anderen Himmelshaien gierig aufgeschnappt wurden.

»Die da hinein sind«, sagte Cley, »sie müssen diese Membrane zerreißen... Sie saugen die geschützten Gebiete aus.«

Sucher stemmte sich gegen den gleichmäßig zunehmenden Wind. »Eine veränderte Taktik. Selbst wenn die im Inneren zugrunde gehen, profitieren ihre Artgenossen von der zusätzlichen Beute. Gut für die Art insgesamt, trotz des Opfers einiger weniger.«

»Ja, aber was sollen wir tun?«

»Komm.«

Sucher stieß sich ab, und Cley folgte. Zwischen Landungen und Absprüngen von Stämmen und Ästen rollte Sucher sich zu einem Ball zusammen, um der Sogwirkung des heulenden Windes möglichst geringe Angriffsfläche zu bieten. Cley ahmte dies nach und beschirmte ihre Augen gegen den Regen von Blättern und Rindenstücken und Zweigen, der ihr entgegenschlug.

Sucher führte sie in einem Zickzackkurs unter des Leviathan Haut weiter. Durch das Pfeifen der entweichenden Luft hörten sie die Schreie von Tieren. Ein katzenähnliches Geschöpf verlor seinen Halt an einer schlauchförmigen Wurzel und wurde fortgerissen. Eine dreieckige Matte mit Beinen segelte an Sucher vorbei und prallte von Cley ab, bevor sie davonwirbelte.

Sie kamen zu einem System wie ein Herz, dessen Adern sich in alle Richtungen erstreckten. Hier seufzte und jaulte der Wind wie ein Vorbote schlimmeren Unheils. Die offenen Wunden hinter ihnen rissen wahrscheinlich weiter auf, vermutete Cley, und das Vakuum sog mehr und mehr vom Leviathan in den Raum hinaus. Zum erstenmal kam ihr der Gedanke, daß sogar dieses kolossale Lebewesen vielleicht sterben könnte, wenn seine Flüssigkeiten und seine Luft in den Raum ausbluteten.

Sie eilte Sucher nach. Eine graue Wolke strömte vorüber nach achtern. Cley erkannte darin den Schwarm von Daumenflüglern, die den Kapitän ausgemacht hatten; offenbar waren sie unterwegs, den Leviathan zu verteidigen. Nach der Größe des Schwarmes zu urteilen, mochte es mehr als einen Kapitän geben, vielleicht eine ganze Besatzung der zusammengesetzten Einheiten. Vielleicht aber war die Unterscheidung individueller Einheiten bedeutungslos.

Voraus war eine Zone gazeartiger, durchscheinender Oberflächen, erhellt von phosphoreszierenden Streifen. Sucher ergriff eine Kante des wächsernen Materials, das eine große Membrane zu sein schien, auf der sich Pollen angesammelt hatten. Selbst im Chaos der vorübertreibenden Blätter, Zweige und Kleintiere konnte Cley sehen, daß es Teil einer gigantischen Pflanze war. Sie befanden sich auf einem großen Blütenstempel. Sucher riß ein Stück von der klebrigen Wandung heraus. Darüber war eine geräumige, transparente Kuppel, durch die Sonnenlicht in die lederige Knospe der Pflanze strömte. Die Innenwandung hatte spiegelnde Oberflächen, die das intensive Sonnenlicht reflektierten und in Strahlen tief in die inneren Bereiche des Leviathan sandten.

Dies alles sah sie mit einem Blick. Dann zog Sucher sie zu sich an die Wandung, wo ihre Füße in klebrigem Saft stecken blieben. Sucher rief ihr Anweisungen zu, und Cley befolgte sie und bog das zähe Material der Wandung in eine konische Form. Sucher klebte die Ränder mit dem Saft zusammen. Die letzte Seite bog er herunter und verklebte sie gleichfalls, so daß sie im Inneren der Pyramide waren. Die Luftströmung zog sie aufwärts zur durchscheinenden Decke. Sucher kauerte an der Spitze des konischen Gehäuses. Als es die Decke berührte, tat er mit schnellen Handgriffen etwas an der Wand – und sie passierten durch und hinaus in den freien Raum.

»Das wird nur eine Weile gutgehen«, sagte Sucher.

»Bis uns die Luft ausgeht«, erwiderte Cley.

»Wenn so lange.«

Der Vorteil lebenden Baumaterials bestand darin, daß es zusammenwuchs, gefördert durch einen Klebstoff, und dichter als jede künstlich hergestellte Versiegelung wurde. Die Natur liebte das Glatte und Nahtlose. Bald fühlten sie sich in ihrem Zuckerhut sicher und geborgen.

Sie trieben vom Leviathan fort. Cley hoffte, daß die Himmelshaie sie unbeachtet lassen würden, und tatsächlich waren die Räuber um die offenen Wunden mittschiffs versammelt, um die heraustreibende Beute zu verschlingen. Der Leviathan war von einer Wolke gefrorener Gase und organischer Überbleibsel umgeben. In diese Wolke stieß raumgeborenes Leben jeder Form. Darunter waren kleinere Räuber, die sich über das hermachten, was die Himmelshaie übrigließen. Andere breiteten große, segelartige Membranen aus, um die Kristalle gefrorener Atmosphäre einzufangen, die noch immer aus den Wunden des Leviathan drang. Kleine Lebewesen bliesen sich zu großen Gasblasen auf, fett von seltener Fülle. Schneckenartige Formen krochen eifrig die krustige Haut entlang zu den Öffnungen, wo sie unter der herausgesogenen, organischen Materie eine seltene Fülle von Nahrung fanden.

Für einige war dies ein Erntefest; Cley glaubte Freude im aufgeregten Hin und Her dünnschaliger Käfer zu sehen, die sich der zerfetzten Reste einst prachtvoller Farne und großblättriger Pflanzen bemächtigten. Die Wunden waren wie Fontänen, die bunt vermischte Wolken pflanzlichen und tierischen Lebens in eine sich ansammelnde Menge eifriger Konsumenten ausstießen, deren Appetit durch die Fülle ausströmender Luft noch angeregt wurde.

»Hoffentlich schätzen sie nicht unseren Geschmack«, sagte Cley.

Ihr Mund war trocken; sie hatte den Punkt der Todesangst längst hinter sich gelassen. Nun beobachtete sie einfach. Titanische Kräfte, auf die sie keinen Einfluß nehmen konnte, machten sie nachdenklich, ohne ihre Wachsamkeit zu beeinträchtigen. Dieser Zug war für das Überleben der Ur-Menschen zweckmäßiger gewesen als blinde Aggression oder aufopfernde Tapferkeit, und er ließ sie auch jetzt nicht im Stich.

Sichtbare Angst hätte Aufmerksamkeit erregt. So trieben sie steuerlos zwischen den raumgeborenen Formen, vielleicht ein allzu fremdartiges Ding, um zum Angriff zu verleiten; selbst hungrige Räuber sind klug genug, Beute zu wählen, die sie kennen.

»Glaubst du, sie werden den Leviathan töten?« fragte Cley.

»Berge fürchten keine Ameisen«, antwortete Sucher.

»Aber sie weiden den Leviathan aus!«

»Im Inneren können sie es nicht lange aushalten. Für die Raumgeborenen ist Luft in größerer Menge ein rasch wirkendes Gift.«

»Sauerstoff?«

»Er nährt das Feuer, das uns belebt. Zuviel davon, und ...«

Sucher zeigte hinaus. Nun zogen Rauchschleier aus den aufgerissenen Wunden. Die ausströmende Luft war dünner geworden, aber durchzogen von schwarzen Rauchschwaden.

»Die Himmelshaie können drinnen Futter suchen, bis die Luft ihre Eingeweide in Brand setzt.« Sucher beobachtete das Schauspiel mit beinahe wissenschaftlichem Interesse.

»Sie sterben, so daß andere den Leviathan fressen können?«

»Anscheinend. Obwohl ich vermute, daß dieses Verhalten auch andere Beweggründe hat.«

»All dies Plündern, diese Zerstörung? Es ist schrecklich.«

»Ja. Viele sind gestorben. Aber nicht diejenigen, auf die dieser Überfall abzielte.«

»Wer soll das sein?«

»Wir.«

14
Die lebende Brücke

Sie warteten das Ende des Angriffs ab. Der Rauch wurde dünner, ein Zeichen, daß der Leviathan seine inneren Verletzungen ausheilte und abdichtete, um weitere Luftverluste zu verhindern. Die restlichen Himmelshaie kreuzten bedrohlich über der Haut des Leviathans, ohne sie jedoch zu durchbohren oder aufzureißen. Sie ignorierten auch das flechtenartige Pflanzenleben, das die Haut mit schwärzlichen Inseln seines Bewuchses überzog. Offenbar hatten diese dickhäutigen, zähen Gewächse Gifte oder andere Abwehrmittel entwickelt und konnten ihre lederigen Oberflächen unbehelligt der Sonne zukehren.

Die Himmelshaie räumten zunächst unter den treibenden Abfällen auf, dann spürten sie Cley und Sucher in ihrer Nähe und versammelten sich um sie. Ihre Mäuler klafften, zeigten spitze, blaue Zähne. Cley fühlte unheilvolle, stille Gegenwarten wie einen lähmenden Druck in ihrem Geist. Sucher sagte: »Hasse sie.«

»Haßt du sie?«

»Nein, *du* sollst sie hassen. Das wird uns schützen.«

»Ich –«

»Jetzt.«

Sie machte ihren unterdrückten Gefühlen Luft, stellte sie sich als einen scharfen Speer vor, der sich direkt in den nächsten Himmelshai bohrte, getrieben von der Kraft ihres Hasses. Diesmal fühlte sie ihre eigene telepathische Aussendung wie einen hellen, feurigen Funken. Der Himmelshai drehte um und floh.

»Gut. Tu das, wann immer einer angreift.«

»Warum wehrt der Leviathan sie nicht auf diese Weise ab?«

»In Rudeln können sie sich gegen seine Gedankenmuster abschirmen. Aber es nimmt ihre Kräfte über die Maßen in Anspruch, denn sie sind nicht sehr intelligent. Wenn sie unter den hilflosen, ausgeschwemmten Leben Beute machen, ist diese Abwehr ausgeschaltet.«

Schon kreuzten die Himmelshaie weiter draußen und nahmen sich der Tiere und Pflanzenteile an, die von der ausströmenden Luft fortgeblasen worden waren. Ihre Leiber waren geschwollen, und bei einigen war das Zappeln der verschlungenen Beute noch als Pulsieren in den Bäuchen zu sehen. Vorn und achtern entfalteten sich Anhängsel aus ihren warzigen Häuten. Hauchdünne Segel blähten sich im Sonnenwind, fächerförmige Antennen erblühten und suchten mit geduldiger, metronomischer Wachsamkeit den Raum ab. Cley schloß daraus, daß es Spezies gab, die ihrerseits diesen schnittigen Jägern nachstellten, konnte sich beim Anblick dieser zähnestarrenden Ungeheuer allerdings nicht vorstellen, in welcher Weise sie verwundbar sein sollten.

»Du meinst also, daß sie hinter uns her sind?«

»Sie greifen selten einen Leviathan an; die Verluste sind zu hoch. Gewöhnlich ist es eine aus Verzweiflung geborene Taktik, wenn anderswo keine Beute zu machen ist.«

»Nun, vielleicht ist es ein schlechtes Jahr gewesen.«

»Sie waren nicht dünn vor Hunger. Nein, sie wurden angewiesen, dies zu tun.«

»Vom Verrückten Geist?«

»So muß es sein.«

Eisige Angst ergriff Cley. »Dann weiß er, wo ich bin.«

»Ich vermute, daß er sondiert, an Möglichkeiten untersucht, was ihm in den Sinn kommt.«

»Dabei hat er eine Menge Lebewesen getötet.«

»Das kümmert ihn nicht.«

Ihre provisorische Blase bedeckte sich an den Innenwänden mit Kondenströpfchen. Cley rieb an der Oberfläche, um besser zu sehen, vergaß die Himmelshaie und begann zu überlegen, wie sie hier draußen überleben sollten, mit oder ohne Verrückten Geist. Sucher schien unbesorgt. Er reckte sein Hinterteil in die Höhe und nahm die Haltung an, die eine bevorstehende Entleerung anzeigte, und Cley sagte: »Sucher! Nicht jetzt.«

»Aber ich muß.«

»Sieh mal, wir werden hier draußen ersticken, wenn wir nicht –«

Sucher furzte laut und schiß einen dünnen Strahl direkt auf die nächste Wand. »Tief Luft holen«, sagte er.

Cley bekam gerade noch eine Prise vom Geruch in die Nase, dann knackte es in ihren Ohren. Suchers Exkremente hatten ein kleines Loch in die schützende Hülle gefressen. Das Vakuum saugte die schleimige, braune Absonderung fort.

Cley hielt sich an der Wand fest, als ein Luftzug an ihrem Haar zerrte. Angstvoll sog sie die schon dünner gewordene Luft ein. In der Wand gegenüber pfiff sie wie ein böser Geist durch ein kleines Loch hinaus. Die vorher wie ein Ballon geblähte Wand wurde schlaff und drückte sich an sie. Plötzlich hatte sie Suchers Pelz im Gesicht und hielt sich instinktiv daran fest.

Sie hätte eine Erklärung verlangt, aber das hätte Luft gekostet. Sucher zog sie mit muskulöser Beweglichkeit mit. Ihr war, als würden Dolche in ihre Trommelfelle gestoßen. Sucher krallte sich an den Wänden fest und zwängte Cley und sich in einen Winkel. Sie hob das Gesicht aus seinem Fell, um zu sehen, was geschah.

Ihre ausströmende Luft erzeugte einen Antriebseffekt, der sie zurück zum Leviathan beförderte. Schon glitten sie in seinen Schatten.

Sie sah eine offene Wunde in der Haut. Eine blaßrosa Membrane schob sich von den Rändern einwärts, sie zu verschließen, und so sah die Wunde wie ein majestätisches Auge aus, verletzt und rotgerändert. Sie hielten Kurs auf die sich langsam verengende Öffnung.

Sucher verlagerte plötzlich sein Gewicht, und das führte zu einer Richtungsänderung der ausströmenden Luft. Dann warf er sich gegen die andere Wand, und wieder schwenkte der Luftstrahl. Diese Kurskorrektur trug sie direkt durch die Öffnung der sich schließenden Wunde.

Sie trafen einen großen, weichen Farn und prallten in ein verzweigtes Durcheinander von Ästen. Über ihnen schloß sich die rosa Membrane, kräuselte sich entlang dem Saum.

Cley konnte den Atem nicht länger anhalten. Sie stieß ihn

aus, hustete und sog dünne, aber warme Luft ein. Sie atmete gierig in großen Zügen. Um sie her nahm das raschelnde, huschende Leben seinen Fortgang. Der Leviathan hatte begonnen, sich zu heilen und die betroffenen Partien neu zu beleben.

»Wie – wie hast du das gemacht?«

»Ein einfaches Problem der Dynamik«, sagte Sucher.

Sie blieben zwei Tage in den unterteilten Kammern dieser Zone. Überall wimmelten Armeen kleiner, insektenartiger Arbeiter, flickten und säuberten und entfernten abgestorbene Vegetation. Die rosa Membrane verdickte sich hinreichend, um die Luft am Entweichen zu hindern, ließ aber Sonnenlicht ein, das erneuertes Pflanzenwachstum förderte. Cley und Sucher fanden Nahrung, ruhten aus und sahen den Massen eiliger Arbeiter zu. Durch die Membrane konnte Cley das raumgeborene Leben draußen sehen und verstand endlich seine Rolle.

Kleine, kriechende Lebensformen heilten die aufgerissene Haut mit ihren klebrigen Ausscheidungen. Andere Lebensformen schafften Material aus entfernten Teilen des Leviathans herbei, um die vielen Verletzungen zu behandeln. Seltsame, längliche Geschöpfe brachten Beutel mit Flüssigkeiten und großen Samen. Allmählich begann sie den Leviathan und seine ineinandergreifenden, geheimnisvollen Funktionen zu verstehen. Der Kadaver eines Himmelshaies, ausgebrannt von seinem inneren Feuer, wurde Dünger für das erneuerte Wachstum unzähliger Pflanzen. Die Armeen von Arbeiterinsekten, die seinen Körper zerteilten und die Stücke in alle Richtungen trugen, zeigten weder Bösartigkeit noch rachsüchtigen Zorn beim Zerlegen des Kadavers, und Cley sah sie bisweilen innehalten, um Stückchen davon zu fressen. Sie waren auf ihre Arbeit konzentriert, sonst nichts.

Obwohl vieles wiederhergestellt werden konnte, war die große Welt-Kreatur offensichtlich schwer geschädigt. Lange Spalten gähnten, wo Himmelshaie geschlossene Druckzonen aufgerissen und den Reichtum der Vegetation zerstört hatten. Ganze Regionen waren grau und abgestorben. Der Gestank von Kadavern vertrieb Cley und Sucher aus den vordem so friedlichen Baumgruppen. Aber das deutlichste Zeichen der enormen Schäden wurde offenbar, als Cley eine leichte, aber gleichmäßige Schwerkraft verspürte, die sie nach achtern zog.

»Wir bewegen uns«, sagte sie.

»Wir müssen.« Sucher zupfte sorgfältig die Dornen von einem Strauch mit hübschen, roten Beeren. Er versicherte ihr, daß die Dornen sehr schmackhaft seien, während die Beeren Gift enthielten; der Strauch sei ein Meister schlauer Täuschung.

»Wohin?«

»Jupiter. Die Ereignisse überstürzen sich.«

»Liegt der Leviathan im Sterben?«

»Nein, aber seine Schmerzen sind groß. Er sucht Hilfe.«

»Bei diesem Jupiter-Ding?«

»Nein, obwohl er seine Flüssigkeiten verausgabt, um uns dorthin zu bringen. Er kann die Hilfe seiner vielen Freunde in Anspruch nehmen, während wir reisen.«

»Uns? Sind wir so wichtig?«

Als Sucher nichts sagte, kletterte Cley davon. Nachdem sie dreimal den Weg verfehlt hatte, fand sie eine durchsichtige Blase, die einen Ausblick nach hinten gewährte.

Lange, perlig schimmernde Wolken wie Kondensstreifen schossen aus dem Leviathan. Sie kamen aus zulaufenden, warzigen Gewächsen, die Cley vorher nicht gesehen hatte. Sie mußten mit erstaunlicher Geschwindigkeit gewachsen und irgendwie mit einem chemischen System verbunden sein, das wiederum von der inneren Chemie des Leviathans gespeist wurde. Ihre Nase prickelte beim Geruch von Peroxid, und die dumpfen Schläge gleichmäßiger Detonationen ließen die Zweige benachbarter Bäume zittern.

Während die ungeheure Masse beschleunigte, waren Gruppen von Raumlebewesen zu sehen, die sich vom Leviathan lösten und davonschossen. Einige Spezies schienen von Bord zu gehen. Vielleicht fühlten sie, daß etwas Gefährliches voraus lag. Sie breiteten ausladende, silbrige Segel aus, in denen sich die schrumpfende Sonne spiegelte. Andere hatten Segel von stumpfschwarzer Farbe, und Cley mutmaßte, daß es sich bei diesen um die natürliche Beute von Himmelshaien handelte. Spiegelungen würden unerwünschte Aufmerksamkeit auf sich ziehen, also hatten diese seltsam geformten Geschöpfe fallschirmähnlich geformte Segel entwickelt, die Sonnenlicht absorbierten und die entstehende Wärme durch dünne, aber breite Kühlungsflügel ableiteten.

Solche Anpassungen führten zu jeder nur denkbaren Anordnung von Oberflächen. Lebensformen wie abstrakte Malereien waren hier durchaus denkbar, wo die Schwerkraft keine Rolle im Evolutionsprozeß spielte. Ihre Verstrebungen, Flächen, Röhren und Körper machten sich jeden geometrischen Vorteil zunutze. Gelenke, die allem Anschein nach zerbrechlich wie Blütenstengel waren, dienten zum Schwenken riesiger Segelflächen. Transparente Adern beförderten grüne und weißliche Flüssigkeiten.

Aber während diese den verwundeten Riesen flohen, fühlten sich andere von ihm angezogen. Große Schwärme kamen dem Leviathan entgegen, Wesen, die in Cleys Augen wie spindeldürre Anordnungen grüner Zahnstocher aussahen. Nichtsdestoweniger verlangsamten diese seltsam aussehenden Anordnungen, machten sich am Leviathan fest und luden Lasten ab. Es schien Cley, daß der Leviathan eine Rolle spielte, für die es keine einfache menschliche Analogie gab. Er verkehrte zwischen Welten, war jedoch kein gewöhnliches Schiff. Schwärme raumgeborenen Lebens tauschten Nahrung und Samen und zweifellos noch viel mehr aus, indem sie die Bahn des Leviathans kreuzten, biologische Tauschgeschäfte vornahmen und dann in die schwarzen Tiefen zurückkehrten, wo sie ihr Dasein fristeten. Leviathan war Botschafter, Vermittler, Gemischtwarenhändler, Bestattungsunternehmer und vieles andere mehr, von dem sie noch keine Ahnung hatte.

Gleichwohl war das riesenhafte Lebewesen schwer geschädigt, und Cley spürte, daß eine fieberhafte, ängstliche Spannung in der Luft lag. Als sie sich vom sonnenbeschienenen Schauspiel der achteren Bereiche abwandte und eine kleine, rötliche Scheibe in Sicht kommen sah, spürte sie eine Gegenwart in ihrer Nähe. Ein Schauer überlief sie, und sie fuhr herum. Sie wußte bereits, was sie sehen würde.

– Du hast dies über mich gebracht, sendete der Kapitän.

Er ragte über sie auf. Seine aus Daumenflüglern bestehenden Komponenten schwebten wie in unterdrückter Energie und verliehen der hohen, menschlichen Gestalt das Aussehen einer verzerrten Statue, auf die gesprenkeltes Licht fiel, wie die Schatten von windbewegten Blättern.

»Ich wußte nicht einmal, daß es die Himmelshaie gibt. Du mußt verstehen, ich –«

– Ich verstehe viel. Duldung ist, was mir fehlt.

Cley wäre am liebsten davongelaufen. Aber es war das beste, im Gespräch zu bleiben. »Es war nicht meine Idee, hierher zu kommen.«

Die verlängerte menschliche Gestalt verformte sich. Der linke Arm verschmolz mit dem Körper. Cley fühlte eine massive Bedrohung hinter diesen wogenden Bewegungen, unterstrichen von zornigen Spitzen, welche die undeutliche, telepathische Stimme des Kapitäns durchschossen. – Auch nicht die meinige. Ich werde mich deiner entledigen.

»Ich werde gehen, sobald ich kann.«

– Der Verrückte Geist sendet seine Fühler überallhin. Sie dringen in mich ein.

»Glaubst du, daß er mich finden kann?«

Die in ständiger Veränderung befindliche Gestalt krümmte die Beine aufwärts in den Körper, als müßten ihre Komponenten näher herangebracht werden, um diesen Punkt zu erwägen. – Bald, ja. Er sondiert mich.

»Wieviel Zeit bleibt mir noch?«

– Er hätte dich inzwischen gefunden, stünde ihm nicht eine andere, ähnliche Fähigkeit entgegen. Ich kann den Ausgang solch großer Zusammenstöße nicht voraussagen.

Cley versuchte, sich dieses Ding als eine Gemeinschaft von Teilen vorzustellen, nicht einfach als einen Organismus. Aber die Wolke aus Daumenflüglern schien sich absichtlich so menschenähnlich zu machen, um ihr beunruhigende, atavistische Ängste einzujagen. Und sie fragte sich, ob auch das seine Absicht sei.

»Welche andere Fähigkeit? Ein anderes magnetisches Geistwesen?«

– Von ähnlicher Macht und Größe. Er wird Vanamonde genannt.

»Ist er dir gefährlich?« Cley zog sich unwillkürlich vor dem wimmelnden Schwarm zurück. Sie beschloß, in der leichten Pseudoschwerkraft der Beschleunigung aufrecht und unerschrocken zu stehen und ihre innere Angst nicht zu zeigen. Aber wieviel konnte der Kapitän ihren unabgeschirmten Gedanken entnehmen?

– Ich weiß es nicht. Ich verabscheue alle derartigen menschlichen Erfindungen.

Dies schreckte sie aus ihrer ängstlichen Spannung auf. »Vanamonde? Wir haben ihn gemacht?«

– In typisch menschlicher Art, als ein Korrektiv für euren früheren Fehler – den Verrückten Geist.

»Selbst ein Leviathan muß Fehler machen.«

– Unsere bleiben nicht, eingeschlossen in das Netz von Magnetfeldern, während die Galaxis sich wieder und wieder um sich selbst dreht. Unsere Irrtümer sterben.

Die Wolke, die den Kapitän verkörperte, summte und wogte in Erregung. Ihr Kopf hob sich vom Rumpf, der Mund gähnte wie ein Loch, das den Kopf durchbohrte, so daß Cley die Vegetation dahinter sehen konnte. Zornige Wellen durchliefen den Rumpf.

»Wir erschaffen eben Dinge von Dauer«, sagte sie leichthin. Sie wollte sich von dieser Manifestation nicht einschüchtern lassen. »Das kannst du uns nicht zum Vorwurf machen, nicht wahr?«

– Warum sollte ich nicht?

»Wir sind selbst nicht von Dauer. Jedenfalls nicht wir Ur-Menschen. Unsere Schöpfungen müssen für uns leben.«

– Du solltest auch nicht überdauern. Die Zeit ehrte deinesgleichen einmal. Jetzt zieht sie euch hinter sich her.

Obwohl sie nicht recht wußte, wie er das meinte, wollte sie nicht nachgeben. »Glaubst du? Du scheinst ziemliche Angst vor Dingen zu haben, die wir gemacht haben.«

Der Kapitän verlor seine menschliche Gestalt vollkommen und explodierte wie Schrappnell in die Luft. Die Daumenflügler umsummten Cley wie zornige Hornissen. Sie stand ganz still und erinnerte sich des Zwischenfalls daheim, als sie ihre Nasenlöcher gegen eine Wolke schädlicher Insekten geschlossen hatte. Aber das konnte hier nicht helfen. Sie blickte geradeaus und versuchte soviel innere Ruhe wie möglich auszustrahlen. Mochte ihr Gehirn auch klein und begrenzt sein, sie wollte den Kapitän weder herausfordern noch ihm das befriedigende Gefühl von Überlegenheit geben. Die Daumenflügler des Kapitäns streiften sie – beharrlich, abstoßend, beängstigend. Winzige Stimmen kreischten und heulten in ihrem Bewußtsein, und es würde nicht helfen, wenn sie sich die Ohren zuhielt.

»Du wirst so gut sein und deinen Aufgaben nachgehen«, sagte Suchers Stimme.

Cley schrak zusammen, erschrocken über den sanften, angenehmen Tonfall, in dem er es sagte. Sucher hielt sich mit einer Pfote an einer Pflanze fest und blickte in die Mitte des summenden Schwarmes. »Jetzt«, fügte er hinzu.

Allmählich kamen die Komponenten wieder in eine Ordnung und wirbelten im Kreis um Sucher und Cley, hielten aber eine respektvolle Distanz ein.

– Ich leide Qualen für euch!

»Wie du solltest«, erwiderte Sucher, »denn du mußt.«

– Packt euch fort!

»Zur rechten Zeit«, sagte Sucher.

Darauf sausten die Komponenten der Erscheinung davon, als ob jeder der Daumenflügler eine besondere Aufgabe zu erfüllen hätte. Cley empfand Mitleid für die seltsamen Wesen, und ihre noch seltsamere Summe. Vielleicht war auch sie in irgendeiner Weise ein zusammengesetztes Wesen, und ihre Zellen litten schweigend in ihr. Aber der Kapitän gehörte einer anderen Ordnung an, war für Freude und Leid in einer Weise empfänglich, die sie nicht ausdrücken konnte, aber durch ihr Talent bis ins Innerste fühlen konnte.

»Danke«, sagte sie mit gepreßter Stimme. Es war nur ein Flüstern.

Sucher landete in der Nähe der transparenten Blase. »Selbst ein großes Wesen kann in einem Augenblick des Selbstverlustes schaden.«

»Indem es wütend wird, meinst du das mit Selbstverlust? Ein komischer Begriff.«

»Für den Leviathan ist der Schmerz von einer anderen Qualität als der, den du fühlen kannst. Glaub nicht, daß du sein Opfer nachempfinden kannst.«

Cley wußte darauf nichts zu sagen. Sie hatte die schrecklichen Schäden gesehen, die abgestorbenen Zonen, die Kreaturen, die gestorben waren, als ihr Blut gekocht hatte, und Schlimmeres.

»Einstweilen«, sagte Sucher in seiner unnachahmlichen Art, von einem Augenblick zum anderen das Thema zu wechseln, »kannst du die Aussicht genießen.«

Die rötliche Scheibe war nun größer. Sie war ein Planet von silbrigen Seen und braunen, wolkenverhüllten Kontinenten. Als sie sich näherten, sah Cley, daß über dem Äquator ein Kreis wie ein Gürtel war. Er sah aus, als würde er von dünnen Stelzen über die Atmosphäre gehalten.

Diese dünnen Stelzen waren wie das Wirbelrad, mit dem sie aufgestiegen war, aber fixiert. Ihre Füße waren fest im Boden verankert, während ihre oberen Enden den großen Ring berührten, der den Planeten umgürtete. Jeder Turm konnte für sich aufrecht stehen, und vielleicht hatten sie auch einmal isoliert voneinander gestanden. Nun verband der Ring jeden mit den anderen und verlieh der Anordnung Beständigkeit.

Sucher sagte ihr, daß Leviathan den großen Kreis ansteuern werde. Im Laufe ihrer Annäherung konnte Cley sehen, daß Abteile wie Aufzugkabinen die Türme auf- und niederglitten und die Verbindung zwischen dem Ring und dem Boden herstellten. Und größere Formen bewegten sich den Ring selbst entlang, vielleicht um Frachten zu dem Turm zu bringen, der ihrem Ziel am nächsten war. So verbanden der Leviathan und seine ungezählten Passagiere ihr Geschick mit der sich unten ausbreitenden, grünen Oberfläche. Einige Türme standen in den silbrig schimmernden Meeren, während andere sich auf den Gipfeln gewaltiger Berge erhoben.

»Was ist das hier?« fragte Cley.

»Mars«, antwortete Sucher.

»Und was ist mit Venus?«

Sucher nickte zu einem bläulichweißen Punkt. »Nicht weit. Wir brauchen sie jetzt nicht, darum wies ich den Kapitän an, uns zum Mars zu bringen. Wir werden vom Vorrat des Planeten Schwungkraft mitnehmen und beschleunigt weitereilen.«

»Entweder bewegen wir uns sehr schnell, oder diese Welten sind nicht sehr weit auseinander.«

»Beides. Alle die alten Welten sind jetzt in einer schmalen Zone um die Sonne versammelt. So findet jede ihre zuträgliche Entfernung vom Feuer.«

»Scheint besser dran zu sein als die Erde.«

»Richtig, denn seit mehr als einer Milliarde Jahren haben sich keine Menschen eingemischt. Früher war diese Welt auch Wüste.«

Das zu glauben weigerte sich Cley, denn Mars war ein fruchtbarer Teppich reicher Vegetation. Ohne die Supras und ihre wüstenliebenden Roboter, dachte sie bei sich, könnte die Erde so geblieben sein. »Können wir hier leben?«

»Wir müssen weiter. Es ist zu gefährlich für uns.«

Sucher zeigte ihr, was er meinte. Entlang dem weltumspannenden Ring zuckten und wanden sich bläuliche und orangegelbe Entladungen. Sie schossen in gezackten Bahnen die Türme hinauf und herunter, als suchten sie einen Weg hinein. Cley konnte jetzt die Beschaffenheit der Türme ausmachen und sah mit Erstaunen, daß sie die gleichen holzigen Schichten aufwiesen wie das Wirbelrad – daß das gesamte Ringsystem tatsächlich wie eine lebende Hängebrücke war, die vom Mars in den großen Abgrund des Vakuums hineinreichte.

»Blitze«, flüsterte sie.

»Er sucht.«

Von jenseits des Mars zogen magnetische Stürme herauf und bliesen gegen den Ring wie die Brandung eines immensen Ozeans. »Kann er den Ring beschädigen?«

»Er kann dieses große Lebewesen gänzlich zerstören, wenn er denkt, daß du dort bist.«

»Der Verrückte Geist ist überall!«

»Und breitet sich immer mehr aus. Als wir die Erde verließen, war er nur kurzzeitig sonnenwärts vorgedrungen, und unter schweren Opfern. Jetzt jagt er inmitten der Welten. Er streift umher und sondiert und hat sogar gelernt, die Schwärme der Himmelshaie für sich zu gewinnen.«

»Die Verhältnisse verschlimmern sich rasch.«

»Das ist, wie wir es wünschen«, sagte Sucher.

»Wie? Warum?«

»Wenn er sich zwischen den Sternen versteckte, würden wir seines Todes niemals sicher sein können.«

Cley schüttelte den Kopf. »Du meinst, du kannst ihn töten?«

»Nicht ich.«

»Wer kann es?«

»Ein jeder, oder niemand.«

15
Die lebenden Kontinente

Das ursprüngliche Sonnensystem war ein lebensfeindliches Reich gewesen, dessen Welten mit Ausnahme der Erde alle zwischen Tod und mörderisch rangierten. Dann war, vor Äonen, der legendäre Umbau gekommen. Er hatte die Erde als das nächste Kind der Sonne zurückgelassen, dann die Venus und dann Mars. Alle waren jetzt üppige Gärten oder, im Falle der Erde, im Begriff, es wieder zu werden.

Jenseits des Mars lag das eigentliche Zentrum des umgebauten Sonnensystems, der Jupiter-Komplex. Sein Mittelpunkt war einst der Planet Jupiter gewesen, der auch jetzt im Mittelpunkt des Komplexes schwamm, ein glühender Riese, der seine eigene Infrarotstrahlung aussandte. Er war gegenüber seiner ursprünglichen Größe noch um einiges angeschwollen, seit er im Zuge des Umbaus die Massen der alten Riesenplaneten Uranus und Neptun in sich aufgenommen hatte. Die Kollisionen dieser Welten waren eines der spektakulären Ereignisse in der Geschichte der Menschheit gewesen, obwohl sie jetzt so weit in der Vergangenheit lagen, daß wenig Archivmaterial die Zeiten überdauert hatte, sogar in Diaspar.

Nachdem seine tiefe Atmosphäre zur Ruhe gekommen war, hatte die gleichmäßige Glut des angewachsenen Jupiter die frostigen Ödländer seiner Monde erwärmt. Dann war Saturn nach mehreren nahen Vorbeigängen am Jupiter eines großen Teiles seiner Masse beraubt worden. Vieles davon war fein verteilt zwischen den alten Monden ausgebreitet und bildete ein System von Ringen um Jupiter, das dem früheren des Saturn an eindrucksvoller Schönheit nicht nachstand. Saturn selbst, ein geschrumpfter Planet kühler blauer Ozeane, umkreiste gleichfalls Jupiter.

Schließlich war Merkur, der erhitzte, tote Gesteinskörper, in einer langen Reihe von genau berechneten Bahnkorrekturen aus der Sonnennähe in den äußeren Bereich des Sonnensystems gelenkt worden. Gezielte Kollisionen mit mehreren früheren Eismonden des Saturn hatten Merkur mit Wasser und leichten Elementen angereichert, und nun kreiste die vormals öde Welt gleichfalls um Jupiter, wasserreich und mit einer eigentümlichen, rosagrauen Atmosphäre.

Dies alles war durch geschickte und bis ins Kleinste berechnete Gravitationsmanöver und Begegnungen bewerkstelligt worden, die Jahrtausende in Anspruch genommen hatten. Jede der sorgfältig placierten Welten beherbergte jetzt Leben, wenn auch von sehr verschiedener Form. Das Jupiter-System kreiste im Randbereich der Lebenszone der Sonne, und Jupiter fügte genug Wärmeabstrahlung hinzu, um die geborgenen Massen der alten Riesenplaneten aus Gas und leichten Elementen nützlich zu machen. Jenseits dieses Systems lagen nur die Umlaufbahnen von kosmischen Trümmern und Eis, des weit entfernten Pluto und zahlreicher Kometen, die auf ihren Wanderungen tief in den Weltraum hinauszogen.

Cley beobachtete die Annäherung an das Jupiter-System mit unguten Vorahnungen. Der Leviathan heilte seine Wunden und ersetzte die Verluste, aber seine frühlingshafte Erneuerung vermochte ihre Stimmung nicht zu heben. Sucher war wenig hilfreich; er schlief viel und schien sich kaum Gedanken über den bevorstehenden Konflikt zu machen. Um sich abzulenken, blickte sie aus den transparenten Blasen und versuchte die verwickelten Verhältnisse zu ergründen, die sich vor ihren Augen entfalteten.

Sie mußte eine Denkgewohnheit überwinden, die in allem erdgeborenen Leben tief verwurzelt war. Der Weltraum war nicht bloße Leere, sondern eine Verbindung von Energie, Materie und Raum. Im Gegensatz dazu waren die Planeten ungünstige Standorte, bedeutsam vor allem dadurch, daß auf ihren Oberflächen das Leben begonnen hatte. Schließlich wirbeln unruhige Atmosphären Staub auf, blockieren Sonnenlicht, bringen Metalle zum Oxydieren, überhitzen und unterkühlen, erodieren und zersetzen je nach ihrer Beschaffenheit. Die Schwerkraft zwang selbst einfache Landbewohner, einen großen Teil ihrer Körperkräfte aufzuwenden, nur um sich zu erheben und fortzubewegen. Selbst luftlose Welten beraubten ihre Oberfläche die Hälfte der Zeit des Sonnenlichts. Und nichts war übertragbar: Planeten waren in sich geschlossene Systeme mit fixierten Tagen und Nächten, Schwerkraft und Atmosphäre.

Demgegenüber war die witterungsfreie Ruhe des Raumes von Sonnenlicht durchflutet. Dünne Schleier konnten Energie hoher Qualität einfangen, unbehindert durch atmosphärische Bewegungen. Der leichte Partikelstrom, den die Sonne ausstrahlte, konnte Segel füllen. Asteroiden boten Masse ohne die ermüdenden Begleitumstände der Schwerkraft. Geradeso wie der Ursprung in einem Gezeitentümpel nicht bedeutete, daß flaches Wasser der beste Ort für späteres Leben sei, wurden auch die Planeten unausweichlich zu Zonen evolutionärer Beschränkung.

Biologische Vielfalt verlangt Raum für Variationen, und der Weltraum konnte ihn den ersten raumgeborenen Organismen im Überfluß bieten. Diese hatten zähe, aber flexible Außenhäute entwickelt, leicht und dicht, um die inneren Gase und Flüssigkeiten zurückzuhalten. Die Evolution nutzte die Schwerelosigkeit, um kluge Alternativen zu den einfachen Eingeweiden und Knochengerüsten der Erdgeborenen zu entwickeln.

Cley erwartete weniger von den frei treibenden Lebensformen zu sehen, als der Leviathan den inneren Bereich des Sonnensystems verließ. Statt dessen beschleunigten sich die Fülle und das Tempo des Lebens. Obwohl die Wirkung des Sonnenlichts mit dem Quadrat der Entfernung von der Sonne abnimmt, war der verfügbare Raum ungeheuer groß. Die blinde Energie der Evolution hatte diese Nische mit ungezählten Lebensformen gefüllt. Spindeldürr, segelförmig, von barocker Eleganz, umkreisten sie den Leviathan.

Ihre Erkundungen führten sie in abgelegene Gegenden des Leviathans, zu flachen Seen und sogar durch eine schattige, schüsselförmige Wüste. Sie fand einen klumpigen Eisball von der Größe eines kleinen Hügels, bedeckt mit Tieren, die von ihm zehrten. Der Leviathan hatte diesen Kometenkern eingefangen und verteilte seinen flüssigen Reichtum mit geiziger

Sorgfalt. Sie zahlte einen Preis für ihre Ausflüge. Menschen waren hier noch nie eine privilegierte Spezies gewesen, und zweimal entging sie mit knapper Not lauernden Raubtieren, die große Ähnlichkeit mit Dornsträuchern hatten. Schließlich fand sie Sucher genau an der Stelle, wo sie ihn vor Tagen verlassen hatte, und er nahm sich ihrer Schnitte, Biß- und Kratzwunden an.

»Warum hilfst du mir, Sucher?« fragte sie ihn, als er eine Schnittwunde leckte.

Er ließ sich Zeit mit der Antwort und konzentrierte sich darauf, seine schwarze Schnauze auf die rote Schnittwunde zu drücken, die von den messerscharfen Blättern der räuberischen Dornsträucher stammte. Als er den Kopf hob, hatte sich die Schnittverletzung so gut geschlossen, daß nur eine haarfeine Linie zurückblieb.

»Um dich zu stärken.«

»Nun, ich weiß nicht, ob es hilft. Die Schwerelosigkeit hat Muskeln aktiviert, von denen ich bisher nichts gewußt hatte, aber in Armen und Beinen werden sie eher abgenommen haben.«

»Ich spreche nicht von deinem Körper, sondern von deinem Talent.«

Sie blickte in das blaßgelbe Sonnenlicht, das schräg durch die Blätter einfiel. »Ich fragte mich, warum ich ständig etwas höre. Dieser letzte Dornstrauch –«

»Du hast sein Jagdvergnügen aufgefangen.«

»Und das war ein Glück für mich. Er war schnell.«

»Kannst du jetzt Menschen wahrnehmen?«

»Nein, es gibt keine ...« Sie runzelte die Brauen. »Warte, etwas ist ... es ist wie ...«

»Supras.«

»Wie hast du das gewußt?«

»Die Zeit rückt näher.«

»Die Zeit wofür?«

»Für den Kampf.«

»Du wolltest meinem Talent nicht bloß eine Gelegenheit zum Wachsen geben, nicht wahr? Du hattest außerdem vor, mich irgendwohin zu bringen.«

»Zu Jupiter.«

»Gewiß, aber ich meine ... ach ja, ich verstehe. Dort wird es geschehen.«

»Menschen haben Schwierigkeiten, zu verstehen, daß die Erde jetzt nicht wichtig ist. Das Lebenszentrum des Systems ist Jupiter.«

»Also muß der Verrückte Geist dort siegen.«

»Es mag keinen Sieg geben.«

»Nun, ich weiß, wie Verlieren sein wird.« Cley dachte an die verkohlten Leichen all der Menschen, die sie je geliebt hatte.

»Wir leisten Widerstand, weil wir nicht wissen, wie Verlieren sein würde.«

»Wirklich? Du weißt, daß er auf uns herumtrampelte, als ob wir Käfer seien.«

»Für ihn seid ihr es.«

»Und für dich?«

»Haben Insekten nicht vielerlei Nutzen? Meiner Ansicht nach sind sie in den Strömungen des Lebens bei weitem nützlicher und schicklicher als, sagen wir, irgendeine Spezies der Wirbeltiere.«

»Bist du nicht auch ein Wirbeltier?«

»Gewiß. Ich sagte nicht, daß ich wichtiger sei als du.«

»Du hast uns Ur-Menschen – *mich*, da ich als einziger übriggeblieben bin – mit Insekten verglichen!«

»Ohne Insekten würde es bald keine Menschen mehr geben.«

Cley schnaufte ärgerlich. Der Luftstrom ließ ihr Haar wie einen Federbusch aufstehen. »Die Supras sind in Diaspar sehr gut ohne sie ausgekommen.«

»Die Supras sind nicht von deiner Spezies.«

»Keine Menschen?«

»Nicht wirklich.« Sucher beendete die Behandlung ihrer Wunden und leckte sie zärtlich.

Cley zog ihre Bluse vorsichtig über die Verletzungen. »Ich muß zugeben, daß ich es auch so empfunden habe.«

»Sie können dir keine wahren Gefährten sein.«

»Sie sind das einzige, was geblieben ist.«

»Vielleicht nicht, wenn wir fertig sind.«

Cley seufzte. »Ich konzentriere mich einfach darauf, dem Verrückten Geist aus dem Weg zu gehen.«

»Er wird nicht mehr so stark an dir interessiert sein, nachdem du gedient hast.«

»Gedient? Gekämpft, meinst du?«

»Beides.«

Etwas wie ein helles Trillern ging ihr durch den Sinn. Zuerst verwechselte sie es mit Vogelgesang, aber dann erinnerte sie sich der blendenden, wirbelnden Gedankenkombinationen und verwirrender Gespräche voll von schnell hingeworfenen Andeutungen, Verkürzungen und Gedankensprüngen. »Supras. Sie kommen.«

Sie fühlte ihre Gegenwart jetzt als ein winziges hohes Zwitschern, bienenflink und dünn wie das Piepsen von Mäusen. »Was machen wir?«

»Nichts.«

»Sie kommen näher.«

»Es wird Zeit, daß sie kommen.«

Sucher blickte aus der Geborgenheit ihrer grünen Laube zur Blase hinaus, wo sich das majestätische Panorama des Jupiter-Systems entfaltete. Jenseits der großen, alten Jupitermonde kreisten jetzt Merkur und der geschrumpfte Saturn mit seinen Monden. Jeder war von einer anderen Färbung, und alle schwammen außerhalb des prachtvollen Ringsystems, das den mächtigen Jupiter umgab. Aber zwischen dem Leviathan und diesem Bild zeigten sich verwaschene Farbflecken von brüniertem Gold und Magentarot – einzelne Lebensformen von der Größe ganzer Kontinente. Sucher hatte sie in so vielen Einzelheiten beschrieben, daß es über Cleys Verständnis gegangen war. Sie alle schienen vielgestaltige Abwandlungen der uralten Technik zu sein, Sonnenlicht und Chemikalien in zweckmäßige und schöne Gebilde zu verwandeln. Sucher deutete an, daß diese Intelligenzen völlig verschieden von allen erdgeborenen Arten seien, und sie rang mit der Vorstellung, daß Gebilde, die gigantisch vergrößerten Putzlappen oder Matten glichen, von Intelligenzen bewohnt sein konnten, die ihr überlegen waren.

Sie lehnte sich zurück und lauschte den allmählich stärker

hereinkommenden Gesprächen der Supras. Noch konnte sie Worte nicht unterscheiden, aber die allgemeine Stimmung von Sorge und Befürchtungen war deutlich herauszuhören.

Sie nickte ein und lauschte wieder und dachte. Die leuchtenden, verwaschenen Farbflecken im Umkreis des Jupiter-Systems gemahnten sie an die frühen wirbellosen Meeresbewohner, die sich an den Küstenstreifen der jungen Erde entwickelt hatten.

Schon in ihrem urtümlichen Lebensraum aus Seewasser, Schlick und Sonnenwärme hatten diese frühesten Lebensformen einander im Kampf ums Überleben bekriegt. Warum sollte es jetzt anders sein? Vor vier Milliarden Jahren hatten primitive Mikroben das Sonnenlicht benutzt, um Wasser aufzuspalten, und tödlichen Sauerstoff freigesetzt. Sie hatten ihre Rivalen vergiftet, indem sie das Gas ausschieden. Der Kampf hatte entlang den breiten, vorgelagerten Flachwasserzonen der Küsten getobt, und die siegreichen Lebensformen hatten sich ihres Triumphes erfreut und auf Kosten der Rivalen ausgebreitet. Aber dieses neue Gas förderte wiederum die Entwicklung weiterer, komplexerer Lebensformen, die sich ihrerseits ausbreiteten und die Uralgen schließlich an den Rand des Aussterbens brachten.

So ähnlich mußte es auch im Raum abgelaufen sein. Planetarisches Leben hatte den Sprung in das grenzenlose neue Reich getan, zuerst mit Hilfe einfacher Maschinen, und später durch angepaßte Entwicklungen neuer Lebensformen. Die Maschinen hatten sich als vergleichbar mit den ersten Algen erwiesen, die Sauerstoff ausschieden, um ihre Nachbarn zu vergiften. Sobald der Prozeß im Raum in Gang gekommen war, konnte nichts die von Darwin aufgedeckten Naturgesetze der Artenentwicklung daran hindern, aus den Entwürfen der Menschen subtilere Instrumente zu fertigen. Seit einer Milliarde Jahren hatte das Leben gelernt, sich in der Kälte des luftleeren Raumes und der harten Strahlung der Sonne nicht nur zu behaupten, sondern zu verzweigen, zu gedeihen und den Überlebenskampf der Arten in der veränderten Umgebung fortzusetzen.

Im Laufe der Zeit wurden die raumbewohnenden Maschinen in kleine Rückzugsgebiete zurückgedrängt, nicht anders als die frühen Algenmatten. Hier draußen hatten Maschinen sich endlich mit Pflanzen vermählt, um zusammengesetzte Lebensformen zu bilden. Dieser verzweifelte Kompromiß hatte sie gerettet. Cley hatte mehrere von ihnen im Leviathan gesehen – Wesen, die ihr wie moosüberzogene Möbelstücke oder belebte Stahlkonstruktionen vorgekommen waren.

Irgendwann vor langer Zeit hatte raumgeborenes Leben begonnen, mit den planetarischen Lebenszonen um Materialien zu konkurrieren. Schließlich lagen die meisten leichten Elemente im Sonnensystem in den äußeren Planeten und den Kometenkernen weit jenseits von Pluto. In diesem Wettbewerb war das planetengebundene Leben hoffnungslos unterlegen.

Aus der Perspektive des Raumes, dachte Cley, glich planetarisches Leben sogar jenem der urzeitlichen Algenansammlungen – flach, gefangen in einer dünnen Luftschicht, ohne Bewußtsein der unendlichen Räume jenseits davon.

In einer Milliarde Jahren hatte das planetengeborene Leben mehr erreicht als seine frühesten, urtümlichen Vorfahren. Allmählich entwickelten die planetarischen Biosphären Verbindungen zum raumgeborenen Leben, indem sie die Entstehung ungewöhnlich großer und widerstandsfähiger Lebensformen wie die des Wirbelrades und des Leviathans begünstigt hatte.

Aber war dies nur eine vorübergehende Pause, ein zeitweiliger Kompromiß, bevor planetarisches Leben völlig irrelevant wurde?

Oder – der Gedanke traf sie wie ein Schlag – war es das bereits?

16
Homo technologicus

Nach in die Länge gezogenen Verhandlungen gingen die Supras an Bord des Leviathan. Der Kapitän erschien zornig summend vor Sucher und Cley, aufgeregt aus einem Grund, den Cley nicht verstehen konnte. Sie mußte ihm dreimal versichern, daß sie wirklich die primitive menschliche Lebensform sei, welche die Supras suchten.

Dann erst ließ der Kapitän sie ein, und es dauerte noch einige Zeit, bis Alvin erschien; er hatte sich allein durch den üppigen grünen Dschungel gekämpft. Er sah müde und mitgenommen aus, sein sonst makelloser Arbeitsanzug war fleckig und beschmutzt.

Dann sah Cley, daß ihm der linke Arm unterhalb des Ellbogens fehlte.

»Was – wie –«

»Verdruß mit einer unbedeutenden Wirkkraft«, sagte Alvin mit dünner, gepreßter Stimme.

Sie eilte zu ihm. Befühlte seinen Armstumpf. Das Fleisch am Ellbogen war dunkel angelaufen und gefleckt mit lebhaft gelben und orangefarbenen Punkten.

»Ein kleines, fauchendes Ding«, sagte er, als er sich vorsichtig in einem Geflecht von Schlingpflanzen niedergelassen hatte. »Ging auf mich los, als wir in dieses riesige Tier kamen.«

»Ein Raubtier?«

»Eine Erfindung des Verrückten Geistes.«

»Was –«

»Ich tötete es.«

»Was kann ich tun? Hast du nicht geblutet? Was –«

»Laß los«, sagte er und winkte sie weg. Seine Stimme klang etwas kräftiger.

»Aber du bist verletzt. Ich –«

»Mein Arm wird sich zu helfen wissen.« Er verzog einen Augenblick das Gesicht, gewann aber mit sichtlicher Anstrengung die Selbstbeherrschung zurück. Als sie ihm helfen wollte, wandte er sich zur Seite und entzog ihr den verstümmelten Arm. Sie runzelte die Brauen. »Nimm wenigstens etwas gegen den Schmerz.«

Ein Zucken durchlief ihn. »Ich könnte meine eigenen Endorphine freisetzen, wenn ich wollte. Aber es würde das Nachwachsen verlangsamen.«

Der Armstumpf bildete an seiner Spitze bereits blasses Zellgewebe. Cley sah, wie neues Fleisch sich langsam aus seinem Ellbogen zu schieben begann. Der Arm schien sich Schicht um Schicht von innen nach außen aufzubauen. Zuerst schoben sich Stummel nackter, weißer Knochenmasse vor. Dann bildeten sich Sehnen und Bänder, die sich an ihnen festmachten, genährt von Schwärmen wandernder Zellen, die wie bewegliche Flechten über die Knochen zogen. Es folgte eine Welle dichteren Knorpelgewebes, das die Befestigungen mit Fasern, die sich selbst vor Cleys Augen verwebten, dauerhaft zementierte. Dann bildeten sich im Verlauf weiteren Wachstums Muskelfleisch, Adern und Haut. Schon war Alvins Arm mehrere Zentimeter gewachsen. Schweiß durchtränkte seine Kleider, aber er biß die Zähne zusammen und sagte nichts, obwohl seine Halsmuskeln in dicken Strängen heraustraten.

Cley saß neben ihm und versorgte ihn mit Wasser, wenn er darum bat. Längere Zeit verging. Er aß ein paar rote Nüsse, die sie ihm anbot, verweigerte aber weitere Nahrung. Er schien das Material und die Energie für das neue Wachstum seinem eigenen Körpergewebe zu entnehmen. Sie stellte sich vor, wie Rumpf und Beine ein wenig dünner wurden, während Zellgewebe sich auflöste und zum verwundeten Arm abwanderte. Soweit sie sehen konnte, nahm sein ganzer Körper eine dunkelrosa Farbe an, als würde die Haut ungewöhnlich stark durchblutet. Muskeln zuckten, und gelegentlich stöhnte er, doch gelang es ihm im Ganzen, den schmerzhaften Prozeß schweigend zu ertragen.

Seine Hand bildete sich aus grauem, wie verklebt aussehendem Zellgewebe. Es floß unmittelbar aus seinen Adern, wanderte zur Wachstumszone und verband sich dort mit dem vorher abgelagerten Gewebe. Es formierte sich zu den feinen Sehnen und Muskelsträngen, welche die menschliche Hand zu einem der wunderbaren Kunstwerke der Evolution gemacht hatten. Cley beobachtete den Vorgang wie eine lebendige Anatomievorlesung. Knochen wuchsen bis zu ihren feinen Spitzen, gefolgt von Wellen einhüllender Gewebezellen. Rote Zellen bildeten Muskeln, strähniges, gelbes Fett füllte Zwischenräume aus. Frische Haut begann den Daumen und die Finger zu umhüllen, bevor Alvin angestrengt zwinkerte und zum vollen Bewußtsein zurückzukehren schien. Weißliche Fingernägel schoben sich aus ihren Nagelbetten, ihre Spitzen rundeten sich wie von selbst.

»Das... das habe ich noch nie gesehen«, sagte Cley.

»Gewöhnlich lassen wir uns damit mehr Zeit.«

»Du mußt erschöpft sein. Man konnte geradezu sehen, wie dein Körper Gewebe abgab, um den Arm wiederherzustellen.«

»Er gab es nicht ab. Es bleibt ja sein.«

»Mein Volk hat ähnliche Fähigkeiten, aber nicht annähernd so –«

»Wir müssen miteinander reden.«

Sucher erschien in ihrer Nähe. Cley fragte sich, wo er die ganze Zeit gesteckt haben mochte.

Alvin schüttelte die Benommenheit ab, die während des Nachwachsens über ihn gekommen war. Er streckte den Arm vorsichtig aus, und die Gelenke in Handgelenk und Fingern knackten. Einen Augenblick erinnerte er Cley an einen Jungen, der seine Kärfte erprobt. Dann blickte Alvin zu Sucher und sagte: »Soso.«

»Soso was?« konterte Cley. Am Rand ihrer Wahrnehmung fühlte sie das schnelle Hin und Her eines Gesprächs.

Alvin schüttelte den Kopf und sagte zu Sucher: »Du versprachst, daß du helfen würdest, für ihre Sicherheit zu sorgen.«

Sucher gähnte. »Das tat ich.«

»Aber du hattest keine Erlaubnis, sie uns zu entführen. Und schon gar nicht, in den Raum zu entkommen.«

Cley hatte zornige Vorwürfe von Alvin erwartet, nicht diese Form sachlicher Mißbilligung. Es überraschte sie nicht, daß

Sucher auf der Erde eine Art Vereinbarung mit ihnen getroffen hatte. Es bereitete ihm Vergnügen, sich durch die Spitzfindigkeiten und Auslegungen der Sprache Freiräume zu verschaffen.

»Ich brauchte keine Erlaubnis«, sagte Sucher.

»Ich sollte meinen –«

»Schließlich, wer könnte die Erlaubnis geben?« fragte Sucher.

»Sie ist von *unserer* Art. Das gibt uns Rechte –«

»Ihr seid Homo technologicos. Sie ist Ur-Mensch, eine von euch entfernte Spezies.«

Alvin schürzte die Lippen. »Trotzdem, wir sind näher mit ihr verwandt als du.«

Sucher grinste. »Bist du sicher? Ich trage das Erbgut vieler früherer Formen in mir.«

»Ich bin ganz zuversichtlich, daß ich mit Leichtigkeit viel mehr Unterschiede finden könnte, wenn ich deine Doppelspirale lesen würde.«

»Hört zu, ihr zwei«, unterbrach Cley. »*Ich* wollte weg von dieser Bibliothek. Also ging ich. Sucher begleitete mich bloß, um mir Gesellschaft zu leisten.«

Alvin sah sie einen langen Augenblick forschend an, dann sagte er ruhig: »Wenigstens bist du in Sicherheit und hast die Reise dahin gemacht, wo wir dich brauchen.«

»Ihr hattet selbst die Absicht, mich hierher zu bringen?« fragte Cley.

»Ja, in einem Schiff.«

Cleys Temperament ging mit ihr durch, trotz aller Anstrengungen, die gelassene Ruhe eines Supra zu bewahren. »Was? Ich hätte in einem Schiff hier heraus fliegen können?«

»Ja, freilich.« Ihre Frage schien Alvin zu überraschen.

Sie wandte sich zornig an Sucher. »Und du ließest mich dies alles durchmachen?«

»Ich sah darin die richtige Handlungsweise.«

»Es war verdammt gefährlich. Und du hast mich nicht einmal gefragt!«

»Du wußtest nicht genug, um zu urteilen«, versetzte Sucher.

»Das werde *ich* entscheiden!«

»Wie kannst du über Dinge entscheiden, von denen du nichts weißt? Und du wolltest aus dem Lager fort. Vielleicht war es ein Irrtum, dir zu helfen.«

»Du –«

»Sei nicht vorschnell«, sagte Alvin in ruhigem Ton. »Dieses Tier ist klug, und es zeigte Voraussicht. Es war ein Glück für dich, daß ich dich nicht auf unserer geplanten Route beförderte. Wir glaubten sie intakt. Aber mehrere Schiffe, die benötigte Passagiere deiner Art beförderten, wurden nach dem Verlassen der Erde zerstört, und du hättest leicht unter ihnen sein können.«

»Was?« Cleys Zorn erlosch. »Leute meiner Art?« Eine starke Erregung überkam sie, und sie mußte sich an einer Schlingpflanze festhalten.

»Eigentlich nicht. Wir züchteten sie aus deinem Erbgut.«

»Du meinst, sie sind – sie waren *ich*?«

»Einige, ja. Andere veränderten wir ein wenig, um die geeignete Mischung von Fähigkeiten zu bekommen.«

Cley hatte befürchtet, daß die Supras dies tun würden. Was konnten solche zurechtgemachten Ur-Menschen anderes sein als jämmerliche Abziehbilder ihrer Art, ohne Stammeskultur und Tradition, die ihr Dasein bloßen Nützlichkeitserwägungen der Supras verdankten? Solche Besorgnisse waren es gewesen, die sie zur Flucht veranlaßt hatten.

»Ich … ich möchte sie sehen.«

»Das kannst du, wenn dies alles vorüber ist.«

»Nein! Ich habe ein Anrecht darauf, mit meinesgleichen zu sein.«

»Bist du nicht zufrieden mit unserer Gesellschaft?« Alvin machte eine Handbewegung, und Cley sah, daß eine Gruppe von Supras still herangekommen war, was sie nicht bemerkt hatte. Unter ihnen war auch Seranis, die mit offensichtlichem Unbehagen das grüne Dickicht ringsum beobachtete. Ihre Kleider waren zerrissen und geschwärzt – in dem gleichen Kampf, der Alvin den Arm gekostet hatte? Schon verschwanden die Risse. Schmutzflecken lösten sich auf, verdaut von den glänzenden Fasern.

Cley seufzte. »Ich stehe ratlos vor euch Supras. Ihr seid keine Menschen.«

– Wir sind mehr als Menschen, um bei deiner Ausdrucksweise zu bleiben, sendete Seranis.

»Wenn ihr einen Funken Rechtsgefühl habt, werdet ihr mich meine Leute sehen lassen.«

– Gerechtigkeit wird dir zu gegebener Zeit zuteil werden, sendete Seranis in einer Stimmung heiterer Gleichgültigkeit.

Cley blickte zu Sucher, aber er schien in die Fellpflege vertieft. »Wann wird das sein?«

»Unser Kampf hat bereits begonnen«, sagte Alvin. »Es ist am besten, wenn du einstweilen bei uns bleibst.«

»Der Kampf hat bereits begonnen?«

»In einem Sinne hat er schon lange vor deiner Geburt begonnen«, sagte Alvin mit kühler Ruhe.

Aber Cley sah jetzt die Risse in seiner Rüstung – einen schiefen Zug um seinen sonst so ernsten, würdevollen Mund, einen unruhigen Glanz in den Augen. »Wo?«

»Die endgültige Auseinandersetzung hat am äußeren Rand des Sonnensystems begonnen. Sie konzentriert sich jetzt auf diesen Raum hier, wo die Stärke des Jupiter-Magnetfeldes uns etwas Schutz bietet und wo unsere Reserven am größten sind.«

Plötzlich fühlte Cley sich überschwemmt von dem schwatzhaften, huschenden und zerflatternden Gewirr telepathischer Kommunikation zwischen den Supras aus Lys. Die Zeit hatte ihr Talent reifen lassen, denn sie konnte jetzt einzelne, schwache Fäden von Ideen und Andeutungen aufnehmen, die in Augenblicken kamen und gingen.

»Was kann ich bei alledem tun? Ich –«

Als hätten Jahre der Vorbereitung sich auf einen Punkt in der Zeit konzentriert, schoß ihr eine Antwort durch den Sinn. Sie spürte, daß Seranis der Kanal war, durch den es kam, doch hatte sie den Eindruck, daß eine ganze Versammlung von Stimmen hinter dem Eindringen war. Es war wie ein psychischer Keil, der in ihr Bewußtsein getrieben wurde. Sie sagten ihr vieles, aber ein Verstehen war ungefähr so schwierig wie der Versuch, aus einem Feuerwehrschlauch zu trinken.

»Ich – ich verstehe nicht...«

»Es wird eine Weile dauern, bis dein Verstand alles sortiert hat«, sagte Alvin.

»So viel... Was ist die Schwarze Sonne?«

»Ein alter Begriff. ›Schwarzes Loch‹ ist ein besserer.« Alvin wählte seine Worte sorgfältig, was seiner Rede einen Beigeschmack von herablassender Belehrung gab. »Unsere Legenden berichten, daß der Verrückte Geist am Rand der Galaxis gefangengehalten wurde, während das Schwarze Loch tatsächlich in ihrem Mittelpunkt ist.«

»Ein ziemlich schwerer Irrtum.«

»Anscheinend ein Versehen bei der schriftlichen Fixierung alter Überlieferung.« Seine ernste Genauigkeit erinnerte sie, daß Diaspars Bibliothek seine erste Liebe gewesen war. »Die Legende war aber richtig in bezug auf die Verwüstungen, die der Verrückte Geist anrichtet. Er versteht sich darauf, die Schleier aus Plasma zu verzehren, die in den galaktischen Armen hängen, und so große Lücken zu hinterlassen, wo sich aus freier Materie neue Sonnen bilden sollten. Die Legende sagt ferner, daß der Geist und Vanamonde einander über den Leichen der Sterne begegnen würden, aber wir finden jetzt, daß der Zusammenstoß hier erfolgen muß, nicht weit von der Erde, wo die Geschichte ihren Anfang nahm und schließlich ihr Ende nehmen muß.«

Cley schüttelte den Kopf. »Ich kann in alledem keine Rolle spielen.«

»Das hätte ich auch einmal gesagt.« Alvin hatte sich auf einem Ast niedergelassen, und selbst in der durch langsame Rotation erzeugten, geringen Schwerkraft sahen seine Züge erschlafft aus, als zöge eine Last an ihnen. »Aber du spielst eine Rolle. Ihr Ur-Menschen wart zusammen mit entwickelteren, menschlicheren Formen und fremden Lebewesen an der Erschaffung beider magnetischer Einheiten beteiligt.«

»Wir? Ausgeschlossen.«

»Ich gebe zu, daß es äußerst unwahrscheinlich scheint. Aber die Archivaufzeichnungen von Diaspar sind klar, wenn man sie genau liest.«

»Wie könnten wir etwas wie intelligente Blitze machen?«

»In der bevorstehenden Auseinandersetzung wirst du das vielleicht verstehen.«

»Nun, selbst wenn wir halfen, Vanamonde zu machen, was hat das jetzt zu sagen? Ich weiß nichts darüber.«

Alvin blickte zu Sucher, aber das Tier schien ihr Gespräch nicht zu beachten. Cley aber hatte das Gefühl, daß dies alles sich mehr oder weniger so entwickelte, wie Sucher erwartet hatte, und es war niemals seine Art gewesen, sich unnötige Mühe aufzuladen, indem er dem Unausweichlichen auch noch nachhalf.

Alvin breitete die Hände aus. »In Vanamonde liegt eine Reihe von Annahmen über die Natur der Dinge, eine Weltsicht. Sie sind abhängig vom kinästhetischen Sinn der Ur-Menschen, von eurem Wahrnehmungsraum.«

»Was ist das?«

»Entscheidend ist, daß wir solche Dinge nicht duplizieren können.«

»Hör schon auf«, sagte Cley bitter. »Ich weiß, daß ich dümmer bin als alle anderen hier, aber das bedeutet nicht, daß ihr –«

– Wir täuschen dich nicht, sendete Seranis. – Die Zusammensetzung eines Wesens umschreibt seine Wahrnehmungen. Das kann nicht künstlich dupliziert werden. Wir versuchten es, gewiß, aber es gelang uns nicht.

Alvin sagte: »Wir finden es außerordentlich schwierig, mit Vanamonde zu kommunizieren. Jahrhundertelang haben wir uns ohne viel Erfolg damit abgemüht.«

»Warum?« fragte Cley. »Ich dachte, ihr könntet alles.«

– Wir können über unsere Weltsicht genauso wenig hinaus wie du, sendete Seranis.

»Das gilt immer für einzelne Spezies«, sagte Sucher.

Alvin runzelte die Stirn. »Und du?«

»Seit eurer Zeit ist da einiges gebastelt worden«, sagte Sucher.

»Dies ist unsere Zeit!« versetzte Alvin mit deutlicher Schärfe.

Sucher kratzte sich am Bauch und verzichtete auf eine Antwort.

»Wie verständigt ihr euch mit Vanamonde?« fragte Cley.

»Mehr schlecht als recht. Um ihn zu erreichen, müssen wir durch das Dickicht der ur-menschlichen Geistesverfassung steigen.«

»Dickicht?«

»Sumpf ist vielleicht ein passenderer Begriff. Diese Geistesverfassung ist in Vanamondes Wesen verwurzelt.«

»Er hat etwas von *uns?*« Cleys Selbstgefühl bekam wieder ein wenig Auftrieb. Wenigstens dieses eine Merkmal hatte ihre Rasse in der großen Ruinenarchitektur der Zeit hinterlassen.

»In dem sich zuspitzenden Ringen ist Schnelligkeit wichtig. Unsere eigenen Fähigkeiten mit Vanamonde zu verbinden, erfordert eine Vermittlung, die nur du und deinesgleichen übernehmen könnt.«

Ihre Augen wurden schmal und mißtrauisch. »Die Ur-Menschen, die ihr hergestellt habt?«

»Ja, sie werden zum Einsatz kommen. Seranis und die anderen aus Lys haben sie in der Ausbildung des telepathischen Talents geschult, eine sehr schwierige Arbeit in so kurzer Zeit.«

»Ihr stellt uns her, ihr *gebraucht* uns wie – wie Werkzeuge...«

»Natürlich«, erwiderte Alvin unbeeindruckt. »Das liegt in der Natur der Hierarchie der Arten.«

»Ihr habt kein Recht, das zu tun!«

»Und wir haben kein Unrecht.«

Sucher machte ein unverschämtes, rülpsendes Geräusch und verzog die Lefzen in einer undeutbaren Grimasse. Er imitierte menschliche Ausdrucksformen nur, wenn er es wollte.

»Es geht hier nicht um Moral«, fuhr Alvin mit einem irritierten Blick zu Sucher fort. »Diese Fragen gehen über die Begriffe Recht und Unrecht hinaus. Solche Vorstellungen sind mit Strategien verknüpft, die Völker gebrauchen, um Ordnung und Beständigkeit zu sichern. In den Transaktionen über die Kluft hinaus, die uns trennt, haben diese Begriffe keine Gültigkeit.« Alvin lächelte, als wisse er, daß die Ur-

Menschen diese versöhnliche Geste gebrauchten, um eine krasse oder herausfordernde Aussage abzumildern.

»Das ist unglaublich!« sagte Cley. »Wir haben eine Verpflichtung füreinander, jedem die gleichen Naturrechte zuzugestehen und ihn danach zu behandeln.«

– Naturrechte worauf und für wen? sendete Seranis.

»Das Recht auf Freiheit und Unversehrtheit und ungehinderte Entfaltung für alle denkenden Wesen.«

– Wir leben nicht in Zeiten wie denen, als deine Art sich entwickelte. Es gibt viele Lebensformen, große und kleine, die wir als denkende Wesen bezeichnen müssen.

»Ich habe sie mit eingeschlossen«, antwortete Cley. »Ihnen müssen die gleichen Rechte zuerkannt und sie müssen in ihrer eigenen Würde respektiert werden.«

»Würde bedeutet nicht, daß sie sich außerhalb der Ordnung stellen können, die von der Evolution vorgegeben ist«, sagte Alvin. Seranis warf Cley einen besorgten Blick zu, aber in ihren schnellen, hin und her springenden Gedanken war eine Grundstimmung von verdrießlicher Ungeduld.

»Was ihr sagt, kann mich nicht überzeugen«, sagte Cley. »Ich muß über dies alles nachdenken.«

»Für deine Art zu denken ist keine Zeit«, sagte Alvin. »Der Augenblick der Entscheidung ist gekommen.«

Cley wandte sich an Sucher. »Was soll ich tun?«

Sucher schmatzte. »Ich pflichte ihren Ideen nicht bei. Auch deinen nicht. Beide sind zu einfach.«

»Sucher, ich brauche deine Unterstützung.«

»Deine Handlungen kann ich vielleicht unterstützen«, sagte er. »Es ist wahr, daß deine Fähigkeiten, wie die Supras sagen, benötigt werden.«

»Nein, ich meinte nicht Hilfe in ihrem Kampf. Ich möchte, daß du – nun, daß du ihnen sagst, daß sie im Unrecht sind, daß sie mein Volk wie, wie Tiere behandeln.«

»Ich bin ein Tier. Sie behandeln mich nicht wie dich.«

»Du bist kein Tier!«

»Ich bin nicht entfernt menschlich.«

»Aber du bist – du bist wie ich.«

»Ich bin wie du, um einen Zweck zu erreichen.«

»Welchen Zweck?« fragte Cley in wachsender Verwirrung.

»Dich zu dieser Zeit hierher zu bringen. Dich mit Ur-Menschen zu vereinen, wie ich versprach.« Er blickte zu Alvin und Seranis. »Ich wußte, daß die Supras dies wahrscheinlich unterlassen würden.«

Über Alvins Züge glitt ein Ausdruck, den Cley nicht lesen konnte, aber das nächste Äquivalent war eine Mischung von Gereiztheit und überraschtem Respekt. »Es wäre einfach gewesen, sie hierher zu bringen«, sagte Alvin zu Sucher, »wäre es dem Verrückten Geist nicht gelungen, in unsere Schiffe einzudringen. Und du konntest nicht gewußt haben, daß er so rasch darauf kommen würde, geschweige denn, daß er unter all den Schiffen, die wir haben, diese Ur-Menschen finden würde.«

»Das konnte ich nicht gewußt haben?« Sucher bleckte die Zähne.

Cley spürte, daß etwas zwischen ihm und den Supras hin und her ging, etwas wie eine komprimierte Note komplexer Gedanken. »Sucher! Du hast das Talent.«

»Nicht dein Talent. Aber ganz gleich«, er wandte sich an Cley. »Ich glaube, diese Angelegenheit muß jetzt geregelt werden, also werde ich es tun.«

»Ich kann nicht erlauben«, sagte Alvin streng, »daß eine so entscheidende Frage –«

»Tu, wie sie sagen«, sagte Sucher zu Cley.

»Aber ich –«

»Wenn du in Begriffen von Rechten denken willst, dann bedenke eins.« Sucher hob eine Nuß zum Maul, ließ sie aber versehentlich fallen. »Die anderen von deiner Art – und ich glaube nicht, daß sie Leute ›deines Volkes‹ sind, denn sie sind noch keine Leute – werden sicherlich sterben, wenn du es nicht tust.«

Alvins Miene verfinsterte sich neuerlich. »Das kannst du nicht mit Sicherheit sagen.«

Sucher antwortete nicht gleich. Statt dessen zog er den Kadaver eines kleinen Nagetiers unter seinem Pelz hervor und begann beiläufig daran zu knabbern. Die Supras sahen ihn alle scheel an, und Cley mußte daran denken, wie schmackhaft und verfeinert ihre eigene Küche gewesen war.

Sucher leckte sich genießerisch die Schnauze und sagte: »Ihr erinnert euch der Ära einfacher Gesetze?«

Alvin runzelte die Stirn. »Was? Ach, du meinst das Zeitalter, als die Wissenschaft die Gesetze entdeckte, welche die Beziehungen zwischen Partikeln und Feldern beherrschen? Jene Zeit ist jetzt nicht relevant.«

Sucher schloß ein Auge und gähnte, als sei er am Einschlafen. Cley hatte das Gefühl, daß es einer seiner geheimnisvollen Scherze war.

Dann sagte Sucher: »Die Ur-Menschen fanden solche Gesetze. Aber das Wissen, wie die Schwerkraft auf einen Körper wirkt, bedeutet nicht einmal im Prinzip, daß du voraussehen kannst, wie sich eine größere Zahl solcher Körper bewegen wird. Die Voraussage eines wirklichen Systems ist jenseits der Reichweite von Wissenschaft.«

Alvin nickte, aber Cley sah, daß er nicht wußte, worauf Sucher hinauswollte. Sie wußte es auch nicht. Und die Zeit läuft ab, dachte sie, während diese zwei über Prinzipien streiten.

»Richtig«, sagte Alvin, »aber das ist alte Wissenschaftsphilosophie. Quantenunsicherheit, Chaos – sie verschleiern jede präzise Voraussage künftiger Entwicklungen.«

Ohne das geschlossene Auge zu öffnen, sagte Sucher: »Und wie, wenn dies nicht so wäre?«

»Dann hätten wir Supras es längst entdeckt«, erklärte Alvin. »Solches Wissen wäre in den Archiven von Diaspar verwahrt.«

Sucher öffnete beide Augen, und die wache Aufmerksamkeit kehrte zurück. Im selben Augenblick nahm Cley einen Ausbruch von Telepathie war, der aus unverständlichen Baßtönen zu bestehen schien. Einige Supras regten sich wie in Unbehagen. Dann wurde ihr klar, daß Sucher eine Art Botschaft gesendet hatte, während er diese Diskussion führte.

»Vieles ist entdeckt worden«, sagte er, »seit die Schichten der Gelehrsamkeit in Diaspar abgelagert wurden.«

Die ruhige Selbstsicherheit war aus Alvins Stimme geschwunden, als er fragte: »Die Menschen, die nach unserer

Art kamen, diejenigen, die uns verließen – sie fanden solche Fähigkeiten?«

»Nein«, sagte Sucher. »Das steht eurer Seinsordnung nicht offen.«

» Gibt es höhere Ordnungen, die sich auf Wissenschaft verstehen?« Alvin sah sich nach seinen Artgenossen um, von denen einige dieses Gespräch mit leiser Heiterkeit zu verfolgen schienen.

Sucher sagte: »Keine, die du ohne weiteres vor dir sehen kannst.«

»Magnetische Intelligenzen dann? Selbst sie machen von Wissenschaft lediglich Gebrauch«, sagte Alvin. »Sie verstehen sie nicht wirklich.«

»Es gibt andere Methoden des Verstehens, die sich aus der Summe der Spezies entwickeln.«

Alvin hob überrascht den Kopf. »Aber wir sprechen über die fundamentalen Grenzen des Wissens!«

»Dieses ›Wissen‹ von dir ist auch eine Kategorie«, sagte Sucher. »Ähnlich wie die ›Rechte‹. Das läßt sich nicht auf andere Spezies übertragen.«

»Ich kann nicht verstehen, wie das sein kann«, sagte Alvin.

»Eben«, sagte Sucher.

17
Der Kerker der Zeit

Das seltsame Gespräch zwischen Sucher und den Supras nahm seinen Fortgang, während Cley sich über ihre Lage klarzuwerden suchte.

Am Ende erkannte sie, daß sie keine Wahl hatte. Sie mußte an den kommenden Ereignissen teilnehmen, ganz gleich, von welcher Art sie waren und wie wenig sie mit ihrem eigenen Geschick zu tun hatten. Ihr vergangenes Leben in der Geborgenheit der Sippe und des Stammes, ihr ganzes Volk hatten in ihrer Erinnerung zu verblassen begonnen, verdrängt von den rasch aufeinanderfolgenden Ereignissen, die ihr kaum eine Ruhepause gelassen hatten, seit der Verrückte Geist seine verderbenbringenden Blitze schleuderte und alle verbrannte, die ihr etwas bedeutet hatten. Jetzt spürte sie die Totalität dessen, was diese bösartige Verfolgung bedeutete. Wurde sie mehr den Supras ähnlich, daß solche Abstraktionen sie berühren und erregen konnten, was Alvin zweifellos ihre ›Tierseele‹ nennen würde?

Dennoch konnte sie sich nicht überzeugen, daß die Supras und ihre kosmischen Spiele für sie und ihresgleichen wichtig waren. Ihresgleichen, die sie noch immer als ›richtige‹ Menschen betrachtete. Sie spürte, daß diese Einstellung vielleicht selbst ein Symptom ihrer Art war – aber wenn es sich so verhielt, dann sollte es auch so sein.

Die Supras schienen erfreut über ihre Entscheidung. Sucher zeigte keinerlei Reaktion. Nach all ihren quälenden Gedanken fand sie zu ihrer Verwunderung, daß einstweilen nichts geschah. Sie näherten sich den Welten des Jupiter-Komplexes. Raumgeborenes Leben kam und ging und führte undurchschaubare Tauschgeschäfte mit dem Leviathan aus.

Wenn Alvin und Seranis nicht mit Aufgaben beschäftigt waren, lernte sie mehr von ihnen. Sie besann sich auf den ungeordneten Schwall von Eindrücken und Gedanken, mit dem

Seranis ihr Bewußtsein überflutet hatte, und verbrachte lange Stunden schwitzend in unruhigem Schlaf, um ihrem Gehirn die Arbeit des Entwirrens zu erleichtern. Sie hatte gelernt, nicht zu widerstehen. Jedesmal, wenn sie aufwachte, erwarteten sie Überraschungen, Ideen, mit denen auseinanderzusetzen sich lohnte.

Sie verbrachte einige Zeit mit der Beobachtung des Jupitersystems und seiner sich voll entfaltenden, funkelnden Majestät, verstand aber jetzt, daß dies nicht die äußere Grenze des lebendigen Sonnensystems war. Sie hatte sich durch den Augenschein irreführen lassen.

Erdgeborenes Leben sah durch einen schmalen Schlitz des Spektrums. Die Zeit hatte es dressiert, jene Strahlung, die am besten geeignet war, die Atmosphäre zu durchdringen, zu seinem Vorteil zu nutzen. Kein erdgebundenes Leben nutzte jemals die trägen, meterlangen Wellenlängen des Rundfunks.

So konnte es nicht Zeuge des Wogens der großen Plasmawolken werden, welche die mächtigen Spiralarme der Galaxis füllen. Durch ein großes Radioteleskop gesehen, zeigt der Abgrund zwischen den Sonnen Knoten und Auswüchse, Wirbel und Schluchten. Der von den Sternen ausgehende Sonnenwind bringt diese äußeren Nebel in Bewegung. Nur ein Auge, das noch größer wäre als der ganze Leviathan, könnte die leuchtende Fülle dessen wahrnehmen, was sich in diesen Bereichen verbirgt. Die Wesen, die dort schwimmen, stoßen mächtig dröhnende Rufe aus und leben durch die geschickte Verflechtung elektrischer Ströme.

Cley verstand dies nach einem langen Schlaf. Das Wissen davon stellte sich beinahe beiläufig ein, wie eine alte Erinnerung. Sie würde niemals diese Knoten ionisierter Materie sehen, die vom magnetischen Druck festgehalten und von Energien durchströmt wurden, die kein fleischgeborenes Leben sehen konnte.

Durch Seranis aber erinnerte sie sich der weit ausgefächerten Plasma-Adern, der elektromagnetischen Arterien und Organe. Das Licht benötigte eine Woche, um diese Wesen in ihrer Ausdehnung zu durchmessen. So weitläufige Körper waren nur durch Aufgabenteilung zu beherrschen, also mußten die Intelligenzen, die sich dort entwickelt hatten, mehr Ähnlichkeit mit Parlamenten als mit Organismen haben, die von jeweils nur einem Willen gelenkt wurden.

Sie konnte sich vorstellen, wie solche Wesen einen Menschen wie sie betrachten mußten: als mikrobenhaft winzige, kompakte Zusammenballungen, die ihre Energie aus dem umständlichen Auf- und Abbau von Molekülen gewannen. Um wieviel einfacher und sauberer war der klare Strom elektromagnetischer Kräfte!

Aber dann verblaßten die geborgten Erinnerungen und Vorstellungen, und sie verstand.

»Sucher, ich brauche deine Hilfe!« sagte sie. »Der Verrückte Geist – die Menschen erschufen ihn nicht ohne Hilfe aus dem Nichts, oder?«

»Nicht ganz, nein.« Sucher hatte sich eine Weile still verhalten, die Augen ruhig und halb geschlossen.

»Ich habe von Seranis Bilder empfangen, Bilder von magnetischen Wesen, die natürlich belebt zu sein scheinen.«

Sucher zeigte ein Raubtierlächeln. »Sie sind unsere Verbündeten.«

»Verbündete, die wir dringend benötigen«, sagte Alvin hinter ihr.

»Warum habt ihr mir nichts davon gesagt?« verlangte Cley zu wissen.

»Weil ich es nicht wußte, nicht ganz. Das Wissen ...« Alvins sonst so feste und selbstsichere Stimme versagte. Er sah müde und nachdenklich aus. »Nein, es war kein Wissen. Ich maß Vanamondes Aussage keinen Wert bei, als er uns von diesen magnetischen Wesen berichtete. Unser Verwahrer der Aufzeichnungen sagte, es gebe so etwas nicht. Schließlich gab es in allen Archivunterlagen keinen Hinweis.« Er lächelte vage. »Heute sind wir klüger. Es war die selbstgefällige Arroganz von Diaspar, die so groß war wie seine Wahrheiten.«

»Dann haben Menschen irgendwie eines dieser magnetischen Wesen gefangen?« fragte Cley.

Alvin ließ die Schultern hängen. »Die Menschen der damaligen Zeit hatten eine Leistungsfähigkeit, die über unser Verstehen geht.«

»Aber der Verrückte Geist entwischte ihnen?«

Er nickte. »Und irgendwie hatte er durch seine Wechselwirkungen mit Menschen gelernt, Leistungen zu vollbringen, die kein anderes elektromagnetisches Wesen wußte. Er verwüstete riesige Gebiete, vernichtete magnetische Strukturen.«

»Bis jemand ihn wieder einfing. Waren es Angehörige dieser galaktischen Zivilisation, von der ich immer wieder höre?«

»Die galaktische Zivilisation war einmal die Verkörperung höchster Macht und Leistungskraft«, sagte Alvin. »Sie schuf die reinen Mentalitäten wie Vanamonde, indem sie von den elektromagnetischen Wesen ausging und auf ihnen aufbaute.« Alvin schien sich gefangen zu haben. »Sucher, was hältst du von der galaktischen Zivilisation?«

»Ich denke, es könnte eine gute Idee sein«, antwortete Sucher.

»Aber sie existiert!«

»Wirklich? Ihr seht immer nur die Teile – diese oder jene Spezies oder Phylum, von welcher Art auch immer. Man muß das Ganze sehen.«

»Das ganze was? Das Reich verließ mit seinen Schöpfern unser bekanntes Universum und hinterließ –«

»Hinterließ Raum für das Wachstum neuerer Formen. Sehr höflich, würde ich sagen. Es war ganz gewiß keine Tragödie.«

Alvin runzelte die Brauen. »Für uns Menschen war es eine. Wir –«

Cley hörte nicht länger zu, sondern suchte Zuflucht im vertrauten Ritual der Speisezubereitung. Etwas in der Natur von Mensch und Tier schätzte die ermutigende Ordnung wiederholter, gleichartiger Tätigkeit. Alvin redete weiter, erläuterte Facetten von Wissenschaften, die ihr sogar dem Namen nach fremd waren, aber sie ließ ihn weiterreden. Er war beunruhigt, hielt an seinem eigenen Vorstellungsbild dessen fest, was menschliches Handeln bedeutete. Sollte er sich nur seine Frustration von der Seele reden: Das war die älteste und eine der wirksamsten Tröstungen. Sie machte Feuer, briet drei Schlangen, die sie schon vor seiner Ankunft gefangen hatte, mit einer schwarzen Kruste von Gewürzen, und bot ihm eine an.

Es sprach für ihn, daß er keinen Augenblick zögerte, sie anzunehmen. »Ein merkwürdiger Brauch«, sagte er, nachdem er in das gelbliche Muskelfleisch gebissen hatte. Sein Duft war appetitanregend. »Daß solch ein einfaches Verfahren den kräftigen Fleischgeschmack so gut zur Geltung bringt.«

»Du hast noch nie gekocht?«

»Das tun unsere Maschinen.«

»Wie können Maschinen wissen, was gut schmeckt?«

»Sie haben etwas Besseres: guten Geschmack.«

»Ha!«

Alvin sah gekränkt aus. »Diaspar verfügt über eine Menge Rezepte, die von den größten Köchen überliefert sind.«

»Lieber mache ich selbst das Feuer und brate das Fleisch darüber.«

»Du traust Maschinen nicht?«

»Nur insoweit als ich muß.«

»Aber es war eine Urrasse der Menschen, die uns auf den Weg der Technologie brachte.«

Sie spuckte ein Knorpelstück aus. »Die Technologie hat aber ihre Grenzen. Glaubst du, daß sie euch viel Gutes gebracht hat?«

Alvin sah sie verständnislos an. »Sie erhielt uns am Leben.«

»Sie verwahrte euch in einer Flasche, wie ein Ausstellungsstück im Museum. Bloß gab es keine Besucher.«

Er runzelte die Stirn. »Und ich brach aus.«

Cley liebte es, wie das flackernde Feuer Gerüche und Hitze in die Luft aufstiegen ließ und sie alle in duftende Schleier von Holzrauch und Essengerüchen hüllte. Es mutete sie heimatlich an, und ein uralter, menschlicher Instinkt wurde von diesem Wohlgeruch des Holzrauches angesprochen. Er ließ auch Alvin nicht unberührt, glättete sein Gesicht. Sucher schnüffelte, leckte sich die schwarze Schnauze.

»Habt ihr euch nicht gefragt, warum niemand jemals das Museum besuchen kam?«

Alvin blickte verdutzt auf. »Wieso, nein.«

»Vielleicht hatten die Leute Besseres zu tun«, sagte sie.

»Hier draußen?«

So intelligent diese Supras waren, dachte Cley, auch sie hatten Werte und Vorstellungen, die ihnen in Fleisch und Blut übergegangen waren. »Gewiß. Schau hinaus«, sagte sie und zeigte zum schimmernden Jupiter-System, »und sag mir, daß es eine bessere Idee war, sich in Diaspar einzuschließen.«

Alvin sagte lange nichts. Dann seufzte er. »Ich verstehe. Ich hatte gedacht, Diaspar sei der Mittelpunkt der Menschheit.«

»Das war es«, sagte Sucher. »Aber das ist nicht die ganze Geschichte.«

Alvin sah ihn durchdringend an. »Ich habe schon lange den Verdacht, daß du etwas ... Unbekanntes vertrittst. Deinetwegen habe ich die Archive von Diaspar über deine Spezies durchsucht. Ihr entwickeltet euch in einer Zeit, als die Menschen relativ wenig ehrgeizig waren.«

»Sie hatten sich selbst großen Schaden zugefügt«, sagte Sucher. »Selbstvorwürfe und Reue färbten ihr Denken und Handeln. Aber nur für eine Weile.«

Alvin nickte. »Trotzdem billigen unsere Unterlagen dir und deinen Artgenossen keine so hohe Intelligenz zu, wie du sie zur Schau stellst.«

»Du denkst immer noch an bestimmte Wesenszüge, die in Individuen, in Arten verankert sind«, sagte Sucher.

»Nun, natürlich. Diese Wesenszüge definieren neben körperlichen Merkmalen eine Spezies.«

»Und wenn viele Spezies gleichzeitig einen Wesenszug teilen?«

Alvin schüttelte den Kopf. »Durch Telepathie, wie die Leute von Lys?«

»Oder weiter fortgeschritten.«

»Also, zugegeben, das könnte den Charakter der Intelligenz verändern.« Alvins Züge nahmen den nachdenklichen, pedantischen Ausdruck des Wissenschaftlers an. »Ich frage mich nur, ob solche Talente auf natürliche Weise entstehen können.«

»Das können sie«, sagte Sucher. »Ich bin Mitglied eines größeren Systems. Du bist es auch, aber du kommunizierst nicht gut – ein typisches Merkmal früh entwickelter Intelligenzen.«

»Die Leute«, fuhr Alvin auf, »scheinen das Gefühl zu haben, daß ich ziemlich deutlich spreche.«

»Die Leute, ja.«

Alvin lächelte steif. »Wir selbst schufen dich, machten dich aus der Bibliothek des Lebens. Manchmal denke ich, daß wir irgendwie irrten.«

»O nein!« Sucher grunzte vergnügt. »Es war eure beste Idee.«

»Die Archivunterlagen sagen, ihr wäret nur für die natürliche Umgebung der Erde geeignet.«

»Falsch«, sagte Sucher.

»Das würde erklären, warum du dich im Raum so mühelos bewegst.«

»Nicht ganz.«

»Du hast andere Verbindungen?«

»Mit allem. Du nicht?«

Alvin zuckte mit den Achseln. »Ich glaube nicht.«

»Dann denk nicht so viel.«

Cley lachte, aber ihr Talent fing vielstimmige Rufe auf, die ihre Aufmerksamkeit verlangten. »Etwas ist...«

»Ja«, sagte Sucher.

Sie hörte jetzt die Supras von Lys, Seranis nur eine unter den vielen Stimmen. Sie bildeten eine dichte Kette von Bindegliedern, einige in ihren Schiffen, einige an Bord des Leviathan, andere verteilt auf Jonas und andere Leviathane.

»Wie rasch ist seine Annäherung?« fragte Alvin. Die frühere Stimmung war durchbrochen, seine Zweifel zerstreut. Nun, im Angesicht der Gefahr, war er kühl und effizient.

»Schwer zu sagen«, sagte Cley. »Es gibt Brechungen... Ist es möglich, daß der Verrückte Geist sich schneller als das Licht bewegen kann?«

»Das ist nur eine seiner Leistungen«, sagte Alvin. »Wir Menschen erreichten das vor langer Zeit schon, aber nur für kleine Volumen, also Schiffe. Der Verrückte Geist war ebenso begrenzt wie die elektromagnetischen Wesen. Ihre Beschaffenheit und die Naturgesetze schreiben vor, daß die Verbindungen der natürlichen magnetischen Lebensformen langsam über die Galaxis ziehen. Nichts so Großes und weit Ausgedehntes kann sich schneller als Licht bewegen. Das war jedenfalls unsere Auffassung.«

»Und weil der Verrückte Geist dieses Hindernis überwand, konnte er schließlich aus dem Bereich der Schwarzen Sonne fliehen, nicht wahr?« fragte Cley. In ihre Gedanken mischten sich dünne Alarmrufe.

»Er nutzte das Quantenvakuum«, sagte Alvin. Er beugte sich vor, den Blick auf das verlöschende, kleine Kochfeuer gerichtet. Im Widerschein der letzten, züngelnden Flammen sah er hohlwangig und erschöpft aus. »Im Durchschnitt ist leerer Raum ohne Energie. Aber indem er ein Raumvolumen mit einer Sphäre von leitendem Plasma umschloß, verhinderte der Verrückte Geist die Entstehung von elektromagnetischer Strahlung in Wellenlängen, die größer sind als dieses Volumen. Die ›fehlenden‹ Wellen luden das Vakuum mit negativer Energie auf und erlaubten die Ausbildung eines Loches in der Raumzeit. Alle derartigen Prozesse werden von Wahrscheinlichkeiten gesteuert, die sehr viel präzise Berechnung erfordern. Aber durch dieses Loch schlüpfte der Verrückte Geist.«

»In unser Sonnensystem«, ergänzte Cley.

»Nie zuvor hat ein elektromagnetisches Wesen dies getan«, sagte Alvin. »Der Geist entkam aus dem Kerker der Zeit – eine Leistung, die nicht einmal das Imperium voraussah.«

»Zufälliges Zusammentreffen, Alvin?« murmelte Sucher. Es war das erste Mal, daß Cley ihn den Namen gebrauchen hörte. Sie glaubte einen Unterton von Mitleid herauszuhören.

Alvin hob mit einem Ruck den Kopf, schoß Sucher einen mißtrauischen Blick zu. »Der Gedanke ist uns auch gekommen. Warum sollte der Verrückte Geist gerade jetzt herauskommen?«

»Gerade jetzt, wenn ihr wieder über die Erde hinausgreift?« fragte Cley.

»Genau«, sagte Alvin. »Wir untersuchten alle physikalischen Hinweise. Beobachteten den Weg der Zerstörung, den der Verrückte Geist genommen hat, seit er das galaktische Zentrum verließ.« Er zögerte. »Und wir kamen zu einer Vermutung.«

Sucher sagte: »Du warst der Grund.«

Alvins Blick ging zurück zum erlöschenden Feuer und weiter in das Dickicht des Laubwerks, als suche er dort im Halbdunkel Zuflucht. »Vielleicht. Ich fand Vanamonde. Vanamondes überschwengliche Freude, entdeckt zu werden, war so groß! Es sandte elektromagnetische Echos durch einen ganzen galaktischen Arm. Sie erreichten den Verrückten Geist in seinem Käfig. Zu sehen, daß uralte Feinde sich wieder vereinigten, versetzte ihn in Wut, in eine so starke Erregung, daß er zu einer äußersten Anstrengung angestachelt wurde. Und seine Freiheit erzwang.«

Sie saßen eine Weile schweigend. Den tintigen Schatten in den zugewachsenen Winkeln des Leviathans vermochte das ferne Versprechen der Sterne kein Licht zu spenden.

»Du konntest es nicht wissen«, sagte Cley schließlich. »Alle Überlieferungen von Diaspar konnten dich davor nicht warnen.«

Er lächelte ohne Heiterkeit. »Aber ich bewirkte es. Das Resultat ist dasselbe.«

»Dieses Imperium«, sagte Cley, »hätte sich bei seiner großen Macht der Mühe unterziehen können, einen Kerker zu machen, der ausbruchsicher ist.«

Alvin schüttelte den Kopf. »In dieser Raumzeit gibt es keinen besseren.«

»Nun, dann hätten sie uns die Sache nicht einfach als ein Problem zurücklassen sollen, das *wir* lösen müssen.«

Sucher hob die Schnauze und stellte die Ohren auf. Er schien in die Ferne zu lauschen. Dann sagte er: »Was gewesen sein sollte oder könnte, hat nichts zu sagen. Das Problem ist da.«

18
Die Häresie des Humanismus

Schließlich war es ganz anders als alles, was sie erwartet oder befürchtet hatte.

Sie lag in einer bequemen Hängematte aus Schlingpflanzen im wohlriechenden Dschungel des Leviathans, allein, mit geschlossenen Augen. Sie fühlte nichts von ihrer Umgebung, oder von ihrem Körper.

Der Kampf tobte rot durch Landschaften ihres Geistes.

Die Verbindung mit den Supras glättete die grellen, blitzenden Konturen. Dennoch blieb der Siedekessel der Sinneswahrnehmungen nur ein Fragment der sich weitenden Perspektiven, welche sich ihr in den Stunden und Tagen des Konflikts öffneten.

Sie hatte gewaltige Ausbrüche phosphoreszierender Energie erwartet, elektromagnetische Stürme von hemmungsloser Gewalt. Es gab solche Erscheinungen, aber sie waren lediglich Randereignisse, die um den eigentlichen Schauplatz des Ringens geisterten wie Wetterleuchten an einem fernen Horizont.

Für Cley war der Kampf eine Herausforderung ihrer kinästhetischen Sinne, die bald überladen und angespannt waren, zersplittert in Scherben körperloser Wahrnehmung. Dies war alles, was zu erfassen sie imstande war.

Doch jede der zersplitterten Wahrnehmungen war voll intensiver Erregung.

Einmal fühlte sie sich laufen. Das angenehm berauschende Gefühl der Geschwindigkeit, die glatte, ineinandergreifende Arbeit der Muskeln, die schnellen, wechselnden Perspektiven – und dann war sie in kalter, tintiger Schwärze, die Sonne versperrt von wogenden Schatten wie Bergen, die beißende Gerüche ausströmten. Rauhe, ätzende Luft drang ihr in die Nase.

Unter ihren unsichtbaren Füßen glitt der Boden vorbei, wie

eine Ebene aus bleigrauen Kugellagern, marmoriert wie sturmgestreifte See. Süßer Geschmack zerplatzte saftig grün in ihrer Mundhöhle – und sie stürzte in ein weiteres Bad auf sie einstürmender Eindrücke. Zurückweichender Tiefen. Und dann von Kräften, die ölig über ihre Haut hingingen, ein Strom, den sie weder hemmen noch ergründen konnte.

Aber bisweilen spürte sie bleiche Unermeßlichkeiten, die in gewaltigen Entfernungen wirkten, wie Eisberge, die aus einem sturmgefegten Ozean auftauchen.

Undeutlich fing sie Fetzen eines kindlichen Geistes auf, unvergleichlich groß, und erkannte Vanamonde. Er hatte, wie sie sah, das Sonnensystem bewacht und die Angriffe des Verrückten Geistes abgestumpft. Sie verdankte ihm ihr Leben, denn sicherlich hätte der Geist sie andernfalls auf ihrer Reise gefunden.

Unter den aufgepeitschten Wellen, die sie überspülten, fühlte sie winzige Strömungen, piepsende Stimmen am Rande der Wahrnehmung. In diesen erkannte sie die vor kurzem aus ihrem Erbgut gezüchteten Ur-Menschen, ungeformte Persönlichkeiten, gesprenkelt mit Flecken kinästhetischer Spannung.

Sie waren alle wie Elementarteilchen in einem mächtigen Beschleuniger, dienten als Komponenten, die Botschaften und Kräfte weitergaben, die sie so wenig erkannten wie ein Kupferdraht den elektrischen Strom.

Und Sucher war da. Nicht der Sucher, den sie kannte, sondern etwas Seltsames, Vielfüßiges, ungeheuer groß, das mit zeitloser Anmut über die nahtlose, graue Ebene rannte.

Oder waren es viele Sucher? Die ganze Spezies, lange nach den Ur-Menschen gekommen und jetzt doch ebenso alt, eine Rasse, die sich abgemüht und gekämpft und verloren hatte, und die sich weiter bemüht hatte, ertragen und still ihren Weg gegangen war, den Blick nach vorn gerichtet, mit einem hohlen, bellenden Lachen, immer noch kraftvoll und immer fragend und suchend, wie es das Leben verlangt, und noch immer gefährlich und aufstrebend.

Und noch etwas.

Sucher war auf Ebenen beschäftigt, die sie nur für kurze Augenblicke zu Gesicht bekam. Er kämpfte in etwas, was Cley wie eine Kristallkugel vorkam – leuchtend, lebendig. Aber das winzige, strahlende Stäubchen im Mittelpunkt der Kugel war ein Stern.

Dann fühlte sie die Plasmawesen. Netze von Magnetfeldern und ionisiertem Gas glitten wie Tiefseefische durch die Schwärze. Sie sammelten sich um das Jupiter-System. Blaue Blitzentladungen zuckten dort draußen durch die kreisenden Flöße belebter Materie. Die bloße Kielwasserströmung dieses bewegten Ringens verbrannte breite Teppiche raumgeborenen Lebens. Energieausbrüche ließen Lebewesen von der Größe kleiner Welten aufreißen und zerplatzen.

Der bohrende Schmerz übertrug sich auf Cley und bewirkte, daß sie sich wand und schrie. Als sie einmal die Augen öffnete, sah sie Fingernägel in ihre Handballen gebohrt, daß Blut über die Arme rann. Aber sie konnte sich nicht entziehen.

Ihre Augen schlossen sich gegen ihren Willen. Ein Anschwellen ergriff sie. Sie fühlte sich geweitet und gedehnt, und ihr war, als verforme sie den Raum um sich her, als ob sie selbst eine Riesensonne sei, deren Masse Lichtstrahlen biegt.

Dies bedeutete, daß sie irgendwie in Vanamonde verkörpert war, doch schon im nächsten Augenblick drang eine andere Gegenwart in ihr Bewußtsein, und sie fühlte sich in eine Spalte gestopft, dann herausgerissen, um sich in heiße, tintige Finsternis zu ergießen.

Der Verrückte Geist hatte sie. Er quetschte, als ob sie eine reife Frucht sei und Samenkörner ausspeie.

Eine Orange, krustig vom Alter, gebräunt und genarbt, bedeckt mit weißen Maden, die den süßen, inneren Saft saugten.

Sie sah dieses Bild, und der Mund würde ihr wäßrig. Sie mußte die schleimigen Maden entfernen, bevor sie essen konnte. Sie sandte Feuer hinab und wusch die Orange in goldenen Flammen. Kreischend platzten die Maden auf.

Und die Orange war eine Welt.

Versengt und tot und der Atmosphäre beraubt, in der die Maden gediehen waren.

Und die Maden zu Asche verbrannt.

Sie waren keine richtigen Maden gewesen, vierfüßig,

schuppig und von rascher Auffassung. Aber nicht schnell genug. Sie hatten kaum begriffen, was aus dem Schlund im Zentrum der Galaxis auf sie zugestürzt war.

Cley war die Orange und dann das Feuer und dann die Maden und dann, mit langen, halberstickten Atemzügen, wieder das Feuer. Es war gut, das Feuer zu sein. Gut, zu springen und zu rösten und zu knistern und weiterzuspringen.

Bei weitem besser als zu kriechen und zu saugen und auszuscheiden und zu sterben.

Ja, besser, zu treiben und zu strömen und mit bläulichweißem Feuer zu prickeln. In Vorhängen zwischen den Sternen zu schweben und größer zu sein als jede Sonne, die jemals gebrannt hatte.

Besser, zu wissen und zu schimmern und zu rauchen. Sich an den kleinen Klümpchen knotiger Magnetfelder zu reiben, in ihre langsamen Walzer einzudringen. Zuzustoßen und zu verletzen, wenn die magnetischen Kerne unter einem zermahlen waren. Staub geworden.

Besser, wieder ein vagabundierender Appetit zu sein, eine Intelligenz, größer als Sonnensysteme. Vergnügen siedete in seinem Eigengestank, roher und kraftvoller mit jedem raffenden Augenblick.

– Und sie riß sich für einen Augenblick von ihm los und geriet in kühlen, offenen Raum, frei von der plötzlich aufflakkernden Gewalt – ah, dachte sie erleichtert –.

Aber es war bloß ein anderer Teil des Verrückten Geistes. Ölig und glatt und schlangenartig schob er sich über sie, drang durch alle Körperöffnungen in sie ein, fühlte nach ihren Eierstöcken, durch die Kehle hinab, mit flüssiger, glatter Beharrlichkeit.

Ein Gestank erhob sich, hüllte sie ein und biß in ihre Eingeweide wie mit einem scharfen Schnabel, und in diesem Augenblick verstand sie ein wenig von dem, was das äußere Ringen zu bedeuten hatte.

Plötzlich war ihr bewußt, daß sie jetzt Abstraktion *fühlen* konnte. Die Trennung zwischen Denken und Fühlen, so grundlegend für die menschliche Befindlichkeit, wurde vom verrückten Sturm des Geistes in Fetzen zerblasen.

Gefangen, verstand sie.

Der Verrückte Geist war der Meinung, daß dieses Universum eine von vielen expandierenden Blasen sei, die in einem Meta-Universum treiben. Unsere sei nur eine von den ungezählten Möglichkeiten in einem Kosmos.

Das große Abenteuer entwickelter Lebensformen, so glaubte er, sei das Hinauswachsen über die Blase, die er als unser Universum sah. Vielleicht gab es jenseits davon Kulturen von unvorstellbarem Gehalt. Der Verrückte Geist wünschte einen Tunnel zu schaffen, der ein Loch in die Blase unseres Universums stieß und sich in andere bohrte.

Schleimige Schwärze überkroch sie wie Finger. Beruhigende Gedanken strömten in sie ein.

Das Galaktische Imperium, sah sie, war ein ekliger, schwärender Insektenhaufen gewesen. Als sie innehielt, um sie besser zu sehen, zeigte sich, daß sie von vielerlei Gestalt waren, zirpend, schrillend, ein Wirrwarr bedeutungsloser Lebensäußerungen.

Vor langer Zeit, so erinnerte sie sich, war etwas von diesem Ungeziefer durch die Schleier jenseits der Galaxis entschlüpft. Hinaus, durch Leuchtspuren von Licht, durch Galaxien und die großen, leeren Räume, wo wenige leuchtende Funken sich regten.

Dieses Ungeziefer war verschwunden und hatte Rückstände zurückgelassen, die sich in versteinerten Städten sammelten: Diaspar war die letzte von ihnen.

Und anderswo in den Spiralarmen waren andere Arten zurückgegangen oder in selbstbezogener Stagnation erstarrt.

Aber sollte das heilige, alles überdauernde Feuer dem entkommenen Imperium über die Krümmung dieses Universums hinaus folgen? Sollte der Geist die Jagd aufnehmen?

Sie wußte sofort, daß solche Ziele von armseliger Erbärmlichkeit waren. Das Zeug, das Madengehirne beschäftigte.

Nein – weitaus großartiger wäre es, die Fesseln dieses Universums gänzlich abzustreifen. Nicht bloß in ihm reisen. Nicht nur seine Krümmung abgrasen.

Cley mühte sich ab, fand aber keinen Weg durch die stickige, heiße Tinte, die in ihre Kehle, ihre Eingeweide sickerte.

Sie fühlte undeutlich, daß diese aufgeblasenen Gefühle tatsächlich Ideen waren. Sie konnte sie nicht als kühle Abstraktionen begreifen. Sie stanken und schlugen, schnitten und sengten, rieben und stießen sie.

Und in diesem Stadium bewegten Ideen sich wie monströse Schauspieler, zu allem fähig.

Sie verstand jetzt – so rasch wie sie die Frage formulieren konnte –, was die sie einhüllende Verrücktheit wollte. Sie wollte tiefe Brunnen in der Raumzeit schaffen. Kompression von Materie. Das wiederum erforderte die Mitarbeit vieler elektromagnetischer Geister, denn letzten Endes konnte nur Intelligenz, die kühl von Materie geschieden war, sie wirklich beherrschen.

Das Risiko eines solchen Unternehmens war die Zerstörung der ganzen Galaxis. Neue Materie mußte geschaffen und verdichtet werden. Dies konnte die Raumzeit hinreichend krümmen, um die Galaxis in einer in sich selbst zusammenfallenden Kugel zu fangen, abgeschnitten vom Universum und zusammenfallend zu einem Schwarzen Loch unvorstellbarer Größe und Verdichtung.

Die Galaxis konnte solche Gefahr nicht hinnehmen. Die elektromagnetischen Intelligenzen hatten über die Weisheit solch eines Unternehmens beraten, während der Verrückte Geist noch eingekerkert gewesen war. Ihre Diskussion war leidenschaftslos gewesen, denn sie hatten sich nicht bedroht gefühlt. Magnetische Intelligenzen konnten dem Verrückten Geist folgen, da sie nicht an das Schicksal bloßer Materie gebunden waren.

Aber die Galaxis wimmelte von geringerem Leben. Und in der letzten Milliarde von Jahren, während die Reste der Menschheit in Diaspar geschlafen hatten, war ein Integrationsprozeß des Lebens in Gang gekommen.

Im Umkreis der meisten Sterne wimmelten ungezählte Einheiten, gebunden an Planeten oder sie umkreisend. Weiter draußen, zwischen den Sonnen, blickten die lebendigen, elektromagnetischen Strukturen mit bedächtiger Nachdenklichkeit darauf herab. Ihre Unfähigkeit, die Lichtgeschwindigkeit zu überschreiten, es sei denn in winzigen Punkten, bedeutete, daß diese ausgreifendsten aller Intelligenzen sich langsam über die Abgründe zwischen den galaktischen Armen hinweg verständigten.

Langsam aber war durch diese Verbindungen ein wahrhaft galaktischer Geist entstanden. Die Erkenntnis, daß der Verrückte Geist schließlich entkommen würde, hatte ihn zu komplexeren Ebenen der Wahrnehmung getrieben.

So konnten die elektromagnetischen Intelligenzen die aus Materie geborenen Wesen nicht der Auslöschung überantworten. Sie hatten früher schon gegen das Experiment des Verrückten Geistes gestimmt, und nun taten sie sich zusammen, um den auferstandenen Geist zu vernichten, bevor er die Verdichtung von Materie in Angriff nehmen konnte.

Cley sah dies in einem flüchtigen Augenblick des Ringens, während sie in einem milchigen, seidigen Nebel schwamm – und dann, unbestimmte Zeit später, durch Vorhänge in den Farben von Blut und Messing. Sie war wie ein blind treibendes Schiff, und nur der Kreiselkompaß ihrer Sinne war von irgendwelchem Nutzen.

Dann setzte der Schmerz ein.

Er durchdrang alle Fasern ihres Wesens. Wenn sie sich selbst und die anderen Ur-Menschen einmal als Elemente in einem elektrischen Stromkreis gesehen hatte, verstand sie jetzt, was das bedeuten konnte.

Die Qual war zeitlos. Ihre Zunge ragte rosa und brennend steif aus den aufgesperrten Kiefern, ihre Augen, obwohl noch immer von einer mächtigen Hand zugedrückt, traten aus den Höhlen. Sie war entsetzt und in Todesangst, aber diese Empfindungen gingen bald in ein Verlangen über, eine Sehnsucht nach Auslöschung, nur um dem Schrecken der Qualen zu entgehen. Ihre Agonie war gestaltlos. Kein Ticken der Zeit tröstete sie. Ihr früheres Leben, ihre Erinnerungen, Freuden – alles verging vor dem riesenhaften, harten Berg ihres Schmerzes zu nichts.

Sie wollte schreien. *Alvin!* Muskeln weigerten sich, die Verkrampfung in ihrer Kehle, ihrem Gesicht zu lösen. Zeitlose Marter ließ sie zu einer Statue werden.

Und dann, ohne Übergang, stand sie plötzlich, Wasser

überschüttete sie, ihr Haar war auf dem Kopf zusammengebunden, ihre Schultern und Brüste weiß von Seifenschaum. Ihr prickelndes Fleisch schimmerte, und ihre Nase und Brüste waren wie Wasserspeier, von denen das Seifenwasser troff. Ihre Augen waren geschlossen, aber sie konnte einen Pulsschlag in ihrer Kehle flattern sehen, seidige Nässe über ihre Haut rinnen.

Auch dies, das wußte sie, war Teil des Geistes. Oder ein letzter, flüchtiger Kuß von ihm. Denn er war wirklich verrückt und enthielt einen Wesenszug, den Menschen als Liebe oder Haß verstehen konnten, oder bösartige Entschlossenheit. Aber dies waren Kategorien, die für eine bestimmte Art entwickelt waren. Sie beschrieben ein Wesen anderer Art so wenig wie Violinen und Trommeln einen Gewittersturm beschreiben.

Gleichwohl war etwas von seiner Verrücktheit menschlich. In seinem magnetischen Erbgut lag verschlüsselt die Mentalität des Menschen. Mehrere Rassen hatten an der Erschaffung des Geistes gearbeitet, und jede hatte ihre Spur hinterlassen.

Der Ehrgeiz des Geistes, die Fesseln der Raumzeit abzuschütteln, war aus menschlichem Denken geboren. Und der Schmerz war von alten Schuldgefühlen durchschossen.

Sie sah, daß Alvin dies gewußt hatte. Das war etwas von der Last, die er zu tragen hatte.

Der Geist war auch aus einem Substrat von elektromagnetischen Wesen gekommen. Sie spürte sie jetzt, schwerfällig und unheimlich.

Sie fluteten durch das Sonnensystem. Ihre Intelligenzen waren weder höher noch geringer als die des Menschen, denn sie waren nicht aus evolutionären Kräften entstanden, die den Menschen gezwungen hatten, Probleme zu lösen. Sie hatten überlebt, indem sie ihre Wahrnehmungen veränderten. Wie dies geschah, konnte Cley nicht ermessen.

Aber für einen vergänglichen Augenblick erhaschte sie einen Blick auf die Menschheit, durch ihre Wahrnehmung.

Ein großer Adler hing im schwarzen Raum über einem schwefligen Planeten, die Flügel ausgebreitet und fast ohne Bewegung. Diamantscharfe Augen blitzten. Der Schnabel war leicht geöffnet, wie um einen hellen Schrei auszustoßen. Sie beobachtete die langen Schwungfedern, die kräftigen Muskeln der Schwingen. Dann erst sah sie, daß der Vogel den Planeten hinter sich ließ und auf eine ferne Sonne zuhielt, einen Stern, der von immensen chromatischen Ausbrüchen rot und haarig aussah.

Und auf den breiten Oberseiten der mächtigen Schwingen krochen winzige Milben fieberhaft durcheinander. Pyramiden und Städte mit ihren Türmen waren wie Pocken eingebettet in die Federn. Über die ganze Flügelspanne ausgebreitet lagen Zeitalter der Größe und lange Nächte der Verzweiflung. Aber immer angetrieben, Türme grenzenlosen Ehrgeizes, staubige Ruinen, zerfallen durch Abnutzung und Zerstörung. An der abgewandten Flügelspitze lag ein nebliges Land, wo sie keine Einzelheiten ausmachen konnte.

Die Menschheit. Alle, die jemals das Licht hinter den suchenden Augen getragen hatten, waren hier versammelt.

Zusammengefaßt im langen Wandteppich der Zeit auf dem Rücken des Adlers. Sie wimmelten durcheinander und kämpften und sahen nur ihren begrenzten Augenblick. Sie wußten nicht, daß sie zwischen unlesbaren Sphären flogen, in der duftenden Luft ungeheurer Nacht.

Als der Vogel vorüberflog, wandte er den Kopf. Die glänzenden, schwarzen Augen sahen sie einmal an, der Schnabel öffnete sich leicht. Dann wandte er den Kopf wieder nach vorn und flog weiter. Absichtsvoll. Entschlossen.

Es kam ein Augenblick wie ein Wort von immenser Bedeutung, das im Begriff ist, ausgesprochen zu werden.

Und dann war es vorbei.

Sie richtete sich auf. Die Schlingpflanzen, die ihre Hängematte waren, kratzten wie heißer Atem.

Sie erbrach krampfhaft. Hustete. Keuchte.

Bräunlich getrocknetes Blut verklebte ihre Handgelenke. Ihre Fingernägel waren abgebrochen, die Spitzen in ihren Handflächen vergraben. Cley leckte sie halb betäubt sauber.

»Nimm einen Bissen von der Ratte«, sagte Sucher. Er hielt ihr einen grünlichen Brocken hin, aufgespießt auf einen gegabelten Stecken.

Alvin!

Sie schüttelte den Kopf und übergab sich noch einmal.

»Es ist getan«, sagte Sucher.

»Ich... Wer hat gewonnen?«

»Wir.«

»Was... was...«

»Verluste?« Sucher hielt inne und hob den Kopf, als lausche er einer fernen, schönen Musik. »Milliarden von Leben. Milliarden von Lieben, was auch eine Art zu zählen ist.«

Sie schloß die Augen und hörte ein seltsam trockenes Echo seiner Stimme. Dies war Suchers Talent. Durch sein Talent war sie Zeugin der grauen, verbrannten Einöden, die sich durch das Sonnensystem erstreckten. Verbrannte und zerquetschte Körper. Leviathane, die ihre Eingeweide ins Vakuum verströmten. Monde, die zu Schlacke schmolzen.

»Der Verrückte Geist?«

»Von uns gefressen«, sagte Sucher.

»Uns?«

»Vom Leben. Dem Galaktischen Geist.«

Noch immer fing sie ausgefranste Fasern von seiner verblassenden Vision auf. »Du siehst es alles, nicht wahr?«

»Nur innerhalb des Sonnensystems. Die Lichtgeschwindigkeit begrenzt es.«

»Du siehst alles Leben? Auf allen Welten?«

»Und zwischen ihnen.«

»Wie kannst du das?«

Sucher stellte die Ohren auf. Wellen von Bernsteingelb schimmerten in seinem braunen Pelz. »Einfach so.«

»Aber was ist *so*?«

»Dies.«

In einer schimmernden Vision sah sie die zerbrechliche, einsame Erde, nun die ärmste von allen Welten. Aber sie war von Menschen so heruntergebracht worden, sah sie; der Verrückte Geist hatte sie nicht verletzt. Die Erde hatte ihre Rolle gespielt und konnte nun zu Bedeutungslosigkeit zurückkehren oder zu Größe. »Was wird aus ihr?« fragte Cley. Ihr ganzer Körper schmerzte plötzlich vor Heimweh und Sehnsucht, aber sie schob die Regung beiseite.

»Die Erde? Ich denke mir, die Supras werden dort weiterträumen.« Er biß mit offensichtlichem Genuß in das Rattenfleisch.

»Nur träumen?«

Sucher schüttelte eine Pfote, die er zu nahe ans Feuer gebracht hatte. Er ächzte ein wenig. Cley sah seinem erschöpften, leeren Blick an, daß er viel gelitten hatte, seit sie ihn zuletzt gesehen, aber das Tier ließ sich in seiner Rede nichts anmerken. »Menschliche Träume können machtvoll sein, wie wir gerade sehen«, sagte er.

Durch Suchers seltsam grenzenloses Talent sah Cley die Erde zurückweichen und schrumpfen. Sie wurde ein Fleck in einer großen Sphäre – der gleichen leuchtenden Blase, die sie während des Kampfes gesehen hatte.

»Was ist es?«

»Eine Oase.«

»Das ganze Sonnensystem?«

»Ein Oasenbiom, eines von Millionen, die über die Galaxis verstreut sind. Zwischen ihnen leben nur die elektromagnetischen Intelligenzen. Und durchziehende kleine Reisende natürlich.«

»Dies ist dein ›höherer Zweck‹, nicht wahr? Als Alvin dich fragte, ob du helfen würdest, die Menschheit zu verteidigen?«

Sucher ließ geräuschvoll einen fahren. »Er war der Häresie des Humanismus schuldig.«

»Wie kann das Häresie sein?«

»Die narzißtische Fixierung auf den Menschen und alle menschlichen Dinge? ›Der Mensch ist das Maß aller Dinge‹? Ohne weiteres.«

»Nun, er muß für seine Art sprechen.«

»Seine Gattung, meinst du, wenn du dich selbst mit einschließen willst.«

Cley zog die Brauen zusammen. »Ich weiß nicht, wie nahe ich ihnen bin. Oder welchen Gebrauch sie jetzt für mich haben werden.«

»Du bist von derselben Ordnung wie sie, und das ist vielleicht am wichtigsten.«

»Die Ordnung der Primaten. Ein nützlicher Zwischenschritt. Du besitzt die allgemeine Eigenschaft, Ereignisse in Naheinstellung zu sehen. Eure Ohren hören Geräusche proportional zum Logarithmus der Intensität. Andernfalls könntet ihr keine Biene summen hören und trotzdem ein Händeklatschen neben eurem Ohr ertragen. Oder sowohl im Mondlicht wie zur Mittagszeit sehen; euer Augenlicht ist genauso.«

»Diese Eigenschaften sind alle verdammt nützlich«, sagte Cley. Sie wußte nicht, worauf Sucher hinauswollte.

»Richtig, aber ihr betrachtet die Zeit in gleicher Weise. Eure logarithmische Wahrnehmung betont die Gegenwart auf Kosten der Vergangenheit oder Zukunft. Was beim Frühstück passiert, verlangt genauso nach eurer Aufmerksamkeit wie die Frage nach dem Ursprung des Universums.«

Cley zuckte mit der Schulter. »Wir müssen überleben, zum Teufel.«

»Ja, und der Teufel hätte euch geholt, wenn ihr bei eurer Häresie geblieben wäret.«

Sie warf ihm einen forschenden Blick zu. Das waren ernste Worte, aber Sucher wälzte sich träge auf einem Lianengeflecht und ließ sich federnd auf und ab schwingen. »Mit euren grandiosen Plänen hättet ihr dic Integration unseres Oasenbioms verhindert.«

Cley fühlte sich gereizt. Wer war dieses Tier, um eine Milliarde Jahre Menschheitsgeschichte zu verspotten? »Hör mal, es mag sein, daß ich Alvin und die anderen nicht besonders mag, aber –«

»Euer Problem ist, daß die Evolution im Gegensatz zum logarithmischen Zeitgefühl exponential fortschreitet. Und das Argument des Exponenten ist die Vielfalt der Lebensformen.«

»Und was soll das bedeuten?« fragte Cley, entschlossen, diesem hochmütigen Gerede auf dem Boden praktischer Vernunft zu begegnen.

»Einzellige Organismen benötigten eine Milliarde Jahre, um zu lernen, sich in mehrzellige zu entwickeln. Von den Dinosauriern bis zu euch Menschen waren nur noch sechzig Millionen Jahre nötig. Und dann die intelligenten Maschinen – zugegeben, ein kurzlebiges Experiment – erforderten nur tausend Jahre Entwicklungszeit.«

»Du kommst mir nicht so vor, als hättest du dich weit über uns hinaus entwickelt«, sagte Cley.

»Wie kannst du das beurteilen? Hätte meine Art sich in Wolken entwickelt, könnte ich dieses Vergnügen nicht haben, nicht wahr?« Sucher steckte sich den Rest der Ratte ins Maul.

»Oder das Vergnügen, mich durch das ganze Sonnensystem zu schleppen?«

»Es gibt auch die Pflicht.«

»Gegenüber wem?«

»Gegenüber dem Sonnensystem. Dem Biom.«

»Ich –«, fing sie an, aber dann durchbohrte ein gellender Schrei ihr Bewußtsein. Es war Seranis. Ihr telepathisches Wehklagen brach in einer Woge hoffnungslosen Kummers mit schrillen, mißtönenden Klangfetzen über Cley herein.

Aufgeschreckt von der schrillen Intensität der Klage, sprang sie auf und kletterte eilig durch das dichte Laubwerk in die Richtung, aus der die Klage kam. Sie war noch nicht weit gekommen, als sie beinahe mit einem Mann zusammengeprallt wäre. Er blickte sie verblüfft an. Etwas in seinem Gesicht erinnerte sie plötzlich an ihren Vater.

»Wer bist du?« fragte sie ihn.

»Ich habe... keinen Namen.«

»Nun, was...« Und dann verstand sie. Er war einer von ihrer eigenen Art, ein Ur-Mensch. »Du warst eines von diesen Bindegliedern, die ich fühlte.«

»Ja. Wir haben uns versammelt. Wir fürchten uns.« Seine Miene war eigentümlich ausdruckslos, seine Stimme ohne Leben und Feuer.

»Du – du bist wie ein Kind.«

»Ich bin wie wir.« Seine Stimme war ohne Groll, und sein Gesicht zeigte sich glatt und jugendlich, obwohl es das eines ausgewachsenen Mannes war.

Sie blickte an ihm vorbei und sah ein ganzes Dutzend von seiner Art, Männer und Frauen von gleicher Größe und Gestalt. »Du bist ich!«

»In einer Weise...«, sagte er. Es klang verlegen.

Von den anderen Ur-Menschen kam eine schwache telepathische Welle sanfter Zustimmung. Sie schienen unberührt von den Ereignissen und Problemen um sie her.

»Wie war der Kampf?« fragte sie.

Eine Frau antwortete: »Solch ein Spaß! Wir hatten noch nie so etwas gemacht.«

»Ihr werdet auch nicht wieder dazu kommen«, sagte Cley. Sie bevorzugte das konkrete Gefühl der Sprache gegenüber dem Gefühl, Steine in einen tiefen Brunnen fallen zu lassen und auf das ferne Aufklatschen zu warten. So kam ihr die schwache, ungeübte Telepathie ihrer Ebenbilder vor. »Aber was –«

Ihr Blick fiel auf den Toten. Die Ur-Menschen bugsierten ihn mehr durch den Dschungel, als daß sie ihn trugen, denn die Schwerkraft war gering.

»Alvin!«

Seranis folgte dem Leichnam. Ihr Gesicht war jetzt wie versteinert, der Körper starr, kein telepathisches Signal ging von ihr aus.

Cley fragte den Mann, den sie zuerst getroffen hatte, was geschehen sei.

»Er... gab... zuviel.« Seine Stimme klang rauh und ungewandt, als habe er bisher selten gesprochen.

Cley blickte in Alvins offene Augen. Sie waren von einem feinen Netzwerk geplatzter Adern überzogen und glasig. Sie betrachtete diese gebrochenen Augen und den noch im Tode beunruhigten Gesichtsausdruck Alvins und versuchte sich vorzustellen, was er zuletzt gesehen hatte. Sie spürte plötzlich, daß er sie irgendwie aus dem Zugriff des Verrückten Geistes befreit hatte. Und er hatte es mit dem Leben bezahlt.

Er hatte noch im Tod Würde, und obwohl sie ihn im Leben schwierig und hochmütig gefunden hatte, fühlte sie den Verlust. Sucher irrte; die Supras waren noch immer ihrem Wesen nach menschlich, obwohl sie niemals imstande sein würde, genau zu bestimmen, was das bedeutete.

Einen Augenblick, nur einen Herzschlag lang spürte sie etwas jenseits der kinästhetischen Effekte, die sie erlebte, jenseits der Erklärungen, die sie gesehen hatte. Die verschlungenen Wege des Ehrgeizes, der verrückte Plan, ihrer eigenen Raumzeit zu entfliehen...

Das war Teil davon, ja.

Aber sie erinnerte sich der Algenteppiche in den ersten Ozeanen der Erde, vor drei oder vier Milliarden Jahren. Die Einzeller jener fernen Vorzeit waren nicht verschwunden; ihre weiterentwickelten, spezialisierten Formen waren allgegenwärtig, in der Luft, in den Eingeweiden von Tieren und Menschen, im Wasser und im Boden, und ihre unmittelbaren Nachkommen gediehen an dunklen Orten, wo die chemischen Prozesse noch immer ohne Sauerstoff abliefen. Sie erinnerte sich auch, daß ihr eigener Stamm sich ihrer zum Bierbrauen bedient hatte. Wenn solche Bakterien denken könnten, was würden sie aus dem schäumenden Bier machen? Als Katalysatoren hatten sie sicherlich Anteil an Prozessen, die weit über sie selbst hinausreichten und wohltätige Wirkungen erzeugten, von denen sie nichts ahnen konnten. Wüßten sie es irgendwie, sie würden vielleicht vor Begeisterung außer sich geraten.

Aber für diejenigen, die das Bier brauten, standen die Bakterien tief unter dem Bereich, der von Bedeutung war, und sie betrachteten sie wenn nicht als schädliche Krankheitserreger, so doch als eine Art Bodensatz der Evolution. Und was immer an trüben Wahrnehmungen die Einzeller aufbieten konnten, würde kaum der wortreichen Geselligkeit und dem Gelächter und den Streitereien derjenigen ähneln, die sich von der angenehmen Wirkung dieses Bieres beflügelt fühlten.

Ihr eigenes Verständnis davon, was es mit dem vergangenen Ringen auf sich hatte – konnte es von ähnlicher Natur sein? Gültig vielleicht, aber winzig und verzerrt durch den unermeßlichen Abgrund, der ihre Art vom Denken und den Zielen gigantischer, weit entfernter Lebensformen trennte.

Konnte das irgendwie in bezug zu dem stehen, was Sucher mit logarithmischer Zeit und exponentialem Wachstum meinte? Daß sie sich solch eine Kluft nicht einmal vorstellen konnte?

Der Gedanke machte sie schwindeln. Dann war er vergangen, und sie sah sich wieder in der tröstlichen, linearen Progression von Ereignissen, die ihr vertraut war.

Sie wandte sich von dem Toten ab. Die Ur-Menschen umstanden sie ratlos. »Sucher, ich... Diese Leute, das heißt, *meine* Leute.«

»Was ist mit ihnen?« fragte Sucher.

»Kann ich sie haben? Ich meine, sie zurückbringen?« Sie zeigte hinauf zu der transparenten Blase, wo die müde, aber aufnahmefähige Erde sein mußte.

»Natürlich. Die Supras könnten ihnen nicht helfen.«

»Ich werde versuchen, zuerst nur ein paar von ihnen aufzuziehen«, sagte Cley vorsichtig. Die Größe der Aufgabe, Mutter eines Stammes zu werden, wirkte ernüchternd. »Sehen, wie es geht.«

»Niemand erprobt die Tiefe eines Flusses mit beiden Füßen«, sagte Sucher.

Seranis war weitergegangen, starr und still, ohne zurückzublicken. Cley fragte sich, ob sie die Supras jemals wiedersehen würde.

Die Ur-Menschen sahen sie alle wie gebannt an. »Glaubst du, es wird einen Platz für sie geben?«

»Wenn du ihnen einen bereitest.«

»Und du?«

»Dies ist mein Platz.« Er machte mit fettiger Pfote eine fächerförmige Bewegung hinauf zu den stillen Unermeßlichkeiten.

»Die Sonne?«

Sucher drehte die Ohren, und der veränderte Auftreffwinkel des Lichtes veränderte die Farbe seines Pelzes von Rötlichbraun zu Ockergelb. »Sie gebar das Leben und ist ein Drittel so alt wie das Universum selbst. Sie ist der Quell immerwährenden Lebens.«

»Und du – du bist ihr Abgesandter, wie?«

Sucher nickte und lachte. Wenigstens dachte Cley, daß es ein Lachen sei. Sie konnte dieser Gemütsbewegungen niemals wirklich sicher sein, und vielleicht war es gut so.

»Ich kann mir denken, daß es ermutigend ist, Teil von etwas so Großem zu sein.«

Sucher sagte: »In der Tat. Alvin wußte von ihr. Aber er beschrieb sie als endlose Ketten von regulierenden Botschaften zwischen den Welten, von komplizierten Rückkopplungen, und ging so an der Sache vorbei.«

»Welcher Sache?«

»Alvin sah nur Stoffwechsel. Er übersah den Zweck.« Sucher hob eine weitere Ratte auf, die er bereitgelegt hatte, und begann sie zu verspeisen.

»War ›sie‹ es – deine Sonne –, die in Wirklichkeit den Verrückten Geist zerstörte?«

»Selbstverständlich.«

»Und die Supras?«

»Sie taten, was sie tun mußten. Wir halfen, ihre Nützlichkeit zu gestalten.«

»Wer denn nun? ›Sie‹ oder ›wir‹?«

»Beide.«

Cley seufzte. »Nun, kam es überhaupt auf uns Menschen an?«

»Natürlich. Aber nicht, wie du es dir vorstellst.«

»Du halfst mir wegen deines Bioms, nicht wahr?«

Sucher schien die Enttäuschung in ihrem Tonfall zu verstehen. »Freilich. Aber ich habe dich liebgewonnen. Du bist ein Element, das ich nicht verstanden hatte.«

Um ihre Gefühle zu verbergen (ein sehr menschlicher Zug, dachte sie mit einem Anflug von Selbstironie), sagte sie leichthin: »Ich spielte bloß meine bescheidene Rolle im größeren Plan.«

Sucher sagte ernst: »Das hast du getan.«

»He, ich hatte auch andere Motive.«

»Sie waren nebensächlich.« Sucher sprang nach einem vorbeifliegenden Vogel, verfehlte ihn und fiel in ein Gewirr von Blättern und Ranken. Cley lachte. War dies das Über-Wesen, das während des Kampfes die Räume zwischen den Planeten durchstreift hatte? Dasselbe Geschöpf, das nun ärgerlich grunzend mit den Ranken kämpfte, in denen es sich verfangen hatte? Oder lag darin kein Widerspruch?

»Dieses Biom – wie kommt es, daß du so loyal zu ihm stehst?«

»Es ist die höchste Form, die sich aus diesem Universum entwickeln kann – bisher.« Sucher zappelte noch immer in den Ranken, ohne herauszukommen. Das hinderte ihn nicht daran, in ruhigem, gemessenem Ton fortzufahren: »Das Biom war von Anfang an stillschweigend in den herrschenden Naturgesetzen mit einbegriffen und entstand zuerst als ein verzweigtes Netzwerk auf der alten Erde.«

»Also hatte Alvin doch zum Teil recht.«

»Er sah nur einen schmalen Ausschnitt.«

»Du sagtest einmal, du stündest mit allem in Verbindung.«

Sucher schüttelte frustriert den Kopf. »Mit allem und dem Nichts.«

»Was ist ›das Nichts‹?«

Sucher durchbiß eine Ranke und befreite sich aus ihr. »Wenn ein denkendes Wesen beschließt, eine Weile nicht zu denken.«

»Das Unterbewußte?«

»Das Transbewußte. Die Trennung in isolierte Wesen ist ein Merkmal der Evolution in der menschlichen Ära und davor. Ich bin ein Teil des Selbstbewußtseins, das aus diesem frühen Netzwerk entstand und nun zusehends wächst.«

»Klingt ziemlich hochgestochen, Sucher.«

»Du bist auch ein Teil davon.«

»Im Augenblick fühle ich mich nicht so kosmisch«, sagte Cley, denn sie begann sich unter mancherlei Schmerzen ihrer Körperlichkeit bewußt zu werden. Ihre Handflächen waren wund, und sie überlegte, ob die Supras medizinische Wunder bei der Hand haben mochten.

»Das Biom ist gewöhnlich. Keine große Abstraktion.« Sucher befreite sich aus den Ranken.

»Und du bist eine Art Hausmeister des Sonnensystems?« Cley lächelte.

»In einer Weise. Ich reiste einmal zu einem anderen Biom und –«

»Zu einem anderen Stern?« Cley war verblüfft.

»Ja, ich reiste hin, um mit diesem fernen Biom zu sprechen. Sehr verschieden war es.«

»Was sagt ein Biom zu einem anderen?«

»Wenig, zuerst. Ich hatte Schwierigkeiten.«

»Ich dachte, Sucher könnten alles.«

Er stieß sein grunzendes Lachen aus. »Nur was meine Welten uns erlauben.«

»Sie schickten dich?«

»Ja. Irgendwann einmal werden die durch die Spiralarme verstreuten Biome in Verbindung miteinander sein. Es ist viel Arbeit zu tun, um diese seltsamen Wesen zu verstehen.«

»Biome sind Wesen?«

»Natürlich. Die Evolution bleibt nicht stehen. Sie ist jetzt über den Rahmen von Individuen oder Spezies und Gattungen hinaus. Biome sind verschiedene Ordnungen von Wesen.«

Als er dies sagte, sah Sucher nicht mehr wie ein liebenswertes Kuscheltier aus. Sie spürte stille, unheimliche Kräfte in ihm.

»Sucher, du sprichst, als seist du das Sonnensystem.«

»Das sind wir auch.«

Cley lachte und kraulte Sucher den dichten Pelz unter der Kinnlade. »Nun, soviel für Worte. Was immer diesen Kampf gewann und um welchen Preis, wir leben.«

»Viel wichtiger ist, daß das Biom lebt.«

»Ja, Gott sei Dank.«

»Du bist willkommen«, sagte Sucher.